〔明〕汤显祖 著

知识出版社

图书在版编目（CIP）数据

牡丹亭 /（明）汤显祖著. -- 北京 ：知识出版社，2015.4（2020.4重印）
（中国古典四大名剧）
ISBN 978-7-5015-8431-4

Ⅰ. ①牡… Ⅱ. ①汤… Ⅲ. ①传奇剧（戏曲）－剧本－中国－明代 Ⅳ. ①I237.2

中国版本图书馆CIP数据核字(2015)第049070号

中国古典四大名剧　牡丹亭

出 版 人　姜钦云
责任编辑　刘东风　韩小春　唐　洁
装帧设计　罗俊南
出版发行　知识出版社
地　　址　北京市西城区阜成门北大街17号
邮　　编　100037
电　　话　010-51516278
印　　刷　保定市正大印刷有限公司
开　　本　889 mm × 1194 mm　1/16
印　　张　14.5
字　　数　216千字
版　　次　2015年4月第1版
印　　次　2020年4月第4次印刷
书　　号　ISBN 978-7-5015-8431-4

定　　价　36.00元

出版说明

《牡丹亭》亦称《还魂记》，是明代戏曲作家汤显祖最为出名的作品，该剧无论是思想性还是艺术性都达到了其创作的最高水准。全剧共55出，通过杜丽娘死而复生的奇幻情节，诉说了一段千古传唱的浪漫主义爱情故事。这一明代戏曲文学的扛鼎之作，在剧本推出之时便惊动了世人。文学家沈德符在《顾曲杂言》中称："汤义仍《牡丹亭梦》一出，家传户诵，几令《西厢》减价。"汤显祖本人亦自谓："一生《四梦》，得意处惟在《牡丹》。"

汤显祖（1550—1616），字义仍，号若士、海若、清远道人，临川（今江西抚州）人。汤显祖出身书香门第，早年即有文名，才华横溢，为人耿直。万历五年（1577）汤显祖进京赶考，因不肯接受首辅张居正的拉拢，结果两次落第。直到万历十一年（1583），张居正死后次年，已34岁的汤显祖才考中进士。然，进士及第的他仍因不肯趋附新任首辅申时行，仅在南京任虚职。在职期间，汤显祖与东林党人交往甚密。万历十九年（1591），汤显祖因上《论辅臣科臣疏》，揭发时政积弊，抨击朝廷，弹劾大臣，因而触怒神宗，被谪广东徐闻典史。后又调任浙江遂昌知县。万历二十六年（1598）汤显祖弃官回乡，在临川建了一座闲居，号"玉茗堂"，从此终其一生致力于戏曲和文学创作活动。

汤显祖与英国的莎士比亚生活在同一时期，所以也被现代人称为"东方的莎士比亚"。日本学者青木正儿在《中国近世戏曲史》中，将汤显祖和莎士比亚并称为东西方交相辉映的两颗明星。汤显祖的作品具有典型的东方戏曲风格，王思任点评汤显祖刻画人物性格“无不从筋节窍髓，以探其七情生动之微也”。

汤显祖的主要戏曲作品有《紫箫记》《紫钗记》《邯郸记》《南柯记》，后三种与《牡丹亭》合称《临川四梦》（又称《玉茗堂四梦》）。《牡丹亭》取材于唐代传奇小说《离魂记》，脱胎于明代话本小说《杜丽娘慕色还魂》，故事深切动人，极具浪漫主义色彩；人物栩栩如生，刻画细腻；语言则在深浅、浓淡、雅俗之间。

《牡丹亭》成功地塑造了古典戏曲中最可爱最耀眼的女性形象之一——杜丽娘。这个养在深闺人未识的小姐，因《诗经·周南·关雎》章而伤春，在婢女春香的怂恿下走出闺房，来到花园寻春。在花园睡着的杜丽娘与年轻书生柳梦梅在梦中相爱，她醒后终日寻梦不得，抑郁而终。汤显祖通过奇幻的情节和巧妙的组合，使得杜丽娘从阳世到阴间又再回到阳世，最终与柳梦梅有情人终成眷属。通过杜丽娘这一形象，《牡丹亭》将广大青年男女要求个性解放、爱情自由、婚姻自主的呼声表现了出来。比起《西厢记》中的崔莺莺，杜丽娘显然更具有划时代的意义。剧中的其他角色也都各有特色，相信一定能深得广大读者朋友的喜爱。

《牡丹亭》在流传和再版的过程中，不断被改编和修订。本次出版，我们参考了相关资料及近时出版的作品，在尊重原著的基础上，为更贴合现代人的阅读习惯和现在的习惯用法，对个别字词进行了细微修改。对于难以理解的字词和句子，也都以注释的形式于每一出完结后呈现出来。为方便读者的阅读，本书编排的方式更加注重带给读者舒适的感觉。在附录中，我们收录了中国戏曲知识的相关简介、汤显祖的生平年表以及话本《杜丽娘慕色还魂》，旨在帮助广大读者朋友开阔眼界，拓宽知识面。

最后，希望本书能带给读者朋友美好的阅读享受。

编　者

作者题词

天下女子有情，宁有如杜丽娘者乎！梦其人即病，病即弥连，至手画形容，传于世而后死。死三年矣，复能溟莫中求得其所梦者而生。如丽娘者，乃可谓之有情人耳。情不知所起，一往而深。生者可以死，死可以生。生而不可与死，死而不可复生者，皆非情之至也。梦中之情，何必非真？天下岂少梦中之人耶！必因荐枕而成亲，待挂冠而为密者，皆形骸之论也。传杜太守事者，仿佛晋武都守李仲文、广州守冯孝将儿女事。予稍为更而演之。至于杜守收拷柳生，亦如汉睢阳王收拷谈生也。嗟夫！人世之事，非人世所可尽。自非通人，恒以理相格耳！第云理之所必无，安知情之所必有邪！

万历戊戌秋清远道人题

剧中主要人物简介

杜丽娘——杜宝女儿，年十六。旦扮。

柳梦梅——柳宗元后裔，年二十。生扮。

杜　宝——杜甫后裔，南安太守，年五十许。外扮。

杜夫人——杜宝妻子，年四十许。老旦扮。

春　香——杜丽娘侍女，年十四。贴扮。

陈最良——杜丽娘塾师，年六十许。末扮。

石道姑——紫阳宫道姑，年四十许。净扮。

目 录

第 一 出 标 目 …… 〇〇一
第 二 出 言 怀 …… 〇〇三
第 三 出 训 女 …… 〇〇七
第 四 出 腐 欢 …… 〇一一
第 五 出 延 师 …… 〇一三
第 六 出 怅 眺 …… 〇一六
第 七 出 闺 塾 …… 〇二〇
第 八 出 劝 农 …… 〇二四
第 九 出 肃 苑 …… 〇二九
第 十 出 惊 梦 …… 〇三三
第十一出 慈 戒 …… 〇三九
第十二出 寻 梦 …… 〇四一
第十三出 诀 谒 …… 〇四七
第十四出 写 真 …… 〇五〇
第十五出 虏 谍 …… 〇五五
第十六出 诘 病 …… 〇五七
第十七出 道 觋 …… 〇六〇
第十八出 诊 祟 …… 〇六五
第十九出 牝 贼 …… 〇七〇
第二十出 闹 殇 …… 〇七二
第二十一出 谒 遇 …… 〇七九
第二十二出 旅 寄 …… 〇八四
第二十三出 冥 判 …… 〇八七
第二十四出 拾 画 …… 〇九七
第二十五出 忆 女 …… 〇九九
第二十六出 玩 真 …… 一〇一

第二十七出　魂　游 ……………………………… 一〇四
第二十八出　幽　媾 ……………………………… 一〇八
第二十九出　旁　疑 ……………………………… 一一三
第 三 十 出　欢　挠 ……………………………… 一一六
第三十一出　缮　备 ……………………………… 一二〇
第三十二出　冥　誓 ……………………………… 一二三
第三十三出　秘　议 ……………………………… 一二九
第三十四出　诇　药 ……………………………… 一三二
第三十五出　回　生 ……………………………… 一三四
第三十六出　婚　走 ……………………………… 一三七
第三十七出　骇　变 ……………………………… 一四二
第三十八出　淮　警 ……………………………… 一四四
第三十九出　如　杭 ……………………………… 一四六
第 四 十 出　仆　侦 ……………………………… 一五〇
第四十一出　耽　试 ……………………………… 一五三
第四十二出　移　镇 ……………………………… 一五七
第四十三出　御　淮 ……………………………… 一六〇
第四十四出　急　难 ……………………………… 一六三
第四十五出　寇　间 ……………………………… 一六六
第四十六出　折　寇 ……………………………… 一六九
第四十七出　围　释 ……………………………… 一七二
第四十八出　遇　母 ……………………………… 一七八
第四十九出　淮　泊 ……………………………… 一八二
第 五 十 出　闹　宴 ……………………………… 一八六
第五十一出　榜　下 ……………………………… 一九一
第五十二出　索　元 ……………………………… 一九三
第五十三出　硬　拷 ……………………………… 一九六
第五十四出　闻　喜 ……………………………… 二〇四
第五十五出　圆　驾 ……………………………… 二〇七
附　录
　中国戏曲知识简介 ……………………………… 二一四
　杜丽娘慕色还魂话本 ……………………………… 二二〇
　汤显祖生平年表 ……………………………… 二二四

第一出　标　目[1]

【蝶恋花】（末[2]上）忙处抛人[3]闲处住。百计思量，没个为欢处。白日消磨肠断句，世间只有情难诉。玉茗堂[4]前朝复暮，红烛迎人，俊得江山助[5]。但是[6]相思莫相负，牡丹亭上三生路[7]。〔汉宫春〕杜宝黄堂[8]，生丽娘小姐，爱踏春阳[9]。感梦书生折柳，竟为情伤。写真留记，葬梅花道院凄凉。三年上，有梦梅柳子，于此赴高唐[10]。果尔回生定配。赴临安取试，寇起淮扬。正把杜公围困，小姐惊惶。教柳郎行探，反遭疑激恼平章[11]。风流况[12]，施行[13]正苦，报中状元郎。

杜丽娘梦写丹青记。
陈教授说下梨花枪[14]。
柳秀才偷载回生女。
杜平章刁打状元郎。

注释

[1] 标目：通常称“副末开场”，亦称“家门”等。传奇的第一出，照例先由副末上场念诵两首词调，说明戏曲作者的创作缘由和剧情梗概。

[2] 末：传统戏曲角色名，一般扮演中年以上男子。传奇第一出一般由副末开场，本剧用末代替副末。

[3] 忙处抛人：指离开繁杂的官场。

[4] 玉茗堂：汤显祖为自己的住所取的名称。

[5] 俊得江山助：意谓江山之美平添了文章的秀美。俊，美丽。此指文章的秀美。

[6] 但是：只要。

[7] 三生路：这里借指杜丽娘与柳梦梅的宿世姻缘。

[8] 黄堂：本指太守的厅堂。这里借指太守。

[9] 踏春阳：指踏青。

[10] 赴高唐：传说楚襄王游高唐，梦见与巫山神女交欢。典出宋玉《高唐赋序》。

[11] 平章：官职名。这里借指杜宝。

[12] 况：情况，这里作事情解。

[13] 施行：即用刑。

[14] 陈教授说下梨花枪：教授，学官名。教授之名始于宋代，为讲解经义、掌管课试的一种文职官员。这里是对生员的尊称。梨花枪，此指李全的妻子。李全妻曾对部下说："二十年梨花枪，天下无敌手。"事见《宋史》卷四七七《李全传》。全句是说杜宝派陈最良去招降李全，先说服他的妻子。

第二出　言　怀

【真珠帘】（生[1]上）河东旧族、柳氏名门最。论星宿，连张带鬼[2]。几叶[3]到寒儒，受雨打风吹。谩说书中能富贵，颜如玉，和黄金那里？贫薄把人灰，且养就这浩然之气。〔鹧鸪天[4]〕“刮尽鲸鳌背上霜[5]，寒儒偏喜住炎方[6]。凭依造化三分福，绍接诗书一脉香。能凿壁[7]，会悬梁[8]，偷天妙手绣文章。必须砍得蟾宫桂[9]，始信人间玉斧长。”小生姓柳，名梦梅，表字春卿。原系唐朝柳州司马柳宗元之后，留家岭南。父亲朝散[10]之职，母亲县君[11]之封。（叹介）所恨俺自小孤单，生事微渺[12]。喜的是今日成人长大，二十过头，志慧聪明，三场得手[13]。只恨未遭时势[14]，不免饥寒。赖有始祖柳州公，带下郭橐驼，柳州衙舍，栽接花果。橐驼遗下一个驼孙，也跟随俺广州种树，相依过活。虽然如此，不是男儿结果之场。每日情思昏昏，忽然半月之前，做下一梦。梦到一园，梅花树下，立着个美人，不长不短，如送如迎。说道：“柳生，柳生，遇俺方有姻缘之分，发迹之期。”因此改名梦梅，春卿为字。正是：“梦短梦长俱是梦，年来年去是何年！”

【九回肠】〔解三醒〕虽则俺改名换字，俏魂儿未卜先知？定佳期盼煞蟾宫桂，柳梦梅不卖查梨[15]。还则怕嫦娥妒色花颓气[16]，等的俺梅子酸心柳皱眉[17]，浑如醉。〔三学士〕无萤[18]凿遍了邻家壁，甚东墙[19]不许人窥！有一日春光暗度黄金柳，雪意冲开了白玉梅。〔急三枪〕那时节走马在章台[20]内，丝儿翠、笼定个百花魁[21]。虽然这般说，有个朋友韩子才，是韩昌黎之后，寄居赵佗王台[22]。他虽是香火秀才[23]，却有些谈吐，不免随喜一会。

门前梅柳烂春晖，（张窈窕）
梦见君王觉后疑。（王昌龄）
心似百花开未得，（曹松）
托身须上万年枝。[24]（韩偓）

注释

[1] 生：传统戏曲角色名，一般扮演男主角。

[2] “论星宿”两句：张、鬼分别为我国古代天文学中二十八星宿之一。古代天文家以列宿主州域。二十八星宿中柳、星、张三宿主三河（河内、河南、河东），鬼宿所主的雍州则与河东相邻。此处是用星宿说明河东的方位。

[3] 几叶：几代。

[4] 鹧鸪天：这是本出生角的上场诗。上场诗可以用前人的诗或词，也可以由戏曲作者自己撰写。

[5] 刮尽鲸鳌背上霜：意思是长期苦读却仍然没有中状元，反而更加贫寒。鲸鳌，这里即鳌，科举时代，习惯以中状元为占鳌头。霜，喻贫寒。

[6] 炎方：南方。

[7] 凿壁：指汉代匡衡在墙壁上凿孔借光苦读之事。

[8] 悬梁：指汉代孙敬用绳子系住自己的头发，挂在梁上勤学之事。

[9] 砍得蟾宫桂：犹言折得月宫中的桂枝，喻指中举。蟾宫，即月宫。

[10] 朝散：朝散大夫，官职名。

[11] 县君：唐五品官之母或妻所受的封号。

[12] 生事微渺：指生活困难。生事，生计。

[13] 三场得手：科举时代，童生经考试及格，进入府、州、县学的称生员，即秀才。这里指生员通过乡试的三场考试，中了举人。得手，顺利。

[14] 未遭时势：没有遇到机会，即指还没有考中进士。

[15] 不卖查梨：不夸口说大话。元杂剧《百花亭》中小贩卖查梨时自卖自夸、奉承吹嘘，因以卖查梨借指吹牛。

[16] 嫦娥妒色花颓气：嫦娥妒忌花的美色，使它凋敝。花，暗指梦中梅花树下的美人。

[17] 等的俺梅子酸心柳皱眉：酸心皱眉是形容等待时的心情。梅、柳，这里是嵌入柳梦梅的名和姓。

[18] 萤：指晋代车胤之事。车胤家贫而好学，夏天他捕捉许多萤火虫，用来照明读书。

[19] 东墙：用典故，指男女相爱之事。《孟子·告子》：“逾东家墙而搂其处子，则得妻。”宋玉《登徒子好色赋》：“天下之佳人……莫若臣东家之子……此女登墙窥臣三年……”

[20] 走马在章台：借用张敞朝会后骑马过章台街的故事。意为一旦功名成就，夸官游街。章台，汉长安街名。此处用来指京城内最繁华的地方。

[21] 丝儿翠、笼定个百花魁：意思是官宦人家要我接受他们的丝鞭，和他

们的小姐结亲。接受女家的丝鞭是古代一种订婚仪式。

[22] 赵佗王台：即越王台，在今广州市北面越秀山上，相传为赵佗王所筑。

[23] 香火秀才：即奉祀生。因其为“贤圣”之后，不经科举考试而赐予秀才功名，以管理先祖祠庙的祭祀，故称。

[24] “门前梅柳烂春晖”四句：下场诗。本剧全部下场诗均采用唐诗集句形式。诗句与原作有出入的，不加改正。其中有一部分是戏曲作者有意加以改动的。原诗作者姓名沿用三妇评本所注。

第三出　训　女

【满庭芳】（外[1]扮杜太守上）西蜀名儒，南安[2]太守，几番廊庙江湖[3]。紫袍金带，功业未全无。华发[4]不堪回首。意抽簪万里桥西[5]，还只怕君恩未许，五马欲踟蹰[6]。"一生名宦守南安，莫作寻常太守看。到来只饮官中水[7]，归去惟看屋外山。"自家南安太守杜宝，表字子充，乃唐朝杜子美之后。流落巴蜀，年过五旬。想廿岁登科[8]，三年出守，清名惠政，播在人间。内有夫人甄氏，乃魏朝甄皇后[9]嫡派。此家峨眉山，见世出贤德夫人。单生小女，才貌端妍，唤名丽娘，未议婚配。看起自来淑女，无不知书。今日政有馀闲，不免请出夫人，商议此事。正是："中郎学富单传女[10]，伯道官贫更少儿[11]。"

【绕池游】（老旦[12]上）甄妃洛浦，嫡派来西蜀，封大郡南安杜母。（见介）"（外）老拜名邦无甚德，（老旦）妾沾封诰有何功！（外）春来闺阁闲多少？（老旦）也长向花阴课女工。"（外）女工一事，想女儿精巧过人。看来古今贤淑，多晓诗书。他日嫁一书生，不枉了谈吐相称。你意下如何？（老旦）但凭尊意。

【前腔[13]】（贴[14]持酒台，随旦[15]上）娇莺欲语，眼见春如许。寸草心怎报的春光一二[16]！（见介）爹娘万福[17]。（外）孩儿，后面捧着酒肴，是何主意？（旦跪介）今日春光明媚，爹娘宽坐后堂，女孩儿敢进三爵之觞[18]，少效千春之祝。（外笑介）生受[19]你。

【玉山颓】（旦进酒介）爹娘万福，女孩儿无限欢娱。坐黄堂百岁春光，进美酒一家天禄。祝萱花椿树[20]，虽则是子生迟暮，守得见这蟠桃熟。（合）且提壶，花间竹下长引着凤凰雏[21]。（外）春香，酌小姐一杯。

【前腔】吾家杜甫，为飘零老愧妻孥。（泪介）夫人，我比子美公公更可怜也。他还有念老夫诗句男儿，俺则有学母氏画眉娇女。（老旦）相公休焦，倘然招得好女婿，与儿子一般。（外笑介）可一般呢！（老旦）"做门楣"古语[22]，为甚的这叨叨絮絮，才到中年路。（合前[23]）（外）女孩儿，把台盏收去。(旦下介)(外)叫春香。俺问你小姐终日绣房，有何生活？(贴)绣房中则是绣。(外)绣的许多？(贴)绣了打棉[24]。(外)甚么棉？(贴)睡眠。(外)好哩，好哩。夫人，你才说"长向花阴课女工"，却纵容女孩儿闲眠，是何家教？叫女孩儿。(旦上)爹爹有何吩咐？(外)适问春香，你白日眠睡，是何道理？假如刺绣馀闲，有架上图书，可以寓目。他日到人家，知书知礼，父母光辉。这都是你娘亲失教也。

【玉抱肚】宦囊清苦，也不曾诗书误儒。你好些时做客为儿，有一日把家当户。是为爹的疏散不儿拘，道的个为娘是女模。

【前腔】(老旦)眼前儿女，俺为娘心苏体劬[25]。娇养他掌上明珠，出落[26]的人中美玉。儿呵，爹三分说话你自心模[27]，难道八字梳头做目呼[28]。

【前腔】(旦)黄堂父母，倚娇痴惯习如愚。则打的秋千画图，闲榻[29]着鸳鸯绣谱。从今后茶馀饭饱破工夫，玉镜台前插架书。(老旦)虽然如此，要个女先生讲解才好。(外)不能够。

【前腔】后堂公所，请先生则是黉门[30]腐儒。(老旦)女儿呵，怎念遍的孔子诗书，但略识周公礼数。(合)不枉了银娘玉姐只做个纺砖儿，谢女班姬女校书[31]。(外)请先生不难，则要好生管待。

【尾声】说与你夫人爱女休禽犊，馆明师茶饭须清楚。你看俺治国齐家、也则是数卷书。

往年何事乞西宾[32]？(柳宗元)
主领春风只在君。(王建)
伯道暮年无嗣子，(苗发)
女中谁是卫夫人[33]？(刘禹锡)

注释

[1] 外：传统戏曲角色名。元代主要指末、旦、净等行当的次要角色，明清时逐渐成为专演老年男子的角色。

[2] 南安：军、路、府名。宋代有南安军。北宋淳化元年分虔州置军。治大

庚（今江西大余）。辖今江西章水、上犹江流域。元至元中升为路，明初改为府。

[3] 几番廊庙江湖：指几次出仕又辞官。廊庙，借指在朝廷做官。江湖，借指不做官。

[4] 华发：头发花白，指年老。

[5] 意抽簪万里桥西：意谓辞官去故乡归隐。古时做官的人用簪子束发戴冠，抽簪表示辞官。万里桥，在四川成都市南锦江上，桥西有杜甫草堂。杜宝自称杜甫的后人。

[6] 五马欲踟蹰：五马，汉太守出行以五匹马驾车，后因以五马代称太守。踟蹰，犹豫。

[7] 到来只饮官中水：喻为官清廉。典出《晋书》卷九十本传。晋邓攸做吴郡太守，不受俸禄，自己运米到任，只饮当地水。

[8] 登科：指考取进士。

[9] 甄皇后：即魏文帝曹丕的皇后甄氏。下文说的“甄妃洛浦”是把曹植《洛神赋》中的洛水之神宓妃和甄后混为一人。

[10] 中郎学富单传女：中郎，这里指蔡邕，东汉末著名学者，做过中郎将的官。他只有一个女儿，即有名的才女蔡琰，字文姬。

[11] 伯道官贫更少儿：伯道，即邓攸，字伯道。他为官时遭逢石勒之乱。为了保全侄儿，他把自己的儿子丢弃。后便无子。当时人说：“天道无知，使邓伯道无儿。”

[12] 老旦：传统戏曲里扮演老妇人的角色。

[13] 前腔：南曲某一曲牌连用两次以上，第二次后曲牌名不重出，省称前腔。

[14] 贴：即贴旦，传统戏曲里别于正旦的次要旦角。

[15] 旦：传统戏曲里扮演女主角的角色。

[16] 寸草心怎报的春光一二：喻父母的恩情深重，难以报答。孟郊《游子吟》：“谁言寸草心，报得三春晖。”

[17] 万福：古时妇女的一种礼节。

[18] 三爵之觞：进三杯酒。爵、觞都是古代的酒器。

[19] 生受：辛苦、麻烦。对人说，有道谢的意思。

[20] 萱花椿树：借指父母。萱花，古人以为可使人忘忧的一种草，指母亲。椿树以长寿著称，指父亲。

[21] 凤凰雏：喻男孩、女孩。连同上面几句，意思是说生子虽晚，终须儿女双全，一家团圆。

[22] “做门楣”古语：典出《资治通鉴》。杨贵妃受到唐明皇的宠幸，杨氏一家都得到高官厚禄。当时有民谣说：“生男勿喜女勿悲，君今看女作门

楣。”门楣，门第，家族的地位。楣，房屋的横梁。

[23] 合前：戏曲用语。重复前一曲的末数句，即“且提壶，花间竹下长引着凤凰雏”。南曲同一曲牌连用两次以上，结尾相同的数句合唱词，叫合头，也称合前。

[24] 打棉：纺纱。此为“打眠”的谐音。

[25] 心苏体劬：身体很累内心却高兴。

[26] 出落：显出，出挑。这里指长成。

[27] 爹三分说话你自心模：话只说三分，你自己去琢磨。

[28] 难道八字梳头做目呼：难道一个小姐连字也不识！八字梳，一种头梳，这里借指小姐。做目呼，四字认作目字，说人不识字。据《盛世新声》载：“认不的之乎者也。千呼干，头上争一撇；川呼三，腹内原横写；目呼四，口里少分别。”

[29] 榻：通“搨”，摹印。这里指摹画绣谱上的图样。

[30] 黉门：学堂。

[31]“不枉了银娘玉姐只做个纺砖儿”两句：意谓官家小姐不应只做女红，应该成为像谢道韫、班姬那样的才女。银娘玉姐，原是女孩常取的名字，这里代称小姐。纺砖儿，纺纱的用具。谢女，指晋代女诗人谢道韫。班姬，东汉人，曾补完她哥哥班固写的《汉书》。女校书，这里指才女。校书，官名。

[32] 西宾：也叫西席，指座位坐西朝东。古时总是请先生坐此座位，表示尊敬。因而西宾（西席）也就成为塾师的代称。

[33] 卫夫人：晋人李矩的妻子，以书法著名。这里泛指有才学的女人。

第四出　腐　欢

【双劝酒】（末扮老儒上）灯窗苦吟，寒酸撒吞[1]。科场苦禁[2]，蹉跎直恁[3]！可怜辜负看书心。吼儿病[4]年来进侵。“咳嗽病多疏酒盏，村童俸薄减厨烟。争知天上无人住，吊下春愁鹤发仙。”自家南安府儒学生员[5]陈最良，表字伯粹。祖父行医。小子自幼习儒。十二岁进学，超增补廪[6]。观场[7]一十五次。不幸前任宗师[8]，考居劣等停廪。兼且两年失馆，衣食单薄。这些后生都顺口叫我“陈绝粮”。因我医、卜、地理，所事[9]皆知，又改我表字伯粹作“百杂碎”。明年是第六个旬头，也不想甚的了。有个祖父药店，依然开张在此。“儒变医，菜变齑[10]”，这都不在话下。昨日听见本府杜太守，有个小姐，要请先生。好些奔竞的钻去。他可为甚的？乡邦好说话，一也；通关节，二也；撞太岁[11]，三也；穿他门子管家，改窜文卷[12]，四也；别处吹嘘进身，五也；下头官儿怕他，六也；家里骗人，七也。为此七事，没了头[13]要去。他们都不知官衙可是好踏的！况且女学生一发难教，轻不得，重不得。倘然间体面有些不臻[14]，啼不得，笑不得。似我老人家罢了。“正是有书遮老眼，不妨无药散闲愁。”（丑扮府学门子上）“天下秀才穷到底，学中门子老成精。”（见介）陈斋长[15]报喜。（末）何喜？（丑）杜太爷要请个先生教小姐，掌教老爷[16]开了十数名去都不中，说要老成的。我去掌教老爷处禀上了你，太爷有请帖在此。（末）“人之患在好为人师”。（丑）人之饭，有得你吃哩。（末）这等便行。（行介）

【洞仙歌】（末）咱头巾破了修，靴头绽了兜。（丑）你坐老斋头，衫襟没了后头。（合）砚水漱净口，去承官饭溲[17]，剔牙杖敢黄齑臭[18]。

【前腔】（丑）咱门儿寻事头，你斋长干罢休[19]？（末）要我谢酬，知那里留不留？（合）不论端阳九，但逢出府游，则捻着衫儿袖。（丑）望见府门了。

（丑）世间荣乐本逡巡，（李商隐）
（末）谁睬髭须白似银？（曹唐）
（丑）风流太守容闲坐，（朱庆馀）
（合）便有无边求福人。（韩愈）

注释

[1] 撒吞：此含痴心妄想的意思。
[2] 科场苦禁：一直没有考中举人。
[3] 直恁：竟然如此，简直到了这个样子。
[4] 吼儿病：哮喘病。
[5] 儒学生员：元、明、清时在府、厅、州、县设立学校，供生员读书，称“儒学”。明、清时代，凡经过本省各级考试取入府、州、县学的，通名“生员”。即习惯上所谓“秀才”。
[6] 超增补廪：生员有定额，额外增加的叫增广生员。如果增广生考得好，补入廪生的名额内，就是超增补禀。廪，廪生，即由各府、州、县按时给予粮食补助的生员。
[7] 观场：参加考试。这里指乡试。乡试三年一次。
[8] 宗师：秀才对主考官的称呼。
[9] 所事：凡事。
[10] 菜变齑：喻儒变医，境况越来越坏。齑，切成细末的腌菜、酱菜或调味的葱、蒜等。
[11] 撞太岁：指勾结官府，谋求不义之财。
[12] “穿他门子管家”两句：串通奴仆、管家，涂改卷子，得以考中。穿，串。门子，仆役。管家，为头管事的奴仆。
[13] 没了头：拼命。
[14] 不臻：不周到，不完备。
[15] 斋长：对秀才的敬称。
[16] 掌教老爷：府学的教官，即教授。
[17] 饭溲：饭发酸变质叫馊，溲同“馊”。
[18] 剔牙杖敢黄齑臭：意思是初到官府吃饭，饭后剔牙，牙签上怕还沾有先前吃过的腌菜的臭味。
[19] “咱门儿寻事头”两句：意思是我做门子的替你找到了差事，你秀才难道不酬谢我，就这样算了？

第五出　延　师

【浣纱溪】（外引贴扮门子，丑扮皂隶[1]上）山色好，讼庭稀。朝看飞鸟暮飞回。印床花落帘垂地[2]。“杜母[3]高风不可攀，甘棠[4]游憩在南安。虽然为政多阴德，尚少阶前玉树兰[5]。”我杜宝出守此间，只有夫人一女。寻个老儒教训他。昨日府学开送一名廪生陈最良。年可六旬，从来饱学。一来可以教授小女，二来可以陪伴老夫。今日放了衙参[6]，吩咐安排礼酒，叫门子伺候。（众应介）

【前腔】（末儒巾蓝衫上）须抖擞，要拳奇[7]。衣冠欠整老而衰。养浩然分庭还抗礼。（丑禀介）陈斋长到门。（外）就请衙内相见。（丑唱门[8]介）南安府学生员进。（下）（末跪，起揖，又跪介）生员陈最良禀拜。（拜介）“（末）讲学开书院，（外）崇儒引席珍[9]。（末）献酬樽俎[10]列，（外）宾主位班陈[11]。”叫左右，陈斋长在此清叙，着门役散回，家丁伺候。（众应下）（净扮家童上）（外）久闻先生饱学。敢问尊年有几，祖上可也习儒？（末）容禀。

【锁南枝】将耳顺[12]，望古稀，儒冠误人霜鬓丝。（外）近来？（末）君子要知医，悬壶[13]旧家世。（外）原来世医。还有他长？（末）凡杂作，可试为；但诸家，略通的。（外）这等一发有用。

【前腔】闻名久，识面初，果然大邦生大儒。（末）不敢。（外）有女颇知书，先生长训诂[14]。（末）当得。则怕做不得小姐之师。（外）那女学士，你做的班大姑。今日选良辰，叫他拜师傅。（外）院子，敲云板[15]，请小姐出来。

【前腔】（旦引贴上）添眉翠[16]，摇佩珠，绣屏中生成仕女图。莲步鲤庭趋[17]，儒门旧家数[18]。（贴）先生来了怎好？（旦）那少不得去。丫头，那贤达女，都是些古镜模。你便略知书，也做好奴仆。（净报介）小姐到。（见介）（外）我儿过来。“玉不琢，不成器；人不学，不知道。”今日吉辰，来拜了先生。（内鼓吹介）（旦拜）学生自愧蒲柳之姿[19]，敢烦桃李之教。（末）

愚老恭承捧珠之爱[20]，谬加琢玉之功。（外）春香丫头，向陈师父叩头。着他伴读。（贴叩头介）（末）敢问小姐所读何书？（外）男、女《四书》[21]，他都成诵了。则看些经旨罢。《易经》以道阴阳，义理深奥；《书》以道政事，与妇女没相干；《春秋》《礼记》，又是孤经；则《诗经》开首便是后妃之德[22]，四个字儿顺口，且是学生家传[23]，习《诗》罢。其馀书史尽有，则可惜他是个女儿。

【前腔】我年将半[24]，性喜书，牙签插架三万馀[25]。（叹介）我伯道恐无儿，中郎有谁付？先生，他要看的书尽看。有不臻的所在，打丫头。（贴）哎哟！（外）冠儿[26]下，他做个女秘书。小梅香，要防护。（末）谨领。（外）春香伴小姐进衙，我陪先生酒去。（旦拜介）"酒是先生馔[27]，女为君子儒[28]。"（下）（外）请先生后花园饮酒。

（外）门馆无私白日闲，（薛能）
（末）百年粗粝腐儒餐。（杜甫）
（外）左家弄玉惟娇女[29]，（柳宗元）
（合）花里寻师到杏坛。（钱起）

注释

[1] 皂隶：衙门里的差役。

[2] 印床花落帘垂地：印床，一种放印章的文具，作床形。花落，指案头上的花落在印床上面。全句形容衙门清闲无事。

[3] 杜母：指东汉人杜诗。汉代召信臣和他都做过南阳太守，很受百姓爱戴。谚语说："前有召父，后有杜母。"

[4] 甘棠：西周召公出巡，曾在甘棠树下休息。百姓怀念他，作了一首《甘棠》歌颂他。后来就用甘棠喻好官。这里杜宝用来自比。

[5] 玉树兰：即玉树和芝兰，比喻优秀子弟。

[6] 放了衙参：指不办公。衙参，官吏到上司衙门，排班参见，禀白公事。

[7] 拳奇：本作权奇，卓异，奇特。

[8] 唱门：把准备进见的客人的姓名通报出来。

[9] 席珍：本喻儒者珍视自己，等待朝廷的聘用。这里指优秀的儒生。

[10] 樽俎：宴席。樽，酒杯。俎，古代祭祀或宴会时用来盛牲的礼器。

[11] 位班陈：按次序排列好座位。

[12] 耳顺：六十岁。

[13] 悬壶：借指行医卖药。语出《后汉书·费长房传》："市中有老翁卖药，悬一壶于肆头。"有一老翁行医卖药，在门口悬了一个葫芦（壶）作为招牌。

[14] 训诂：这里指教人读书。

[15] 云板：古乐器。为一种长形扁铁片，两端作云头形，故名。旧时官署和权贵之家，都以击云板为报事集众的信号。

[16] 翠：这里指黛，一种深青色的颜料，画眉用。

[17] 鲤庭趋：典出《论语·季氏》。孔子站在庭中，他的儿子孔鲤见之，以较快的步子走过去，表示对父亲的尊敬。

[18] 家数：家风。

[19] 蒲柳之姿：原指像蒲柳一样早衰。据《世说新语·言语》载，晋顾悦与简文帝同年，顾悦头发早白，简文帝问他何以如此，顾悦说："蒲柳之姿，望秋而落；松柏之质，凌霜弥茂。"这里表示自谦，指弱质女子。

[20] 捧珠之爱：俗称女儿为掌中珠，表示怜爱。

[21] 男、女《四书》：男四书即《大学》《中庸》《论语》《孟子》，女四书指《女诫》《内训》《女论语》《女范捷录》。

[22] 后妃之德：《诗经》首篇是《关雎》，封建时代人都牵强附会地说是歌颂后妃之德的作品。

[23] 学生家传：杜宝自命为杜甫的后代，故称诗为其家传之学。

[24] 半：五十岁。这里是半百的省略词。

[25] 牙签插架三万馀：形容藏书很多。牙签，指书签。

[26] 冠儿：古时男子"二十而冠"，表示成人。这里意谓杜丽娘成人后能阅读和保存父亲的藏书。

[27] 酒是先生馔：酒是先生吃的。语出《论语·为政》："有酒食，先生馔。"此用以打诨。

[28] 女为君子儒：女儿学做有德行的读书人。语出《论语·雍也》："子谓子夏曰：'女（汝）为君子儒，无为小人儒。'"此亦用以打诨，与原意不同。

[29] 左家弄玉惟娇女：没有儿子，只得把女儿当作男孩。弄玉，即弄璋，指生男孩。《诗经·小雅·斯干》："乃生男子，载寝之床，载衣之裳，载弄之璋。"晋左思《娇女》："吾家有娇女，皎皎颇白皙。"

第六出　怅　眺

【番卜算】（丑扮韩秀才上）家世大唐年，寄籍[1]潮阳县。越王台上海连天，可是鹏程[2]便？“榕树梢头访古台，下看甲子海门[3]开。越王歌舞今何在？时有鹧鸪飞去来。”自家韩子才。俺公公唐朝韩退之，为上了《破佛骨表》[4]，贬落潮州。一出门蓝关[5]雪阻，马不能前。先祖心里暗暗道，第一程采头罢了[6]。正苦中间，忽然有个湘子侄儿，乃下八洞神仙[7]，蓝缕相见。俺退之公公一发心里不快。呵融冻笔，题一首诗在蓝关草驿之上。末二句单指着湘子说道：“知汝远来应有意，好收吾骨瘴江边。”湘子袖了这诗，长笑一声，腾空而去。果然后来退之公公潮州瘴死[8]，举目无亲。那湘子恰在云端看见，想起前诗，按下云头，收其骨殖[9]。到得衙中，四顾无人，单单则有湘子原妻一个在衙。四目相视，把湘子一点凡心顿起。当时生下一支，留在水潮[10]，传了宗祀。小生乃其嫡派苗裔也。因乱流来广城[11]。官府念是先贤之后，表请敕封小生为昌黎祠香火秀才。寄居赵佗王台子之上。正是：“虽然乞相寒儒，却是仙风道骨。”呀，早一位朋友上来。谁也？

【前腔】（生上）经史腹便便[12]，昼梦人还倦。欲寻高耸看云烟，海色光平面。（相见介）（丑）是柳春卿，甚风儿吹的老兄来？（生）偶尔孤游上此台。（丑）这台上风光尽可矣。（生）则无奈登临不快哉。（丑）小弟此间受用也。（生）小弟想起来，倒是不读书的人受用。（丑）谁？（生）赵佗王便是。

【锁窗寒】祖龙飞、鹿走中原[13]，尉佗呵，他倚定着摩崖半壁天[14]。称孤道寡，是他英雄本然。白占了江山，猛起些宫殿。似吾侪读尽万卷书，可有半块土么？那半部[15]上山河不见。（合）由天，那攀今吊古也徒然，荒台古树寒烟。（丑）小弟看兄气象言谈，似有无聊之叹。先祖昌黎公有云：“不患有司之不明，只患文章之不精；不患有司之不公，只患经书之不通[16]。”老兄，还则怕工夫有不到处。（生）这话休提。比如我公公柳宗元，与你公公韩退之，他都是饱学才子，却也时运不济。你公公错题了《佛骨表》，贬职潮阳。我公公则为在朝阳殿与王叔文丞相下棋子，惊了圣驾，直贬作柳州司马[17]。都是边海烟瘴地方。那时两公一路而来，旅舍之中，两个挑灯细论。你公公说道：“宗元，宗元，我和你两人文章，三六九比势[18]：我有《王泥水传》，你便有《梓人传》[19]；我有《毛中书传》，你便有《郭驼子传》；我有《祭鳄鱼文》，你便有《捕蛇者说》。这也罢了。则我《进平淮西碑》，取奉取奉[20]朝廷，你却又进个平淮西的雅。一篇一篇，你都放俺不过。恰如今贬窜烟方[21]，也合着一处。岂非时乎，运乎，命乎！”韩兄，这长远的事休提了。假如俺和你论如常，难道便应这等寒落。因何俺公公造下一篇《乞巧文》，到俺二十八代元孙，再不曾乞得一些巧来？便是你公公立意做下《送穷文》，到老兄二十几辈了，还不曾送的个穷去？算来都则为时运二字所亏。（丑）是也。春卿兄，

【前腔】你费家资制买书田[22]，怎知他卖向明时[23]不值钱。虽然如此，你看赵佗王当时，也是个秀才陆贾[24]，拜为奉使中大夫到此。赵佗王多少尊重他。他归朝燕，黄金累千。那时汉高皇厌见读书之人，但有个带儒巾的，都拿来溺尿。这陆贾秀才，端然带了四方巾，深衣大摆，去见汉高皇。那高皇望见，这又是个掉尿鳖子[25]的来了。便迎着陆贾骂道：“你老子用马上得天下，何用诗书？”那陆生有趣，不多应他，只回他一句：“陛下马上取天下，能以马上治之乎？”汉高皇听了，哑然一笑，说道：“便依你说。不管甚么文字，念了与寡人听之。”陆大夫不慌不忙，袖里出一卷文字，恰是平日灯窗下纂集的《新语》一十三篇，高声奏上。那高皇才听了一篇，龙颜大喜。后来一篇一篇，都喝采称善。立封他做个关内侯。那一日好不气象[26]！休道汉高皇，便是那两班文武，见着皆呼万岁。一言擲地，万岁喧天。（生叹介）则俺连篇累牍无人见。（合前）（丑）再问春卿，在家何以为生？（生）寄食园公[27]。（丑）依小弟说，不如干谒[28]些须，可图前进。（生）你不知，今人少趣哩。（丑）老兄可知？有个钦差识宝中郎苗老先生，倒是个知趣人。今秋任满，例于香山澳多宝寺中赛宝。那时一往何如？（生）领教。

应念愁中恨索居[29]，（段成式）
青云器业[30]俺全疏。（李商隐）
越王自指高台笑，（皮日休）
刘项原来不读书。（章碣）

注释

[1] 寄籍：指久离原籍而用旅居地的籍贯。

[2] 鹏程：前程远大。

[3] 甲子海门：地名。今广东陆丰县东南有甲子门海口，巨石壁立，形势险要。

[4]《破佛骨表》：即《论佛骨表》。元和十四年，唐宪宗迎接释迦佛骨一节入宫。韩愈上表反对，被贬为潮州刺史。

[5] 蓝关：地名，在今陕西蓝田县东南。韩愈有《左迁至蓝关示侄孙湘》。

[6] 采头罢了：兆头不好那也算了。采头，兆头。罢了，算了。

[7] 下八洞神仙：道家传说，一般泛称八仙，即汉钟离、张果老、韩湘子、铁拐李、曹国舅、吕洞宾、蓝采和、何仙姑。

[8] 退之公公潮州瘴死：这里所说的韩愈的事迹是编造出来的，并不符合历史事实。

[9] 骨殖：骸骨。

[10] 水潮：潮州。

[11] 广城：广州。

[12] 经史腹便便：意谓满肚子都是学问。便便，形容人腹部肥胖。

[13] 祖龙飞、鹿走中原：指秦末农民起义大爆发。祖龙，指秦始皇。飞，死。鹿走中原，喻政权动摇。

[14] 倚定着摩崖半壁天：指凭借着天险。半壁天，指割据一方。

[15] 半部：指半部《论语》。北宋赵普曾在宋太宗赵光义面前吹嘘说以半部《论语》帮助太祖（赵匡胤）打天下，以另外半部帮助赵光义治理国家。

[16] “不患有司之不明”四句：此为有意改动韩愈《进学解》，是为了更好地写出书生的迂腐可笑。原文为：“诸生业患不能精，无患有司之不明；行患不能成，无患有司之不公。”

[17] “我公公则为在朝阳殿与王叔文丞相下棋子”三句：属编造情节。唐德宗贞元末年，柳宗元参加了以王叔文为首的政治集团，企图改革。事败，柳宗元被贬为永州司马。

[18] 三六九比势：指旗鼓相当，势均力敌。

[19] “我有《王泥水传》”两句：这里及后面提到的韩愈、柳宗元的几篇作品，可以在他们各自的文集中看到。《王泥水传》即《圬者王承福传》。

[20] 取奉取奉：取奉，原指向皇帝效劳，这里用叠句，是趋奉的谐音，作奉承、讨好解。

[21] 烟方：多雾的瘴气盛行的地区。

[22] 制买书田：规划购买书籍和田地。读书可以升官发财，买田可以保障生活，都有利可图。这是封建时代的看法。

[23] 明时：政治清明的时代。

[24] 陆贾：汉初政论家、辞赋家。汉高祖曾派他去封赵佗为南越王。回来后陆贾升为太中大夫。下文“黄金累千”是赵佗给他的赏赐。

[25] 尿鳖子：尿壶。

[26] 气象：此作形容词，犹言神气。

[27] 园公：园丁。

[28] 干谒：有所求而请见。

[29] 索居：独居。

[30] 青云器业：指做官的才能。

第七出　闺　塾

（末上）“吟馀改抹前春句，饭后寻思午晌茶。蚁上案头沿砚水，蜂穿窗眼咂瓶花。”我陈最良杜衙设帐[1]，杜小姐家传《毛诗》[2]。极承老夫人管待。今日早膳已过，我且把毛注潜玩一遍。（念介）“关关雎鸠，在河之洲。窈窕淑女，君子好逑。”好者好也，逑者求也。（看介）这早晚了，还不见女学生进馆。却也娇养的凶。待我敲三声云板。（敲云板介）春香，请小姐解书。

【绕池游】（旦引贴捧书上）素妆才罢，缓步书堂下。对净几明窗潇洒。（贴）《昔氏贤文》[3]，把人禁杀，恁时节则好教鹦哥唤茶[4]。（见介）（旦）先生万福，（贴）先生少怪。（末）凡为女子，鸡初鸣，咸盥、漱、栉、笄，问安于父母[5]。日出之后，各供其事。如今女学生以读书为事，须要早起。（旦）以后不敢了。（贴）知道了。今夜不睡，三更时分，请先生上书。（末）昨日上的《毛诗》，可温习？（旦）温习了。则待讲解。（末）你念来。（旦念书介）“关关雎鸠，在河之洲。窈窕淑女，君子好逑。”（末）听讲。“关关雎鸠”，雎鸠是个鸟，关关鸟声也。（贴）怎样声儿？（末作鸠声）（贴学鸠声诨介）（末）此鸟性喜幽静，在河之洲。（贴）是了。不是昨日是前日，不是今年是去年，俺衙内关着个斑鸠儿，被小姐放去，一去去在何知州[6]家。（末）胡说，这是兴[7]。（贴）兴个甚的那？（末）兴者起也。起那下头窈窕淑女，是幽闲女子，有那等君子好好的来求他。（贴）为甚好好的求他？（末）多嘴哩。（旦）师父，依注解书，学生自会。但把《诗经》大意，敷演[8]一番。

【掉角儿】（末）论《六经》，《诗经》最葩[9]，闺门内许多风雅：有指证，姜嫄产哇[10]；不嫉妒，后妃贤达。更有那咏鸡鸣，伤燕羽，泣江皋，思汉广[11]，洗净铅华[12]。有风有化[13]，宜室宜家。（旦）这经文偌多？（末）《诗》三百，一言以蔽之，没多些，只“无邪”两字，付与儿家。书讲了。春香取文房四宝来模字。（贴下取上）纸、墨、笔、砚在此。（末）这甚么墨？（旦）丫头错拿了，这是螺子黛，画眉的。（末）这甚么笔？（旦作笑介）这便是画眉细笔。（末）俺从不曾见。拿去，拿去！这是甚么纸？（旦）薛涛笺[14]。（末）拿去，拿去。只拿那蔡伦[15]造的来。这是甚么砚？是一个是两个？（旦）鸳鸯砚。（末）许多眼[16]？（旦）泪眼[17]。（末）哭甚么子？一发换了来。（贴背介）好个标老儿[18]！待换去。（下换上）这可好？（末看介）着。（旦）学生自会临书。春香还劳把笔[19]。（末）看你临。（旦写字介）（末看惊介）我从不曾见这样好字。这甚么格？（旦）是卫夫人传下美女簪花之格[20]。（贴）待俺写个奴婢学夫人。（旦）还早哩。（贴）先生，学生领出恭牌[21]。（下）（旦）敢问师母尊年？（末）目下平头[22]六十。（旦）学生待绣对鞋儿上寿，请个样儿。（末）生受了。依《孟子》上样儿，做个"不知足而为屦[23]"罢了。（旦）还不见春香来。（末）要唤他么？（末叫三度介）（贴上）害淋的。（旦作恼介）劣丫头那里来？（贴笑介）溺尿去来。原来有座大花园。花明柳绿，好耍子哩。（末）哎也，不攻书，花园去。待俺取荆条来。（贴）荆条做甚么？

【前腔】女郎行[24]那里应文科判衙？止不过识字儿书涂嫩鸦[25]。（起介）（末）古人读书，有囊萤的，趁月亮[26]的。（贴）待映月，耀蟾蜍眼花；待囊萤，把虫蚁儿活支煞[27]。（末）悬梁、刺股[28]呢？（贴）比似你悬了梁，损头发；刺了股，添疤痆[29]。有甚光华！（内叫卖花介）（贴）小姐，你听一声声卖花，把读书声差。（末）又引逗小姐哩。待俺当真打一下。（末作打介）（贴闪介）你待打、打这哇哇，桃李门墙[30]，崄把负荆人[31]唬煞。（贴抢荆条投地介）（旦）死丫头，唐突了师父，快跪下。（贴跪介）（旦）师父看他初犯，容学生责认一遭儿。

【前腔】手不许把秋千索拿，脚不许把花园路踏。（贴）则瞧罢。（旦）还嘴，这招风[32]嘴，把香头来绰疤；招花眼，把绣针儿签瞎。（贴）瞎了中甚用？（旦）则要你守砚台，跟书案，伴"诗云"，陪"子曰"，没的争差[33]。（贴）争差些罢。（旦挦贴发介）则问你几丝儿头发，几条背花[34]？敢也怕些些夫人堂上那些家法。（贴）再不敢了。（旦）可知道？（末）也罢，松这一遭儿，起来。（贴起介）

【尾声】（末）女弟子则争个不求闻达，和男学生一般儿教法。你们工课完了，方可回衙。咱和公相陪话去（合）怎辜负的这一弄[35]明窗新

绛纱。(下)(贴作背后指末骂介)村老牛，痴老狗，一些趣也不知。(旦作扯介)死丫头，“一日为师，终身为父”，他打不的你？俺且问你那花园在那里？(贴作不说)(旦作笑问介)(贴指介)兀那不是！(旦)可有甚么景致？(贴)景致么，有亭台六七座，秋千一两架。绕的流觞曲水[36]，面着太湖山石[37]。名花异草，委实华丽。(旦)原来有这等一个所在，且回衙去。

(旦)也曾飞絮谢家庭，(李山甫)
(贴)欲化西园蝶未成。(张泌)
(旦)无限春愁莫相问，(赵嘏)
(合)绿阴终借暂时行。(张祜)

注释

[1] 设帐：指教书。

[2]《毛诗》：相传为西汉初毛亨和毛苌所传，是解释《诗经》的一部书。此外，鲁人申培、齐人辕固、燕人韩婴都传《诗》。三家诗先后失传，只有《毛诗》独存。后用《毛诗》作为《诗经》的代称。

[3]《昔氏贤文》：书名，用格言编成的初学读本。

[4] 恁时节则好教鹦哥唤茶：这时候。鹦哥，鹦鹉。

[5]“鸡初鸣”三句：这是载于《礼记·内则》篇的旧时代为人子女的生活守则之一。

[6] 何知州：与“河之洲”谐音，调笑用。知州，明、清以知州为州的长官名称。掌一州政务。

[7] 兴：《诗经》六义之一。即物起兴，民歌的开头。

[8] 敷演：陈说并加以引申。此作解释解。

[9] 葩：本意为花，这里是华丽有文采的意思。

[10] 姜嫄产哇：相传姜嫄是帝喾的妃子，她在荒野踏到巨人脚迹，因而有孕，生下来的儿子就是后稷。哇，通“娃”。

[11]“更有那咏鸡鸣”四句：讲《诗经》的题材。咏鸡鸣，指《齐风·鸡鸣》。伤燕羽，指《邶风·燕燕》。泣江皋，具体指《诗经》中的哪一首诗难以确定。思汉广，指《周南·汉广》。

[12] 洗净铅华：归于朴素。铅华，用来搽脸的铅粉。

[13] 有风有化：有教育意义。
[14] 薛涛笺：唐代名妓薛涛制作的笺纸。
[15] 蔡伦：东汉造纸术发明家。
[16] 眼：指砚眼，砚石经磨制后出现的天然石纹，圆晕如眼，有白、赤、黄等不同颜色。
[17] 泪眼：端砚的眼不很清润明朗的叫泪眼。
[18] 标老儿：不知趣的人，犹说土老儿。
[19] 把笔：学生初学写字时不会用毛笔，老师以右手握住学生的右手帮着写，叫把笔，也叫把字。
[20] 美女簪花之格：此形容书法娟秀。格，标准。
[21] 出恭牌：请假上厕所。明代试场不让考生擅离座位，设有出恭入敬牌。考生上厕所，凭牌出入。
[22] 平头：凡计数逢十，叫作齐头数。平与齐同。
[23] 不知足而为屦：不知道脚的大小而买鞋子。这是写陈最良书呆子气。
[24] 女郎行：犹言女儿家。行，用在人称词之后，有"辈""家"的意思。
[25] 书涂嫩鸦：随便写几个字。
[26] 趁月亮：据《南齐书》载，南齐江泌家贫点不起灯，晚上在月亮下读书。
[27] 活支煞：活生生弄杀。
[28] 刺股：用苏秦事。战国时苏秦刻苦学习，怕自己倦极睡去而用钻子刺自己的大腿。
[29] 疕：本义是生疮，这里是疮痕，疤痕的意思。
[30] 门墙：指师门。
[31] 负荆人：身背荆条向人请罪的人。这里指有过错的人。
[32] 招风：招惹是非。
[33] 没的争差：这里是没有差错的意思。
[34] 背花：背上被鞭打的伤痕。
[35] 一弄：一派、一带。
[36] 曲水：古代风俗，于夏历三月上旬巳日（魏以后始固定为三月三日）就水滨宴乐，以祓除不祥，后人因引水环曲成渠，流觞取饮为乐，称为曲水。
[37] 太湖山石：太湖石堆叠的假山。太湖石产于太湖，石多孔洞，宜于作园林假山之用。

第八出　劝　农[1]

【夜游朝】（外引净扮皂隶，贴扮门子同上）何处行春开五马？采邠风物候秾华[2]。竹宇闻鸠，朱轓引鹿[3]。且留憩甘棠之下。〔古调笑〕“时节时节，过了春三二月。乍晴膏雨[4]烟浓，太守春深劝农。农重农重，缓理征徭词讼。”俺南安府在江广之间，春事颇早。想俺为太守的，深居府堂，那远乡僻坞，有抛荒游懒的，何由得知？昨已吩咐该县置买花酒，待本府亲自劝农。想已齐备。（丑扮县吏上）“承行无令史，带办有农民。”禀爷爷，劝农花酒，俱已齐备。（外）吩咐起行。近乡之处，不许多人啰唣。（众应，喝道起行介）（外）正是：“为乘阳气行春令[5]，不是闲游玩物华。”（下）

【前腔】（生、末扮父老上）白发年来公事寡。听儿童笑语喧哗。太守巡游，春风满马。敢借着这务农宣化？俺等乃是南安府清乐乡中父老。恭喜本府杜太父，管治三年，慈祥端正，弊绝风清。凡各村乡约保甲[6]，义仓社学[7]，无不举行。极是地方有福。现今亲自各乡劝农，不免官亭[8]伺候。那祗候[9]们扛抬花酒到来也。

【普贤歌】（丑、老旦扮公人，扛酒提花上）俺天生的快手[10]贼无过。衙舍里消消没的睃[11]，扛酒去前坡。（作跌介）几乎破了哥[12]，摔破了花花[13]你赖不的我。（生、末）列位祗候哥到来。（老旦、丑）便是这酒埕子漏了，则怕酒少，烦老官儿遮盖些。（生、末）不妨。且抬过一边，村务[14]里嗑酒去。（老旦、丑下）（生、末）地方[15]端正坐椅，太爷到来。（虚下[16]）

【排歌】（外引众上）红杏深花，菖蒲浅芽。春畴渐暖年华。竹篱茅舍酒旗儿叉。雨过炊烟一缕斜。（生、末接介）（合）提壶[17]叫，布谷[18]喳。行看几日免排衙[19]。休头踏，省喧哗，怕惊他林外野人家。（皂禀介）禀爷，到官亭。（生、末见介）（外）众父老，此为何乡何都？（生、末）南安县第一都清乐乡。（外）待我一观。（望介）（外）美哉此乡，真个清而可乐也。〔长相思〕你看山也清，水也清，人在山阴道上[20]行。春云处处生。（生、末）正是。官也清，吏也清，村民无事到公庭。农歌三两声。（外）父老，知我春游之意乎？

【八声甘州】平原麦洒，翠波摇剪剪，绿畴如画。如酥嫩雨，绕塍春蠢苴[21]。趁江南土疏田脉佳。怕人户们抛荒力不加。还怕，有那无头官事，误了你好生涯。（生、末）以前昼有公差，夜有盗警。老爷到后呵，

【前腔】千村转岁华[22]。愚父老香盆[23]，儿童竹马[24]。阳春有脚[25]，经过百姓人家。月明无犬吠黄花，雨过有人耕绿野。真个，村村雨露桑麻。（内歌《泥滑喇》介）（外）前村田歌可听。

【孝白歌】（净扮田夫上）泥滑喇，脚支沙[26]，短耙长犁滑律的拿。夜雨撒菰麻，天晴出粪渣，香风䬡鲊[27]。（外）歌的好。"夜雨撒菰麻，天晴出粪渣，香风䬡鲊"，是说那粪臭。父老呵，他却不知这粪是香的。有诗为证："焚香列鼎[28]奉君王，馔玉炊金[29]饱即妨。直到饥时闻饭过，龙涎[30]不及粪渣香。"与他插花赏酒。（净插花赏酒，笑介）好老爷，好酒。（合）官里醉流霞[31]，风前笑插花，把农夫们俊煞。（下）（门子禀介）一个小厮唱的来也。

【前腔】（丑扮牧童拿笛上）春鞭打，笛儿吵，倒牛背斜阳闪暮鸦。（笛指门子介）他一样小腰挥，一般双髻鬖[32]，能骑大马。（外）歌的好。怎生指着门子唱"一样小腰挥，一般双髻鬖，能骑大马"？父老，他怎知骑牛的倒稳。有诗为证："常羡人间万户侯，只知骑马胜骑牛。今朝马上看山色，争似骑牛得自由。"赏他酒，插花去。（丑插花饮酒介）（合）官里醉流霞，风前笑插花，村童们俊煞。（下）（门子禀介）一对妇人歌的来也。

【前腔】（旦、老旦采桑上）那桑阴下，柳篓儿搓[33]，顺手腰身剪一丫[34]。呀，甚么官员在此？俺罗敷自有家，便秋胡怎认他，提金下马？（外）歌的好。说与他，不是鲁国秋胡，不是秦家使君，是本府太爷劝农。见此勤劬采桑，可敬也。有诗为证："一般桃李听笙歌，此地桑阴十亩多。不比世间闲草木，丝丝叶叶是绫罗。"领酒，插花去。（二旦背插花，饮酒介）（合）官里醉流霞，风前笑插花，采桑人俊煞。（下）（门子禀介）又一对妇人唱的来也。

【前腔】(老旦、丑持筐采茶上)乘谷雨[35]，采新茶，一旗半枪金缕芽[36]。呀，甚么官员在此？学士雪炊他[37]，书生困想他，竹烟新瓦。(外)歌的好。说与他，不是邮亭学士，不是阳羡书生[38]，是本府太爷劝农。看你妇女们采桑采茶，胜如采花。有诗为证："只因天上少茶星，地下先开百草精[39]。闲煞女郎贪斗草[40]，风光不似斗茶清。"领了酒，插花去。(老旦、丑插花，饮酒介)(合)官里醉流霞，风前笑插花，采茶人俊煞。(下)(生、末跪介)禀老爷，众父老茶饭伺候。(外)不消。馀花馀酒，父老们领去，给散小乡村，也见官府劝农之意。叫祗候们起马。(生、末作攀留不许介)(起叫介)村中男妇领了花赏了酒的，都来送太爷。

【清江引】(前各众插花上)黄堂春游韵潇洒，身骑五花马[41]。村务里有光华，花酒藏风雅。男女们请了，你德政碑[42]随路打。(下)

闾阎缭绕接山巅，(杜甫)
春草青青万顷田。(张继)
日暮不辞停五马，(羊士谔)
桃花红近竹林边。(薛能)

注释

[1] 劝农：古时地方官在春天下乡，鼓励农民从事生产。在多数场合，这种形式主义的措施往往使农民受到骚扰。

[2] 采邠风物候秾华：在百花盛开的时节出动劝农。邠风，即豳风，《诗经·国风》的一部分，抒写的是农事。此处采邠风借指劝农活动。

[3] 朱幡引鹿：指太守出巡劝农。据《后汉书·郑弘传》注载，东汉时淮阳太守郑弘出外劝农，有白鹿跟着他的车子走。有人告诉他，这是做宰相的预兆。朱幡，借指太守所乘的车子。

[4] 膏雨：滋润农作物的及时雨。

[5] 为乘阳气行春令：古代用阴阳解释季节的变嬗。春天阴气终，阳气生。行春令，即劝农。

[6] 乡约保甲：乡约，乡村里要农民遵守的规约。保甲，古时地方基层组织。

[7] 义仓社学：义仓，救灾用的地方公有粮仓。社学，明代以后乡村设立的

学校。
[8] 官亭：即接官亭，古时迎送官员的亭子。
[9] 祗候：本指宋代武官名，后用来指衙役、仆人。
[10] 快手：捕快，地主政府所属的保安人员。
[11] 睃：斜眼看。
[12] 哥：语气词。相当于“啊”。
[13] 花花：指花。
[14] 村务：指乡村酒店。务，酒务的简称。原是宋代造酒、卖酒的机关，一般代指酒店。
[15] 地方：地保。
[16] 虚下：演员走向舞台下场门，好像下场的样子，旋即又回来。
[17] 提壶：鸟名。鸣声如“提壶”。
[18] 布谷：鸟名。鸣声如“布谷”。
[19] 排衙：长官排列仪仗，坐堂办事。
[20] 山阴道上：晋王献之曾云：“从山阴道上行，山川自相映发，使人应接不暇。”后用“山阴道上”指好风景很多的地方。山阴，在今浙江绍兴境内。
[21] 蠢苴：衰败。这里是形容暮春的景色。
[22] 转岁华：指过好日子。
[23] 香盆：封建社会奉迎统治者的一种仪式。焚香插在盆里，盆子顶在头上，跪地迎送，表示崇敬和爱戴。
[24] 儿童竹马：典出《后汉书》本传。东汉人郭伋曾任并州牧。有一次他到所属的一个地方去，数百儿童骑竹马来欢迎他。此用来歌颂太守的美德。
[25] 阳春有脚：典出《开元天宝遗事》，宋璟爱民恤物，朝野赞美。时人咸称璟为有脚阳春。言所至之处，如阳春煦物。此处同为歌颂太守的美德。
[26] 泥滑喇，脚支沙：泥路滑滑的，站不稳。
[27] 馣鲊：馣，当作腌。腌鲊，即腌干鱼。全句是说粪臭随风吹来，有如腌干鱼的气味。
[28] 列鼎：形容菜肴很多。
[29] 馔玉炊金：形容珍贵的食物。
[30] 龙涎：一种名贵的香料。
[31] 流霞：代指酒。原为神话中仙酒名，说是喝了一杯就不会饥渴。
[32] 髻鬌：髻鬟。
[33] 搓：用手掌来回揉。
[34] 丫：丫杈。这里指桑枝。

[35] 谷雨：二十四节气之一。谷雨前采的茶叫谷雨前茶，一名雨前。

[36] 一旗半枪金缕芽：一旗半枪，茶片顶上的小芽，没有展开的叫枪，已经展开的叫旗。金缕芽，上品茶。

[37] 学士雪炊他：宋代学士陶穀得党太尉家姬，取雪水烹茶。问："党家有此乐否？"家姬答："彼粗人安能识此！但能于销金帐中饮羊羔美酒。"事见《事文类聚》。下文"邮亭学士"即陶穀。陶穀曾出使到南唐，在邮亭爱上了妓女秦弱兰。

[38] 阳羡书生：典出《续齐谐记》。阳羡人许彦在路上遇见一个书生，书生说自己的脚痛不能走路，请寄在许彦的鹅笼里带着他走。走了一会，书生从口里吐出一个美女，和他一起喝酒。阳羡，今江苏宜兴。此处指轻薄的书生。

[39] 百草精：即茶。

[40] 斗草：古时妇女在端午节时玩的一种游戏。

[41] 五花马：此处指毛色斑驳的良马。

[42] 德政碑：百姓为歌颂地方官的德政所立的碑石。

第九出 肃 苑[1]

【一江风】（贴上）小春香，一种[2]在人奴上，画阁里从娇养。侍娘行，弄粉调朱，贴翠拈花，惯向妆台傍。陪他理绣床，陪他烧夜香。小苗条[3]吃的是夫人杖。“花面[4]丫头十三四，春来绰约省人事。终须等着个助情花，处处相随步步觑。”俺春香日夜跟随小姐。看他名为国色，实守家声。嫩脸娇羞，老成尊重。只因老爷延师教授，读到《毛诗》第一章：“窈窕淑女，君子好逑。”悄然废书而叹曰：“圣人之情，尽见于此矣。今古同怀，岂不然乎？”春香因而进言：“小姐读书困闷，怎生消遣则个[5]？”小姐一会沉吟，逡巡而起。便问道：“春香，你教我怎生消遣那？”俺便应道：“小姐，也没个甚法儿，后花园走走罢。”小姐说：“死丫头，老爷闻知怎好？”春香应说：“老爷下乡，有几日了。”小姐低回[6]不语者久之，方才取过历书选看。说明日不佳，后日欠好，除大后日，是个小游神[7]吉期。预唤花郎，扫清花径。我一时应了，则怕老夫人知道。却也由他。且自叫那小花郎吩咐去。呀，回廊那厢，陈师父来了。正是：“年光到处皆堪赏，说与痴翁总不知。”

【前腔】（末上）老书堂，暂借扶风帐。日暖钩帘荡。呀，那回廊，小立双鬟，似语无言，近看如何相？是春香，问你恩官在那厢？夫人在那厢？女书生怎不把书来上？（贴）原来是陈师父。俺小姐这几日没工夫上书。（末）为甚？（贴）听呵，

【前腔】甚年光！忒煞通明相[8]，所事关情况。（末）有甚么情况？（贴）老师父还不知，老爷怪你哩。（末）何事？（贴）说你讲《毛诗》，毛的忒精了。小姐呵，为诗章，讲动情肠。（末）则讲了个“关关雎鸠”。（贴）故此了。小姐说，关了的雎鸠，尚然有洲渚之兴，可以人而不如鸟乎！书要埋头，那景致则抬头望。如今吩咐，明后日游后花园。（末）为甚去游？（贴）他平白地为春伤。因春去的忙，后花园要把春愁漾[9]。

（末）一发不该了。

【前腔】论娘行，出入人观望，步起须屏障[10]。春香，你师父靠天也六十来岁，从不晓得伤个春，从不曾游个花园。（贴）为甚？（末）你不知。孟夫子说的好，圣人千言万语，则要人"收其放心"。但如常，着甚春伤？要甚春游？你放春归，怎把心儿放？小姐既不上书，我且告归几日。春香呵，你寻常到讲堂，时常向琐窗[11]，怕燕泥香点涴在琴书上。我去了。"绣户[12]女郎闲斗草，下帷老子不窥园[13]。"（下）（贴吊场[14]）且喜陈师父去了。叫花郎在么？（叫介）花郎！

【普贤歌】（丑扮小花郎醉上）一生花里小随衙[15]，偷去街头学卖花。令史们将我揸，祗候们将我搭，狠烧刀、险把我嫩盘肠生灌杀。（见介）春姐在此。（贴）好打。私出衙前骗酒，这几日菜也不送。（丑）有菜夫。（贴）水也不枧[16]。（丑）有水夫。（贴）花也不送。（丑）每早送花，夫人一分，小姐一分。（贴）还有一分哩？（丑）这该打。（贴）你叫甚么名字？（丑）花郎。（贴）你把花郎的意思，㧌个曲儿俺听，㧌的好，饶打。（丑）使得。

【梨花儿】小花郎看尽了花成浪，则春姐花沁的水洸浪。和你这日高头偷眼眼，嗏，好花枝干鳖了作么朗！（贴）待俺还你也哥。

【前腔】小花郎做尽花儿浪，小郎当夹细的大当郎？（丑）哎哟，（贴）俺待到老爷回时说一浪[17]，（采丑发介）嗏，敢几个小榔头把你分的朗。（丑倒介）罢了，姐姐为甚事光降小园？（贴）小姐大后日来瞧花园，好些扫除花径。（丑）知道了。

东郊风物正熏馨，（崔日用）
应喜家山接女星[18]。（陈陶）
莫遣儿童触红粉[19]，（韦应物）
便教莺语太丁宁[20]。（杜甫）

注释

[1] 肃苑：指打扫园林。
[2] 一种：犹同样。

[3] 小苗条：指瘦小的身材。

[4] 花面：形容女子如花的容貌。

[5] 则个：助词，用在句子结尾，无义，表示加强语气。

[6] 低回：徊徘，流连。

[7] 小游神：迷信说法。古人出行要避免凶煞，选择吉日。小游神当值的那天被认为是吉日之一，可外出游玩。

[8] 通明相：聪明模样。

[9] 春愁漾：指排遣春愁。漾，抛。

[10] 步起须屏障：指女子出外把脸遮住。

[11] 琐窗：指装潢得很好的房子。此指书房。琐，门窗上镂刻的连环形花纹。

[12] 绣户：闺房。

[13] 下帷老子不窥园：据《汉书》本传载，汉代学者董仲舒在帷帐内专心学问，三年不去看一下园圃。

[14] 吊场：一出戏的结尾，其他演员都已下场，留下一人念下场诗，叫吊场。这里是一出戏中的一个场面的结束，由春香的几句说白转到另一个场面。

[15] 随衙：跟随，侍候。

[16] 枧：同“笕”，引水的长竹管，安在房檐下或田间。这里作动词，指接通引水的竹管。

[17] 说一浪：犹言说一下、说一番。

[18] 女星：即女宿，二十八宿之一。

[19] 莫遣儿童触红粉：这里是指不要让小儿女懂男女之事。

[20] 便教莺语太丁宁：意思是（懂事之后）他们言语之间就太多情了。

第十出 惊 梦

【绕池游】（旦上）梦回莺啭，乱煞年光遍[1]。人立小庭深院。（贴）炷尽沉烟[2]，抛残绣线，恁今春关情似去年？〔乌夜啼〕“（旦）晓来望断梅关[3]，宿妆残。（贴）你侧着宜春髻子[4]恰凭阑。（旦）剪不断，理还乱，闷无端。（贴）已吩咐催花莺燕借春看。”（旦）春香，可曾叫人扫除花径？（贴）吩咐了。（旦）取镜台衣服来。（贴取镜台衣服上）“云髻罢梳还对镜，罗衣欲换更添香。”镜台衣服在此。

【步步娇】（旦）袅晴丝[5]吹来闲庭院，摇漾春如线。停半晌、整花钿[6]。没揣菱花[7]，偷人半面，迤逗的彩云偏[8]。（行介）步香闺怎便把全身现！（贴）今日穿插的好。

【醉扶归】（旦）你道翠生生出落的裙衫儿茜[9]，艳晶晶花簪八宝填，可知我常一生儿爱好是天然[10]。恰三春好处[11]无人见。不提防沉鱼落雁鸟惊喧，则怕的羞花闭月花愁颤。（贴）早茶时了，请行。（行介）你看：“画廊金粉半零星，池馆苍苔一片青。踏草怕泥新绣袜，惜花疼煞小金铃[12]。”（旦）不到园林，怎知春色如许！

【皂罗袍】原来姹紫嫣红开遍，似这般都付与断井颓垣。良辰美景奈何天，赏心乐事谁家[13]院！恁般景致，我老爷和奶奶再不提起。（合）朝飞暮卷，云霞翠轩；雨丝风片，烟波画船——锦屏人[14]忒看的这韶光贱！（贴）是花都放了，那牡丹还早。

【好姐姐】（旦）遍青山啼红了杜鹃[15]，酴醾外烟丝醉软。春香呵，牡丹虽好，他春归怎占的先！（贴）成对儿莺燕呵。（合）闲凝眄，生生燕语明如剪，呖呖莺歌溜的圆。（旦）去罢。（贴）这园子委是观之不足也。（旦）提他怎的！（行介）

【隔尾】观之不足由他缱[16]，便赏遍了十二亭台是枉然。倒不如兴尽回家闲过遣。（作到介）（贴）“开我西阁门，展我东阁床[17]。瓶插映山紫[18]，炉添沉水香。”小姐，你歇息片时，俺瞧老夫人去也。（下）（旦

叹介）"默地游春转，小试宜春面。"春呵，得和你两留连，春去如何遣？咳，恁般天气，好困人也。春香那里？（作左右瞧介）（又低首沉吟介）天呵，春色恼人，信有之乎！常观诗词乐府，古之女子，因春感情，遇秋成恨，诚不谬矣。吾今年已二八，未逢折桂之夫；忽慕春情，怎得蟾宫之客？昔日韩夫人得遇于郎[19]，张生偶逢崔氏[20]，曾有《题红记》《崔徽传》二书。此佳人才子，前以密约偷期[21]，后皆得成秦晋[22]。（长叹介）吾生于宦族，长在名门。年已及笄[23]，不得早成佳配，诚为虚度青春，光阴如过隙耳。（泪介）可惜妾身颜色如花，岂料命如一叶乎！

【山坡羊】没乱里[24]春情难遣，蓦地里怀人幽怨。则为俺生小婵娟，拣名门一例、一例里神仙眷。甚良缘，把青春抛的远！俺的睡情谁见？则索因循腼腆。想幽梦谁边，和春光暗流转？迁延，这衷怀那处言！淹煎[25]，泼残生，除问天！身子困乏了，且自隐几[26]而眠。（睡介）（梦生介）（生持柳枝上）"莺逢日暖歌声滑，人遇风情笑口开。一径落花随水入，今朝阮肇到天台。"小生顺路儿跟着杜小姐回来，怎生不见？（回看介）呀，小姐，小姐！（旦作惊起介）（相见介）（生）小生那一处不寻访小姐来，却在这里！（旦作斜视不语介）（生）恰好花园内，折取垂柳半枝。姐姐，你既淹通书史，可作诗以赏此柳枝乎？（旦作惊喜，欲言又止介）（背想）这生素昧平生，何因到此？（生笑介）小姐，咱爱杀你哩！

【山桃红】则为你如花美眷，似水流年，是答儿[27]闲寻遍。在幽闺自怜。小姐，和你那答儿讲话去。（旦作含笑不行）（生作牵衣介）（旦低问）那边去？（生）转过这芍药栏前，紧靠着湖山石边。（旦低问）秀才，去怎的？（生低答）和你把领扣松，衣带宽，袖梢儿搵着牙儿苫也，则待你忍耐温存一晌眠。（旦作羞）（生前抱）（旦推介）（合）是那处曾相见，相看俨然，早难道这好处相逢无一言？（生强抱旦下）（末扮花神束发冠，红衣插花上）"催花御史惜花天，检点春工又一年。蘸[28]客伤心红雨下，勾人悬梦彩云边。"吾乃掌管南安府后花园花神是也。因杜知府小姐丽娘，与柳梦梅秀才，后日有姻缘之分。杜小姐游春感伤，致使柳秀才入梦。咱花神专掌惜玉怜香，竟来保护他，要他云雨十分欢幸也。

【鲍老催】（末）单则是混阳烝变，看他似虫儿般蠢动把风情搧。一般儿娇凝翠绽魂儿颤。这是景上缘，想内成，因中见。呀，淫邪展污[29]了花台殿。咱待拈片落花儿惊醒他。（向鬼门[30]丢花介）他梦酣春透了

怎留连？拈花闪碎的红如片。秀才才到的半梦儿；梦毕之时，好送杜小姐仍归香阁。吾神去也。（去）

【山桃红】（生、旦携手上）（生）这一霎天留人便，草藉花眠。小姐可好？（旦低头介）（生）则把云鬟点，红松翠偏。小姐休忘了呵，见了你紧相偎，慢厮连，恨不得肉儿般团成片也，逗的个日下胭脂雨上鲜。（旦）秀才，你可去呵？（合）是那处曾相见，相看俨然，早难道这好处相逢无一言？（生）姐姐，你身子乏了，将息，将息。（送旦依前作睡介）（轻拍旦介）姐姐，俺去了。（作回顾介）姐姐，你可十分将息，我再来瞧你那。“行来春色三分雨，睡去巫山一片云。”（下）（旦作惊醒，低叫介）秀才，秀才，你去了也？（又作痴睡介）（老旦上）“夫婿坐黄堂，娇娃立绣窗。怪他裙衩上，花鸟绣双双。”孩儿，孩儿，你为甚瞌睡在此？（旦作醒，叫秀才介）咳也。（老旦）孩儿怎的来？（旦作惊起介）奶奶到此！（老旦）我儿，何不做些针指，或观玩书史，舒展情怀？因何昼寝于此？（旦）孩儿适花园中闲玩，忽值春暄恼人，故此回房。无可消遣，不觉困倦少息。有失迎接，望母亲恕儿之罪。（老旦）孩儿，这后花园中冷静，少去闲行。（旦）领母亲严命。（老旦）孩儿，学堂看书去。（旦）先生不在，且自消停[31]。（老旦叹介）女孩儿长成，自有许多情态，且自由他。正是：“宛转随儿女，辛勤做老娘。”（下）（旦长叹介）（看老旦下介）哎也，天那，今日杜丽娘有些侥幸也。偶到后花园中，百花开遍，睹景伤情。没兴而回，昼眠香阁。忽见一生，年可弱冠[32]，丰姿俊妍。于园中折得柳丝一枝，笑对奴家说：“姐姐既淹通书史，何不将柳枝题赏一篇？”那时待要应他一声，心中自忖，素昧平生，不知名姓，何得轻与交言。正如此想间，只见那生向前说了几句伤心话儿，将奴搂抱去牡丹亭畔，芍药阑边，共成云雨之欢。两情和合，真个是千般爱惜，万种温存。欢毕之时，又送我睡眠，几声“将息”。正待自送那生出门，忽值母亲来到，唤醒将来。我一身冷汗，乃是南柯一梦[33]。忙身参礼母亲，又被母亲絮了许多闲话。奴家口虽无言答应，心内思想梦中之事，何曾放怀。行坐不宁，自觉如有所失。娘呵，你教我学堂看书去，知他看那一种书消闷也。（作掩泪介）

【绵搭絮】雨香云片[34]，才到梦儿边。无奈高堂，唤醒纱窗睡不便。泼新鲜冷汗粘煎，闪的俺心悠步亸[35]，意软鬟偏。不争多[36]费尽神

情，坐起谁忺[37]？则待去眠。（贴上）“晚妆销粉印，春润费香篝[38]。”小姐，熏了被窝睡罢。

【尾声】（旦）困春心游赏倦，也不索香熏绣被眠。天呵，有心情那梦儿还去不远。

春望逍遥出画堂，（张说）
间梅遮柳不胜芳。（罗隐）
可知刘阮逢人处？（许浑）
回首东风一断肠。（韦庄）

注释

[1] 乱煞年光遍：意谓缭乱的春光到处都是。

[2] 沉烟：即沉香。

[3] 梅关：地名，在江西大庾岭上。在本剧故事发生地点江西省南安府（大庾）的南面。

[4] 宜春髻子：古时妇女在立春那天要剪彩绸作燕子状，上写“宜春”两字，戴在发髻上。

[5] 晴丝：游丝、飞丝，也即后文所说的烟丝，为虫类所吐的常在空中飘荡的丝缕。

[6] 花钿：妇女的首饰。

[7] 菱花：即镜子。古时铜镜的背面所铸花纹一般为菱花，故称菱花镜，或用菱花代称镜子。

[8] 迤逗的彩云偏：迤逗，引惹，挑逗。彩云，喻美丽的发卷。此句意思是想不到镜子（拟人化）偷偷地照见了她。害得她羞答答地把发卷也弄歪了。

[9] 翠生生出落的裙衫儿茜：翠生生，言色彩鲜艳。茜，大红色。

[10] 爱好是天然：爱好，犹言爱美。天然，天性使然。

[11] 三春好处：喻自己青春美貌。下文“沉鱼落雁”“羞花闭月”都是小说、戏曲中常用来形容女子美貌的。

[12] 惜花疼煞小金铃：据《开元天宝遗事》载：“天宝初，宁王……于后园中纫红丝为绳，密缀金铃，系于花梢之上。每有乌鹊翔集，则令园吏掣铃索以惊之。盖惜花之故也。”意思是为惜花常掣铃，连小金铃也被拉得

疼煞了。此为夸张描写。

[13] 谁家：哪一家。一说作什么解。

[14] 锦屏人：喻深闺中人。

[15] 啼红了杜鹃：指开遍了红色的杜鹃花。杜鹃花盛开之时，也是杜鹃鸟昼夜鸣叫之时。古人传说杜鹃花之红乃杜鹃鸟啼血所致。

[16] 缱：留恋，牵系。

[17] “开我西阁门”两句：化用《木兰诗》：“开我东阁门，坐我西阁床。”

[18] 映山紫：映山红（杜鹃花）的一种。

[19] 韩夫人得遇于郎：据《青琐高议·流红记》载，唐僖宗时，宫女韩氏以红叶题诗，红叶从御沟中流出，被于祐拾到。于祐也以红叶题诗，投入沟水上流，寄给韩氏。后来两人结为夫妇。汤显祖同时代人王骥德曾以这个故事写成戏曲《题红记》。

[20] 张生偶逢崔氏：即张生和崔莺莺的爱情故事，事见唐元稹《会真记》。下文说的《崔徽传》是另外一个故事，讲妓女崔徽和裴敬中相爱，分别之后不再相见。崔徽请画工画了一幅像，托人带给裴敬中，并说：“崔徽一旦不及卷中人，徽且为郎死矣！”这里《崔徽传》疑是《莺莺传》或《西厢记》笔误。

[21] 偷期：幽会。

[22] 得成秦晋：成为夫妇。春秋时期秦晋两国世代联姻，后世因称两姓联姻为秦晋之好。

[23] 及笄：指女子成年。古代女子满十五岁以笄束发，表示女子已成年，到了婚配年龄。笄，束发的簪子。

[24] 没乱里：形容心绪很乱。

[25] 淹煎：受煎熬。

[26] 隐几：靠着几案。

[27] 是答儿：到处。下文“那答儿”，指那边。

[28] 蘸：指红雨（落花）沾在人的身上。

[29] 展污：沾污，弄脏。

[30] 鬼门：一作古门，指戏台上演员的上、下场门。

[31] 消停：休息。

[32] 弱冠：二十岁。古时男子到二十岁行冠礼表示已经成人。

[33] 南柯一梦：唐代传奇故事。淳于棼梦见自己当了大槐安国的南柯太守，历尽了富贵荣华，显赫一时。八十岁寿终，惊醒后发现大槐安国不过是大槐树下的一个大蚁穴，南柯郡则是南面树枝下的另一个蚁穴。后人因称梦境为“南柯”，用“南柯一梦”泛指一场空虚的梦。

[34] 雨香云片：指梦中的幽会。
[35] 步亸：形容脚步软弱无力。亸，下垂。
[36] 不争多：差不多，几乎。
[37] 忺：适意，高兴。
[38] 香篝：即熏笼，用以熏香或烘衣。

第十一出　慈　戒

（老旦上）“昨日胜今日，今年老去年。可怜小儿女[1]，长自绣窗前。”几日不到女孩儿房中，午晌去瞧他，只见情思无聊，独眠香阁。问知他在后花园回，身子困倦。他年幼不知：凡少年女子，最不宜艳妆戏游空冷无人之处。这都是春香贱材逗引他。春香那里？（贴上）“闺中图一睡，堂上有千呼。”奶奶，怎夜分时节，还未安寝？（老旦）小姐在那里？（贴）陪过夫人到香阁中，自言自语，淹淹[2]春睡去了。敢在做梦也。（老旦）你这贱材，引逗小姐后花园去。倘有疏虞，怎生是了！（贴）以后再不敢了。（老旦）听俺吩咐：

【征胡兵】女孩儿只合香闺坐，拈花剪朵。问绣窗针指如何？逗工夫一线多[3]。更昼长闲不过，琴书外自有好腾那[4]。去花园怎么？（贴）花园好景。（老旦）丫头，不说你不知：

【前腔】后花园窣静[5]无边阔，亭台半倒落。便我中年人要去时节，尚兀自里[6]打个磨陀。女儿家甚做作？星辰高[7]犹自可。（贴）不高怎的？（老旦唱）斯撞着，有甚不着科，教娘怎么？小姐不曾晚餐，早饭要早。你说与他。

（老）风雨林中有鬼神，（苏广文）
（贴）寂寥未是采花人。（郑谷）
（老）素娥[8]毕竟难防备，（段成式）
（贴）似有微词[9]动绛唇。（唐彦谦）

注释

[1] 可怜小儿女：语出杜甫《月夜》：“遥怜小儿女，未解忆长安。”

[2] 淹淹：昏昏沉沉。

[3] 逗工夫一线多：指日子长起来，可以比平日多做一些针线活。一线，刺绣时用完一根线的工夫。

[4] 腾那：此作消遣解。

[5] 窣静：幽静。

[6] 尚兀自里：独自。

[7] 星辰高：指命大、运道好。迷信说法。

[8] 素娥：嫦娥。此处指杜丽娘。

[9] 微词：婉转地规劝、责备。

第十二出　寻　梦

【夜游宫】（贴上）腻脸朝云罢盥，倒犀簪斜插双鬟。侍香闺起早，睡意阑珊[1]：衣桁[2]前，妆阁畔，画屏间。服侍千金小姐，丫鬟一位春香。请过猫儿师父，不许老鼠放光。侥幸《毛诗》感动，小姐吉日时良。拖带春香遣闷，后花园里游芳。谁知小姐瞌睡，恰遇着夫人问当[3]。絮了小姐一会，要与春香一场。春香无言知罪，以后劝止娘行。夫人还是不放，少不得发咒禁当[4]。（内介）春香姐，发个甚咒来？（贴）敢再跟娘胡撞，教春香即世里不见儿郎。虽然一时抵对，乌鸦管的凤凰？一夜小姐焦躁，起来促水朝妆。由他自言自语，日高花影纱窗。（内介）快请小姐早膳。（贴）"报道官厨饭熟，且去传递茶汤。"（下）

【月儿高】（旦上）几曲屏山展，残眉黛深浅。为甚衾儿里不住的柔肠转？这憔悴非关爱月眠迟倦，可为惜花，朝起庭院？"忽忽花间起梦情，女儿心性未分明。无眠一夜灯明来，分[5]煞梅香唤不醒。"昨日偶尔春游，何人见梦。绸缪顾盼，如遇平生。独坐思量，情殊怅悦。真个可怜人也。（闷介）（贴捧茶食上）"香饭盛来鹦鹉粒[6]，清茶擎出鹧鸪斑[7]。"小姐早膳哩。（旦）咱有甚心情也！

【前腔】梳洗了才匀面，照台儿[8]未收展。睡起无滋味，茶饭怎生咽？（贴）夫人吩咐，早饭要早。（旦）你猛说夫人，则待把饥人劝。你说为人在世，怎生叫作吃饭？（贴）一日三餐。（旦）咳，甚瓯儿气力与擎拳！生生的了前件[9]。你自拿去吃便了。（贴）"受用馀杯冷炙，胜如剩粉残膏。"（下）（旦）春香已去。天呵，昨日所梦，池亭俨然。只图旧梦重来，其奈新愁一段。寻思展转，竟夜无眠。咱待乘此空闲，背却春香，悄向花园寻看。（悲介）哎也，似咱这般，正是："梦无彩凤双飞翼，心有灵犀一点通。"（行介）一径行来，喜的园门洞开，守花的都不在。则这残红满地呵！

【懒画眉】最撩人春色是今年。少甚么[10]低就高来粉画垣，原来春心无处不飞悬。(绊介)哎，睡酴醾抓住裙衩线，恰便是花似人心好处牵。这一弯流水呵！

【前腔】为甚呵，玉真重溯武陵源[11]？也则为水点花飞在眼前。是天公不费买花钱，则咱人心上有啼红怨。咳，辜负了春三二月天。(贴上)吃饭去，不见了小姐，则得一径寻来。呀，小姐，你在这里！

【不是路】何意婵娟，小立在垂垂花树[12]边。才朝膳，个人无伴怎游园？(旦)画廊前，深深蓦见衔泥燕，随步名园是偶然。(贴)娘回转，幽闺窣地教人见，“那些儿闲串？那些儿闲串？”

【前腔】(旦作恼介)哇，偶尔来前，道的咱偷闲学少年。(贴)咳，不偷闲，偷淡。(旦)欺奴善，把护春台[13]都猜作谎桃源。(贴)敢胡言，这是夫人命，道春多刺绣宜添线，润逼炉香好腻笺[14]。(旦)不说甚来？(贴)这荒园堑，怕花妖木客寻常见[15]。去小庭深院，去小庭深院！(旦)知道了。你好生答应夫人去，俺随后便来。(贴)“闲花傍砌如依主，娇鸟嫌笼会骂人。”(下)(旦)丫头去了，正好寻梦。

【忒忒令】那一答可是湖山石边，这一答似牡丹亭畔。嵌雕阑芍药芽儿浅，一丝丝垂杨线，一丢丢榆荚钱[16]。线儿春甚金钱吊转！呀，昨日那书生将柳枝要我题咏，强我欢会之时，好不话长！

【嘉庆子】是谁家少俊来近远，敢迤逗这香闺去沁园？话到其间腼腆。他捏这眼，奈烦也天；咱嗽这口，待酬言。

【尹令】那书生可意呵，咱不是前生爱眷，又素乏平生半面。则道来生出现，乍便今生梦见。生就个书生，恰恰生生抱咱去眠。那些好不动人春意也。

【品令】他倚太湖石，立着咱玉婵娟。待把俺玉山[17]推倒，便日暖玉生烟[18]。挨过雕阑，转过秋千，掯[19]着裙花展。敢席着地，怕天瞧见。好一会分明，美满幽香不可言。梦到正好时节，甚花片儿吊下来也！

【豆叶黄】他兴心儿[20]紧咽咽，呜[21]着咱香肩。俺可也慢掂掂[22]做意儿周旋。等闲间把一个照人儿昏善[23]，那般形现，那般软绵。忑[24]一片撒花心的红影儿吊将来半天。敢是咱梦魂儿厮缠？咳，寻来寻去，都不见了。牡丹亭，芍药阑，怎生这般凄凉冷落，杳无人迹？好不伤心也！

【玉交枝】（泪介）是这等荒凉地面，没多半亭台靠边，好是咱眯睽色眼寻难见。明放着白日青天，猛教人抓不到魂梦前。霎时间有如活现，打方旋[25]再得俄延，呀，是这答儿压黄金钏匾。要再见那书生呵，

【月上海棠】怎赚骗，依稀想象人儿见。那来时荏苒[26]，去也迁延。非远，那雨迹云踪才一转，敢依花傍柳还重现。昨日今朝，眼下心前，阳台一座登时变。再消停一番。（望介）呀，无人之处，忽然大梅树一株，梅子磊磊可爱。

【二犯幺令】偏则他暗香清远，伞儿般盖的周全。他趁这，他趁这春三月红绽雨肥天[27]，叶儿青，偏迸着苦仁儿里撒圆[28]。爱杀这昼阴便，再得到罗浮梦边[29]。罢了，这梅树依依可人，我杜丽娘若死后，得葬于此，幸矣。

【江儿水】偶然间心似缱，梅树边。这般花花草草由人恋，生生死死随人愿，便酸酸楚楚无人怨。待打并香魂一片，阴雨梅天，守的个梅根相见。（倦坐介）（贴上）"佳人拾翠[30]春亭远，侍女添香午院清。"咳，小姐走乏了，梅树下盹。

【川拨棹】你游花院，怎靠着梅树偃？（旦）一时间望，一时间望眼连天，忽忽地伤心自怜。（泣介）（合）知怎生情怅然，知怎生泪暗悬？（贴）小姐甚意儿？

【前腔】（旦）春归人面，整相看无一言，我待要折，我待要折的那柳枝儿问天，我如今悔，我如今悔不与题笺。（贴）这一句猜头儿[31]是怎言？（合前）（贴）去罢。（旦作行又住介）

【前腔】为我慢归休，缓留连。（内鸟啼介）听，听这不如归[32]春暮天，难道我再，难道我再到这亭园，则挣的个长眠和短眠！（合前）（贴）到了，和小姐瞧奶奶去。（旦）罢了。

【意不尽】软咍咍[33]刚扶到画阑偏，报堂上夫人稳便。咱杜丽娘呵，少不得楼上花枝也则是照独眠。

（旦）武陵何处访仙郎？（释皎然）
（贴）只怪游人思易忘。（韦庄）
（旦）从此时时春梦里，（白居易）
（贴）一生遗恨系心肠。（张祜）

注释

[1] 阑珊：将尽，衰残。这里作未消解。

[2] 衣桁：衣架。

[3] 问当：问。当，语助词，无义。

[4] 禁当：抵对，对付。

[5] 分：同“忿”，忿恨。

[6] 鹦鹉粒：指米饭。

[7] 鹧鸪斑：形容盏中茶影。黄庭坚《满庭芳·咏茶》：“冰磁莹玉，金缕鹧鸪斑。”

[8] 照台儿：镜台。

[9]“甚瓯儿气力与擎拳”两句：意思是哪有力气捧碗吃饭，勉强算吃过了。擎拳，犹言一举手之力。前件，指吃饭。

[10] 少甚么：多的是。全句是说重重的粉墙关不住满园春色。

[11] 玉真重溯武陵源：比喻自己到花园里来寻梦。玉真，仙人。原指刘晨、阮肇在天台山桃源洞遇两仙女，又回到人间，后来他们重新到天台山去找寻仙女。武陵源，晋陶潜《桃花源记》所提到的通向桃花源的溪水名。后人多把武陵源的故事和刘、阮故事混为一谈。

[12] 垂垂花树：指梅花。垂垂，形容花朵下垂。

[13] 护春台：这里指花园。

[14] 腻笺：使笺纸变得更加滑润。

[15] 见：同“现”。

[16] 一丢丢榆荚钱：一丢丢，一串串。榆荚，榆树的果实，圆形如钱，又叫榆钱。

[17]] 玉山：喻身体。

[18] 日暖玉生烟：语出李商隐《锦瑟》：“蓝田日暖玉生烟。”这里是指梦中两人爱情的升华。

[19] 揹：揿。

[20] 兴心儿：着意，尽意。

[21] 呜：吻。

[22] 慢掂掂：慢吞吞。

[23] 等闲间把一个照人儿昏善：轻易地把一个清醒的人弄得这般昏昏沉沉。照人儿，本指镜中人，此处有清醒、明白的意思，是杜丽娘自比。

[24] 忑：惊。

[25] 打方旋：盘旋，徘徊。

[26] 荏苒：渐进，推移。此指时间慢慢过去。

[27] 红绽雨肥天：指梅子成熟的时候。杜甫《陪郑广文游何将军山林十首》有“红绽雨肥梅”句。

[28] 偏迸着苦仁儿里撒圆：偏在伤心人前长出圆圆的果实。梅子是圆的，它的核仁苦。“仁”与“人”相谐。

[29] 再得到罗浮梦边：意指能和柳梦梅再在梦里相会。罗浮梦边，用隋赵师雄的神话故事。赵师雄在罗浮山遇见了一美人，一起饮酒。他喝醉后就睡着了。天亮醒来，发现自己是在一棵大梅花树下。

[30] 拾翠：拾取翠鸟的羽毛。这里指游园。

[31] 猜头儿：谜。

[32] 不如归：拟杜鹃鸟的啼声“不如归去”。

[33] 软咍咍：软绵绵。

第十三出　诀　谒

【杏花天】（生上）虽然是饱学名儒，腹中饥，峥嵘[1]胀气。梦魂中紫阁丹墀[2]，猛抬头、破屋半间而已。“蛟龙失水砚池枯，狡兔腾天笔势孤[3]。百事不成真画虎，一枝难稳又惊乌[4]。”我柳梦梅在广州学里，也是个数一数二的秀才，挨了些数伏数九[5]的日子。于今藏身荒圃，寄口髯奴[6]。思之，思之，惶愧，惶愧。想起韩友之谈，不如外县傍州，寻觅活计。正是：“家徒四壁求杨意[7]，树少千头愧木奴[8]。”老园公那里？

【字字双】（净扮郭驼上）前山低坬后山堆，驼背；牵弓射弩做人儿，把势[9]；一连十个偌来回，漏地[10]；有时跌作绣球儿，滚气。自家种园的郭驼子是也。祖公公郭橐驼，从唐朝柳员外来柳州。我因兵乱，跟随他二十八代玄孙柳梦梅秀才的父亲，流转到广，又是若干年矣。卖果子回来，看秀才去。（见介）秀才，读书辛苦。（生）园公，正待商量一事。我读书过了廿岁，并无发迹之期。思想起来，前路多长，岂能郁郁居此。搬柴运水，多有劳累。园中果树，都判[11]与伊。听我道来：

【桂花锁南枝】俺有身如寄，无人似你。俺吃尽了黄淡酸甜，费你老人家浇培接植。你道俺像甚的来？镇日里似醉汉扶头[12]。甚日的和老驼伸背？自株守[13]，教怨谁？让荒园，你存济[14]。

【前腔】（净）俺橐驼风味，种园家世。（揖介）不能够展脚伸腰，也和你鞠躬尽力。秀才，你贴了俺果园那里去？（生）坐食三餐，不如走空一棍。（净）怎生叫作一棍？（生）混名打秋风[15]哩！（净）咳，你费工夫去撞府穿州[16]，不如依本分登科及第。（生）你说打秋风不好？“茂陵刘郎秋风客[17]”，到大来[18]做了皇帝。（净）秀才，不要攀今吊古的。你待秋风谁？你道滕王阁，风顺随[19]；则怕鲁颜碑，响雷碎[20]。（生）俺干谒之兴甚浓，休的阻挡。（净）也整理些衣服去。

【尾声】把破衫衿彻骨捶挑洗。（生）学干谒黉门一布衣。（净）秀才，则要你衣锦还乡俺还见的你。

（生）此身漂泊苦西东，（杜甫）
（净）笑指生涯树树红。（陆龟蒙）
（生）欲尽出游那可得？（武元衡）
（净）秋风还不及春风[21]。（王建）

注释

[1] 峥嵘：本形容山势高峻，此处指一肚皮闷气。
[2] 紫阁丹墀：官殿，指在朝廷做官。墀，台阶。
[3] 狡兔腾天笔势孤：指没有毫毛，所以写不出文章。兔毫是制毛笔的原料。
[4] 一枝难稳又惊乌：意谓找不到栖身之所。
[5] 数伏数九：指酷暑严寒。数伏，农历夏至后第三个庚日起为初伏，第四个庚日起为中伏，立秋后第一个庚日为末伏。也称三伏，是一年中最热的日子。数九，冬至后每九天算一个九，一直到九个九止，是一年中最冷的日子。
[6] 寄口髯奴：倚靠奴仆为生。寄口，指靠人养活。
[7] 求杨意：指求人引荐。杨意，即西汉杨得意。由于他的介绍，辞赋家司马相如才为汉武帝所赏识。
[8] 树少千头愧木奴：果树少，不能维持生活。传说三国吴丹阳太守李衡种了一千棵橘树，留给他的儿子。他说，这是“千头木奴”（千棵树），以后儿子的生活不用愁了。
[9] 把势：装样子。
[10] 漏地：走不快，走不稳。
[11] 判：给予，交付。
[12] 扶头：此处形容醉态。
[13] 自株守：自己不出去想办法。典出寓言《守株待兔》。
[14] 存济：安顿，措置。
[15] 秋风：一作抽丰，指利用各种关系向人要钱要东西。封建科举时代，新进学的秀才、新中式的举人，以拜客为名，要人送贺礼或路费。拜客的人叫作秋风客。

[16] 撞府穿州：意谓在外地东奔西跑。

[17] 茂陵刘郎秋风客：这是李贺《金铜仙人辞汉歌》的首句。茂陵，汉武帝的陵墓。刘郎，指汉武帝。秋风，在李贺诗中是说像汉武帝那样的人，生命也一样短暂，好像秋风中的过客。这里是双关打秋风。

[18] 到大来：反而。

[19] "你道滕王阁"两句：指运道好。传说唐代诗人王勃停船在马当（今江西彭泽东北），距南昌六七百里。有神助以顺风，一夜便赶到南昌，参加了在滕王阁举行的宴会，写下了著名的《滕王阁序》。

[20] "则怕鲁颜碑"两句：指运道坏。传说宋代穷书生张镐流落在饶州一寺院。寺僧想拓印颜真卿碑帖一千份，送他做路费。不幸的是，在当天晚上碑石被雷击毁。上两句是元明戏曲中常用语："时来风送滕王阁，运去雷轰荐福碑。"

[21] 秋风还不及春风：此处意谓打秋风不如考试及第。春风，指登进士第。考进士在春季进行。

第十四出　写　真

【破齐阵】（旦上）径曲梦回人杳，闺深珮冷魂销。似雾蒙花，如云漏月，一点幽情动早。（贴上）怕待寻芳迷翠蝶，倦起临妆听伯劳[1]。春归红袖招。〔醉桃源〕“（旦）不经人事意相关，牡丹亭梦残。（贴）断肠春色在眉弯，倩谁临远山[2]？（旦）排恨叠，怯衣单，花枝红泪[3]弹。（合）蜀妆[4]晴雨画来难，高唐云影间。”（贴）小姐，你自花园游后，寝食悠悠，敢为春伤，顿成消瘦？春香愚不谏贤，那花园以后再不可行走了。（旦）你怎知就里？这是：“春梦暗随三月景，晓寒瘦减一分花。”

【刷子序犯】（旦低唱）春归恁寒峭，都来几日意懒心乔[5]，竟妆成熏香独坐无聊。逍遥，怎划尽助愁芳草[6]，甚法儿点活心苗[7]！真情强笑为谁娇？泪花儿打进着梦魂飘。

【朱奴儿犯】（贴）小姐，你热性儿怎不冰着，冷泪儿几曾干燥？这两度春游忒分晓，是禁不的燕抄[8]莺闹。你自窨约[9]，敢夫人见焦。再愁烦，十分容貌怕不上九分瞧。（旦作惊介）咳，听春香言话，俺丽娘瘦到九分九了。俺且镜前一照，委是[10]如何？（照介）（悲介）哎也，俺往日艳冶轻盈，奈何一瘦至此！若不趁此时自行描画，流在人间，一旦无常，谁知西蜀杜丽娘有如此之美貌乎！春香，取素绢、丹青，看我描画。（贴下取绢、笔上）“三分春色描来易，一段伤心画出难。”绢幅、丹青，俱已齐备。（旦泣介）杜丽娘二八春容[11]，怎生便是杜丽娘自手生描也呵！

【普天乐】这些时把少年人如花貌，不多时憔悴了。不因他福分难销，可甚的红颜易老？论人间绝色偏不少，等把风光丢抹早。打灭起离魂舍欲火三焦[12]，摆列着昭容阁[13]文房四宝，待画出西子湖[14]眉月双高。

【雁过声】（照镜叹介）轻绡，把镜儿擘掠[15]。笔花尖淡扫轻描。影儿呵，和你细评度[16]：你腮斗儿恁喜谑，则待注樱桃[17]，染柳条[18]，渲云鬟烟霭飘萧[19]；眉梢青未了，个中人[20]全在秋波妙，可可的[21]淡春山钿翠小。

【倾杯序】（贴）宜笑，淡东风立细腰，又似被春愁着。（旦）谢半点江山，三分门户，一种人才，小小行乐，捻青梅闲厮调[22]。倚湖山梦晓[23]，对垂杨风袅。忒苗条，斜添他几叶翠芭蕉。春香，帧起来，可厮像也？

【玉芙蓉】（贴）丹青女易描，真色人难学。似空花水月[24]，影儿相照。（旦喜介）画的来可爱人也。咳，情知画到中间好，再有似生成别样娇。（贴）只少个姐夫在身傍。若是姻缘早，把风流婿招，少甚么美夫妻图画在碧云高！（旦）春香，咱不瞒你，花园游玩之时，咱也有个人儿。（贴惊介）小姐，怎的有这等方便呵？（旦）梦哩！

【山桃犯】有一个曾同笑，待想象生描着，再消详邈入其中妙[25]，则女孩家怕漏泄风情稿。这春容呵，似孤秋片月离云峤，甚蟾宫贵客傍的云霄[26]？春香，记起来了。那梦里书生，曾折柳一枝赠我。此莫非他日所适之夫姓柳乎？故有此警报[27]耳。偶成一诗，暗藏春色，题于帧首之上何如？（贴）却好。（旦题吟介）"近睹分明似俨然，远观自在若飞仙。他年得傍蟾宫客，不在梅边在柳边。"（放笔叹介）春香，也有古今美女，早嫁了丈夫相爱，替他描模画样；也有美人自家写照，寄与情人。似我杜丽娘寄谁呵！

【尾犯序】心喜转心焦。喜的明妆俨雅，仙珮飘飘。则怕呵，把俺年深色浅[28]，当了个金屋藏娇[29]。虚劳，寄春容教谁泪落，做真真无人唤叫[30]。（泪介）堪愁夭，精神出现留与后人标。春香，悄悄唤那花郎吩咐他。（贴叫介）（丑扮花郎上）"秦宫[31]一生花里活，崔徽不似卷中人。"小姐有何吩咐？（旦）这一幅行乐图，向行家裱去。叫人家收拾好些。

【鲍老催】这本色人儿妙，助美的谁家裱？要练[32]花绡帘儿莹、边阑小，教他有人问着休胡嘌[33]。日炙风吹悬衬的好，怕好物不坚牢。把咱巧丹青休涴了。（丑）小姐，裱完了，安奉在那里？

【尾声】（旦）尽香闺赏玩无人到，（贴）这形模则合挂巫山庙。（合）又怕为雨为云飞去了。

（贴）眼前珠翠与心违，（崔道融）

（旦）却向花前痛哭归。（韦庄）

（贴）好写娇娆与教看，（罗虬）

（旦）令人评泊[34]画杨妃。（韩偓）

注释

[1] 伯劳：一种鸟，鸣禽类，产于我国南方。

[2] 临远山：指画眉毛。

[3] 红泪：此指花上的露水。这里是杜丽娘以花自喻。

[4] 蜀妆：指巫山神女。

[5] 都来几日意懒心乔：都来，算来。心乔，心情不好。

[6] 助愁芳草：古代诗词中常把芳草写成助人愁思。如杜甫《愁》："江草日日唤愁生，巫峡泠泠非世情。"

[7] 心苗：心。

[8] 抄：即吵。

[9] 窨约：思忖。

[10] 委是：果然是，真的是。

[11] 春容：青春的容颜。

[12] 打灭起离魂舍欲火三焦：离魂舍，佛家语，躯壳。欲火三焦，指凡人情欲。

[13] 昭容阁：内官。昭容，即妃嫔之类的女官。

[14] 西子湖：喻美人。苏轼《饮湖上初晴后雨》："欲把西湖比西子，淡妆浓抹总相宜。"

[15] 擘掠：揩拭。

[16] 评度：评论。

[17] 注樱桃：指画唇。

[18] 染柳条：指画眉。

[19] 烟靄飘萧：形容头发。

[20] 个中人：此中人。此指画中人。

[21] 可可的：恰恰的，恰巧的。

[22] "谢半点江山"五句：半点江山，三分门户，指画中的景物。一种人才，即杜丽娘自指。行乐，指画像。捻青梅，化用李白《长干行》："郎骑竹

马来，绕床弄青梅。”本剧写杜丽娘自画像手捻青梅是为了表达她对梦中情人的思念。

[23] 倚湖山梦晓：此句以下也是写杜丽娘自画像中姿态。湖山，太湖山石。

[24] 空花水月：形容虚幻难以捉摸。

[25] 再消详邈入其中妙：再慢慢地把他的神情描入画中。邈，同“描”。连下句，指想把梦中的青年画在上面，又怕泄露了秘密。

[26] 甚蟾宫贵客傍的云霄：谁能和画中的美人挨在一起呢？蟾宫贵客，即第十出所写的折桂的人。

[27] 警报：预兆。

[28] 年深色浅：指画老是藏着，连色彩也褪了。

[29] 金屋藏娇：用汉武帝金屋藏娇事。

[30] 做真真无人唤叫：据《太平广记》卷二八六载，唐进士赵颜于画工处得一美人图，图上一妇人甚丽。颜谓画工曰：“世无其人也。如可令生，余愿纳为妻。”画工曰：“余神画也。此亦有名，曰真真。呼其名百日，昼夜不歇，即必应之。应，则以百家彩灰酒灌之，必活。”颜如其言。遂呼之百日，昼夜不止。及应曰“诺”，急以百家彩灰酒灌之，遂呼之活。后两人结为夫妻。

[31] 秦宫：汉代大将军梁冀所宠幸的监奴名。这里是花郎自指。

[32] 练：煮熟生丝，使它洁白柔软。这里用作形容词，指丝织物。

[33] 胡嘌：胡说。

[34] 评泊：评说。全句形容画中杜丽娘很美，连杨贵妃的画像也比不上。

第十五出　虏　谍

【一枝花】（净扮番王引众上）天心起灭了辽，世界平分了赵[1]。静鞭儿替了胡笳哨[2]。擂鼓鸣钟，看文武班齐到。骨碌碌南人笑，则个鼻凹儿跻[3]，脸皮儿黝[4]，毛梢儿魑[5]。“万里江山万里尘。一朝天子一朝臣。俺北地怎禁沙日月，南人偏占锦乾坤。”自家大金皇帝完颜亮[6]是也。身为夷虏，性爱风骚[7]。俺祖公阿骨都[8]，抢了南朝天下，赵康王[9]走去杭州，今又三十馀年矣。听得他妆点杭州，胜似汴梁[10]风景。一座西湖，朝欢暮乐。有个曲儿[11]，说他“三秋桂子，十里荷花”。便待起兵百万，吞取何难？兵法虚虚实实，俺待用个南人，为我乡导。喜他淮扬贼汉李全[12]，有万夫不当之勇。他心顺溜于俺，俺先封他为溜金王之职。限他三年内招兵买马，骚扰淮扬地方。相机而行，以开征进之路。哎哟，俺巴不到西湖上散闷儿也！

北【二犯江儿水】平分天道，虽则是平分天道，高头[13]偏俺照。俺司天台[14]标着那南朝，标着他那答儿好。（众）那答里好？（净笑介）你说西子怎娇娆，向西湖上笑倚着兰桡。（众）西湖有俺这南海子、北海子[15]大么？（净）周围三百里。波上花摇，云外香飘。无明夜、锦笙歌围醉绕。（众）万岁爷，借他来耍耍。（净）已潜遣画工，偷将他全景来了。那湖上有吴山[16]第一峰，画俺立马其上。俺好不狠也！吴山最高，俺立马在吴山最高。江南低小，也看见了江南低小，（舞介）俺怕不占场儿砌一个《锦西湖上马娇》[17]。（众）奏万岁爷，怕急不能勾到西湖，何方驻驾？

北【尾】（净）呀，急切要画图中匹马把西湖哨，且迤递[18]的看花向洛阳道。我呵，少不的把赵康王剩水残山都占了。

线大长江扇大天，（谭峭）
旌旗遥拂雁行偏。（司空图）

可胜饮尽江南酒？（张祜）
交割山川直到燕。（王建）

注释

[1]“天心起灭了辽”两句：指金灭辽，南宋偏安一隅，与金南北对峙的局势。天心，天意。

[2] 静鞭儿替了胡笳哨：指金国采用汉人的朝仪，以鸣鞭代替了胡笳。静鞭，仪仗的一种。古代朝会时，侍卫人员示警肃静的鞭子。

[3] 鼻凹儿跻：高鼻梁。

[4] 黰：面上的斑点。

[5] 魋：当作魋，魋通“椎”，指椎状的发髻。

[6] 完颜亮：即海陵王，为著名暴君，曾率兵南侵。

[7]“身为夷虏”两句：这是当时诋毁北方少数民族的话。

[8] 阿骨都：即阿骨打。金开国皇帝太祖。

[9] 赵康王：即南宋高宗赵构，初封康王。

[10] 汴梁：北宋的国都，在今河南开封。

[11] 有个曲儿：曲儿，宋人称词为曲子。这里是指北宋柳永描写杭州风景的一首词《望海潮》。相传金主完颜亮看了这首词，就起了南侵的野心。

[12] 李全：本是南宋农民起义军的一个领袖，以反抗金兵有功，归顺南宋。后来叛通元蒙，骚扰江淮。本剧所写的李全的形象多为虚构，与历史人物不相符合。

[13] 高头：上天。

[14] 司天台：官署名，即明代以后的钦天监。

[15] 南海子、北海子：湖名，即现在北京的南海、北海。

[16] 吴山：即城隍山，在杭州。相传金主完颜亮即位后，潜遣画工绘临安的湖山城郭。画工回国后将之画在软壁（屏风）上，且加上完颜亮立马吴山的形象。完颜亮还在画上题了一首诗：“万里车书盍混同，江南岂有别疆封？提兵百万西湖上，立马吴山第一峰。”

[17] 俺怕不占场儿砌一个《锦西湖上马娇》：占场儿，这里是调笑语，指在花酒场中占首。砌，串演。《锦西湖上马娇》，杜撰的演出节目。

[18] 迤递：迂回曲折。

第十六出　诘　病

【三登乐】（老旦上）今生怎生？偏则是红颜薄命，眼见的孤苦仃俜[1]。（泣介）掌上珍，心头肉，泪珠儿暗倾。天呵，偏人家七子团圆，一个女孩儿厮病[2]。〔清平乐〕“如花娇怯，合得天饶借[3]。风雨于花生分劣[4]，作意十分凌藉。止堪深阁重帘，谁教月榭风檐[5]。我发短回肠寸断，眼昏眵[6]泪双淹。”老身年将半百，单生一女丽娘。因何一病，起倒[7]半年？看他举止容谈，不似风寒暑湿。中间缘故，春香必知，则问他便了。春香贱材那里？（贴上）有哩。我“眼里不逢乖小使，掌中擎着个病多娇。得知堂上夫人召，剩酒残脂要咱消”。春香叩头。（老旦）小姐闲常好好的，才着你贱材服侍他，不上半年，偏是病害。可恼，可恼！且问近日茶饭多少？

【驻马听】（贴）他茶饭何曾，所事儿休提、叫懒应。看他娇啼隐忍，笑谵迷厮[8]，睡眼懵憕[9]。（老旦）早早禀请太医了。（贴）则除是八法针[10]针断软绵情。怕九还丹[11]丹不的腌臜证。（老旦）是甚么病？（贴）春香不知，道他一枕秋清，却怎生还害的是春前病。（老旦哭介）怎生了。

【前腔】他一搦[12]身形，瘦的庞儿没了四星[13]。都是小奴才逗他。大古是[14]烟花惹事，莺燕成招，云月知情。贱材还不跪！取家法来。（贴跪介）春香实不知道。（老旦）因何瘦坏了玉娉婷，你怎生触损了他娇情性？（贴）小姐好好的拈花弄柳，不知因甚病了。（老旦恼，打贴介）打你这牢承[15]，嘴骨稜[16]的胡遮映。（贴）夫人休闪[17]了手。容春香诉来。便是那一日游花园回来，夫人撞到时节，说个秀才手里折的柳枝儿，要小姐题诗。小姐说这秀才素昧平生，也不和他题了。（老旦）不题罢了。后来？（贴）后来那、那、那秀才就一拍手把小姐端端正正抱在牡丹亭上去了。（老旦）去怎的？（贴）春香怎得知？小姐做梦哩。（老旦惊介）是梦么？（贴）是梦。（老旦）这等着鬼了。快请老爷商议。（贴请介）老爷有请。（外上）“肘后印嫌金带重，掌中珠怕玉盘轻。”夫人，女

儿病体因何？（老旦泣介）老爷听讲：

【前腔】说起心疼，这病知他是怎生！看他长眠短起，似笑如啼，有影无形[18]。原来女儿到后花园游了。梦见一人手执柳枝，闪了他去。（作叹介）怕腰身触污了柳精灵，虚嚣侧犯了花神圣[19]。老爷呵，急与禳[20]星，怕流星赶月相刑迸[21]。（外）却还来。我请陈斋长教书，要他拘束身心。你为母亲的，倒纵他闲游。（笑介）则是些日炙风吹，伤寒流转。便要禳解，不用师巫，则叫紫阳宫石道婆诵些经卷可矣。古语云："信巫不信医，一不治也。"我已请过陈斋长看他脉息去了。（老旦）看甚脉息。若早有了人家，敢没这病。（外）咳，古者男子三十而娶，女子二十而嫁。女儿点点年纪，知道个甚么呢？

【前腔】忒恁憨生[22]，一个哇儿甚七情[23]？则不过往来潮热，大小伤寒，急慢风惊。则是你为母的呵，真珠不放在掌中擎，因此娇花不奈这心头病。（泣介）（合）两口丁零[24]，告天天，半边儿[25]是咱全家命。（丑扮院公上）"人来大庾岭，船去郁孤台。"禀老爷，有使客到。

【尾声】（外）俺为官公事有期程。夫人，好看惜女儿身命，少不的人向秋风病骨轻[26]。（外、丑下）（老旦、贴吊场介）（老旦）"无官一身轻，有子万事足。"我看老相公则为往来使客，把女儿病都不瞧。好伤怀也。（泣介）想起来一边叫石道婆禳解，一边教陈教授下药。知他效验如何？正是："世间只有娘怜女，天下能无卜与医！"（下）

柳起东风惹病身，（李绅）
举家相对却沾巾。（刘长卿）
偏依仙法多求药，（张籍）
会见蓬山不死人。（项斯）

注释

[1] 伶俜：孤零零。也说伶俜或伶仃。

[2] 厮病：害病。

[3] 饶借：饶恕，怜惜。

[4] 生分劣：作恶。生分，即生忿，与人过不去。

[5] 月榭风檐：月下风前的亭台。这里指《惊梦》所写的游园。
[6] 眵：生眼屎。
[7] 起倒：指病情时好时坏，久不见好。
[8] 迷厮：形容精神恍惚。
[9] 懵憕：懵懂。这里是形容睡眼惺忪。
[10] 八法针：中医针刺方法，根据阴、阳、表、里、寒、热、虚、实八纲，采用不同经穴，利用各种不同手法，达到汗、吐、下、和、温、清、补、消八种目的。此犹言最好的针刺医术。
[11] 九还丹：即九转丹，道家炼的一种金丹。说是吃了三天就可以成仙。
[12] 一搦：形容腰身纤细。
[13] 瘦的庞儿没了四星：瘦得不成样子。四星，过去用的秤杆末尾钉有四星，易磨损。
[14] 大古是：大概是，总是。
[15] 牢承：原作殷勤解。这里指滑头、善于献媚的人。
[16] 嘴骨稜：多嘴多舌。
[17] 闪：扭伤。
[18] 有影无形：指病症蹊跷。
[19] 虚嚣侧犯了花神圣：虚弱的身子触犯了花神。侧犯，比正犯情节轻。
[20] 禳：祭祀鬼神以祈求消除灾祸。
[21] 流星赶月相刑迸：迷信说法认为流星赶月会相刑相克，祸及他人。刑、迸，星相术语。
[22] 忒恁憨生：娇憨得很的样子。形容少女还不懂事。
[23] 一个哇儿甚七情：哇，同“娃”。七情，喜、怒、哀、乐、爱、恶、欲。此指男女之情。
[24] 丁零：伶仃，孤单。
[25] 半边儿：女婿称半子。此指女儿。
[26] 病骨轻：病中体弱。

第十七出　道　观[1]

【风入松】（净扮老道姑上）人间嫁娶苦奔忙，只为有阴阳。问天天从来不具人身相[2]，只得来道扮男妆，屈指有四旬之上。当人生，梦一场。〔集唐〕“紫府[3]空歌碧落寒（李群玉），竹石如山不敢安（杜甫）。长恨人心不如石（刘禹锡），每逢佳处便开看（韩愈）。”贫道紫阳宫石道姑是也。俗家原不姓石，则因生为石女，为人所弃，故号“石姑”。思想起来：要还俗，《百家姓》[4]上有俺一家；论出身，《千字文》[5]中有俺数句。天呵，非是俺“求古寻论”，恰正是“史鱼秉直[6]”。俺因何住在这“楼观飞惊[7]”，打并的“劳谦谨敕[8]”？看修行似“福缘善庆”，论因果是“祸因恶积”。有甚么“荣业所基”？几辈儿“林皋幸即[9]”。生下俺“形端表正”，那些“性静情逸”。大便孔似“园莽抽条”，小净处也“渠荷[10]滴沥”。只那些儿正好叉着口，“钜野[11]洞庭”；偏和你灭了缝，“昆池碣石”。虽则石路上可以“路侠槐卿[12]”，石田中怎生“我艺[13]黍稷”？难道嫁人家“空谷传声”？则好守娘家“孝当竭力”。可奈不由人“诸姑伯叔”，聒噪俺“入奉母仪[14]”。母亲说你内才儿虽然“守真志满”，外像儿“毛施[15]淑姿”，是人家有个“上和下睦”，偏你石二姐没个“夫唱妇随”？便请了个有口齿的媒人，“信使可覆”。许了个大鼻子的女婿，“器欲难量”。则见不多时，那人家下定了。说道选择了一年上“日月盈昃”[16]，配定了八字儿“辰宿列张”[17]。他过的礼，“金生丽水[18]”，俺上了轿，“玉出昆冈[19]”。遮脸的“纨扇圆洁”，引路的“银烛辉煌”。那新郎好不打扮的头直上“高冠陪辇[20]”。咱新人一般排比了腰儿下“束带矜庄”。请了些“亲戚故旧”，半路上“接杯举觞”。请新人“升阶纳陛”，叫女伴们“侍巾帷房”。合卺的“弦歌酒宴”，撒帐的“诗赞羔羊”。把俺做新人嘴脸儿一寸寸“鉴貌辨色”，将俺那宝妆奁一件件都“寓目囊箱”。早是二更时分，新郎紧上来了。替俺说，俺两口儿活像“鸣凤在竹[21]”，一时间就要“白驹食场”。则见被窝儿“盖此身发”，灯影里褪尽了这几件“乃服衣裳”。呵，瞧了他那“驴骡犊特[22]”；教俺好一会“悚惧恐惶”。那新郎见我害怕，说道：新人，你年纪不少了，“闰馀成岁[23]”。俺可也不使狠，和你慢慢的“律吕调阳[24]”。俺听了口不应，心儿里笑着。新郎，新郎，任你“矫手顿足”，你可也“靡恃己长[25]”。三更四更了，他则待阳台上“云腾致雨”，怎生巫峡内“露结为霜”？他一时摸不出路数儿，道是怎的？快取亮来。侧着脑要“右通广内”，踣[26]着眼在“篮笋象床”。那时节俺口不说，心下好不冷笑。新郎，新郎，俺这件东西，则许你“徘徊瞻眺”，怎许你“适口充肠”。如此者几度了，恼的他气不分的嘴劳刀“俊乂密勿”，累的他凿不窍皮混沌的“天地玄黄”。和他整夜价则是“寸阴是竞[27]”。待讲起，丑煞那“属耳垣墙[28]”。几番待悬梁，待投河，“免其指斥”。若还用刀钻，用线药[29]，“岂敢毁伤”？便拚做赸了交“索居闲处”，甚法儿取他意“悦豫且康”？有了，有了。他没奈何央及煞后庭花“背邙面洛[30]”，俺也则得且随顺干荷叶，和他“秋收冬藏”。哎哟，对面儿做的个“女慕贞洁”，转腰儿倒做了“男效才良”。虽则暂时间“释纷利俗”，毕竟情意儿“四大五常[31]”。要留俺怕误了他“嫡后嗣续[32]”，要嫁了俺怕人笑“饥厌糟糠[33]”。这时节俺也索劝他了：官人，官人，少不得请一房“妾御绩纺”，省你气那“鸟官人皇[34]”。俺情愿“推位让国”，则要你“得能莫忘”。后来当真讨一个了。没多时做小的“宠增抗极[35]”，反捻去俺为正的“率宾归王”[36]。不怨他，只“省躬[37]讥诫”。出了家罢，俺则“垂拱[38]平章”。若论这道院里，昔年也不甚“宫殿盘郁”；到老身，才开辟了“宇宙洪荒”。画真武“剑号巨阙”[39]，步北斗[40]“珠称夜光”。奉香供“果珍李柰”，把斋素也是“菜重芥姜”。世间味识得破“海咸河淡”，人中网逃得出“鳞潜羽翔”。俺这出了家呵，把那几年前做新郎的臭粘涎“骸[41]垢想浴”，将俺即世里做老婆的干柴火“执热愿凉”。则可惜做观主“游鹍独运[42]”，也要知观的“顾答审详”。赴会的都要“具膳餐饭”，行脚的[43]也要“老少异粮”。怎生观中再没个人儿？也都则是“沉默寂寥”，全不会“笺牒简要[44]”。俺老将来“年矢[45]每催”，镜儿里“晦魄环照[46]”。硬配不上仕女

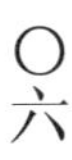

图“驰誉丹青”，也要接得著仙真传“坚持雅操”。懒云游“东西二京[47]”，端一味“坐朝问道”。女冠子有几个“同气连枝[48]”，骚道士不与他“工颦妍笑”。怕了他暗地虎“布射辽丸[49]”，则守着寒水鱼“钓巧任钓”[50]。使唤的只一个“犹子[51]比儿”，叫作癞头鼋“愚蒙等诮[52]”。（内）姑娘骂俺哩。俺是个妙人儿。（净）好不羞。“殆辱近耻”，倒夸奖你“并皆佳妙”。（内）杜太爷皂隶拿姑娘哩。（净）为甚么？（内）说你是个贼道。（净）咳，便道那府牌[53]来“杜藁钟隶”，把俺做女妖看“诛斩贼盗”。俺可也“散虑逍遥”，不用你这般“虚辉朗耀[54]”。（丑扮府差上）“承差府堂上，提名仙观中。”（见介）（净）府牌哥为何而来？

【大迓鼓】（丑）府主坐黄堂，夫人传示，衙内敲梆。知他小姐年多长，染一疾，半年光。（净）俺不是女科[55]。（丑）请你修斋，一会祈禳。

【前腔】（净）俺仙家有禁方。小小灵符，带在身傍。教他刻下人无恙。（丑）有这等灵符！快行动些。（行介）（净）叫童儿。（内应介）（净）好看守，卧云房。殿上无人，仔细灯香。（内）知道了。

（净）紫微宫女夜焚香，（王建）
（丑）古观云根[56]路已荒。（释皎然）
（净）犹有真妃长命缕[57]，（司空图）
（丑）九天无事莫推忙[58]。（曹唐）

注释

[1] 觋：男巫。此指女道姑。
[2] 从来不具人身相：老道姑是石女，所以这样说。
[3] 紫府：仙人住的宫殿。
[4]《百家姓》：我国古代的蒙学课本。
[5]《千字文》：我国古代的蒙学课本。拓取王羲之遗书不同的字一千个，编为四言韵语，叙述有关自然、社会、历史、伦理、教育等方面的知识。
[6] 史鱼秉直：史鱼，春秋时期卫国的史官，以直谏著名。秉直，正直。
[7] 飞惊：形容建筑物很高。

[8] 劳谦谨敕：对人殷勤且规规矩矩。
[9] 林皋幸即：来到林野，退隐。这里是修行的意思。
[10] 渠荷：荷渠，荷花。
[11] 钜野：古代的大湖。
[12] 路侠槐卿：古代侠、夹两字通用。槐卿，三公。据说周代天子的外朝种植槐、棘，作为臣僚朝见时的位次的标志。三槐是三公的位置。两边各有九棘，是孤卿大夫与公、侯、伯、子、男的位置。
[13] 艺：种植。
[14] 入奉母仪：指去做母亲。
[15] 毛施：即毛嫱、西施。
[16] 选择了一年上“日月盈昃”：指选择吉日。盈昃，盈亏。昃，太阳西斜。
[17] 配定了八字儿“辰宿列张”：指推算男女双方的八字，看他们是否可以结婚。
[18] 丽水：即金沙江，以产金著名。此指聘金。
[19] 昆冈：相传昆冈是玉石的产地。此指出嫁。
[20] 高冠陪辇：戴高冠，坐在车子的右方。
[21] 鸣凤在竹：凤食竹实。相传它的出现是太平盛世的象征。
[22] 特：幼兽。
[23] 闰馀成岁：《千字文》原意，以闰月定四时成岁。这里是说年纪大。阴历三十一年中的闰月加起来才满一年。
[24] 律吕调阳：律吕，古时校正音调的用具。音分阴、阳两种，阳为律，阴为吕。
[25] 靡恃己长：不要因自己的长处而骄傲。
[26] 踣：此作俯着解。
[27] 寸阴是竞：指爱惜光阴。
[28] 属耳垣墙：指墙外有人窃听。
[29] 线药：中医外科手术之一。
[30] 背邙面洛：背邙山，面洛水，这是洛阳的形势。
[31] 四大五常：四大，佛家以为地、水、火、风，四大和合，成为人身。五常，指仁、义、礼、智、信或金、木、水、火、土。此指伦常，即夫妻关系。
[32] 嫡后嗣续：传宗接代。
[33] 糟糠：原指粗粮。此指糟糠之妻，贫贱时娶的妻子。
[34] 鸟官人皇：鸟官，传说上古时期少昊氏立国时有凤鸟飞来，他就以鸟名为官名。人皇，传说是我国上古时期最早的君主之一。
[35] 抗极：形容权势很大。

[36] 反捻去俺为正的“率宾归王”：指妻子反而受妾的摆布。
[37] 省躬：自省。
[38] 垂拱：天子垂衣拱手，无为而治。这里指出家后很清闲。
[39] 画真武“剑号巨阙”：真武，道家所崇拜的真武上将，一名玄天上帝。巨阙，古代的宝剑名。
[40] 步北斗：道家的一种修炼术。
[41] 骸：这里指身体。
[42] 游鹍独运：鹍，一种像天鹅的大鸟。运，飞。全句意思是说自己一个人，没有别的道姑帮助。
[43] 行脚的：本指行脚僧。此指游方的道姑。
[44] 笺牒简要：这里指向人募化。
[45] 年矢：岁月如箭。
[46] 晦魄环照：月亏了又慢慢圆起来。
[47] 东西二京：汉、隋、唐都建都长安，叫西京；东汉还都洛阳，叫东京。后来洛阳又是隋、唐的陪都。全句意思是说不愿到远方去云游。
[48] 同气连枝：原喻兄弟。这里指志同道合的人。
[49] 布射辽丸：布，指东汉吕布。吕布善射。辽，指春秋时期楚国熊宜僚。熊宜僚善弄丸。
[50] 则守着寒水鱼“钧巧任钓”：喻自己不受诱惑。寒水鱼，用华亭船子和尚偈：“夜静水寒鱼不食，满船空载月明归。”钧，指三国马钧，为著名工艺家，曾制造指南车、翻车、发石车。任，指古代寓言中的任公子，他曾在东海钓到一条大鱼，浙江以东，广西以北，人人得以饱餐。
[51] 犹子：侄儿。
[52] 愚蒙等诮：和无知的人一样受人讥诮。
[53] 府牌：府里来的差役。
[54] 虚辉朗耀：以虚假声势吓人。
[55] 女科：妇科医师。
[56] 云根：山上高处。
[57] 犹有真妃长命缕：真妃，即九华真妃，道家所崇奉的女仙名。长命缕，据迷信说法，端阳节用五色丝缠在手臂上，可以用它辟恶除病。这里指除病用的所谓灵符。
[58] 九天无事莫推忙：意思是请道姑不要以供神事忙为借口拒绝不去。

第十八出　诊　祟

【一江风】（贴扶病旦上）（旦）病迷厮。为甚轻憔悴？打不破愁魂谜。梦初回，燕尾翻风，乱飒起湘帘翠。春去偌多时，春去偌多时，花容只顾衰。井梧声刮的我心儿碎。〔行香子〕春香呵，我楚楚精神，叶叶腰身，能禁多病逡巡[1]！（贴）你星星措与[2]，种种生成，有许多娇，许多韵，许多情。（旦）咳，咱弄梅心事[3]，那折柳情人[4]，梦淹渐暗老残春。（贴）正好篝炉香午，枕扇风清。知为谁颦，为谁瘦，为谁疼？（旦）春香，我自春游一梦，卧病如今。不痒不痛，如痴如醉。知他怎生？（贴）小姐，梦儿里事，想他则甚！（旦）你教我怎生不想呵！

【金落索】贪他半晌痴，赚了多情泥[5]。待不思量，怎不思量得？就里暗销肌，怕人知，嗽腔腔[6]嫩喘微。哎哟，我这惯淹煎的样子谁怜惜？自噤窄[7]的春心怎的支？心儿悔，悔当初一觉留春睡。（贴）老夫人替小姐冲喜。（旦）信他冲的个甚喜？到的年时，敢犯杀花园内[8]？

【前腔】（贴）看他春归何处归，春睡何曾睡？气丝儿怎度的长天日？把心儿捧凑眉[9]，病西施。小姐，梦去知他实实谁？病来只送的个虚虚的你。做行云先渴倒在巫阳会。全无谓，把单相思害得忒明昧[10]。又不是困人天气，中酒心期[11]，魆魆[12]地常如醉。（末上）"日下晒书嫌鸟迹，月中捣药要蟾酥[13]。"我陈最良承公相命，来诊视小姐脉息。到此后堂，不免打叫一声。春香贤弟有么？（贴见介）是陈师父。小姐睡哩。（末）免惊动他。我自进去。（见介）小姐。（旦作惊介）谁？（贴）陈师父哩。（旦扶起介）（旦）师父，我学生患病。久失敬了。（末）学生，学生，古书有云："学精于勤，荒于嬉。"你因为后花园汤风[14]冒日，感下这疾，荒废书工。我为师的在外，寝食不安。幸喜老公相请来看病。也不料你清减至此。似这般样，几时能够起来读书？早则端阳节哩。（贴）师父，端节有你的。（末）我说端阳，难道要你粽子？小姐，望闻问切[15]，我且问你病症因何？（贴）师父问甚么！只因你讲《毛诗》，这病便是

“君子好逑”上来的。(末)是那一位君子?(贴)知他是那一位君子。(末)这般说,《毛诗》病用《毛诗》去医。那头一卷就有女科圣惠方[16]在哩。(贴)师父,可记的《毛诗》上方儿?(末)便依他处方。小姐害了“君子”的病,用的史君子[17]。《毛诗》:“既见君子,云胡不瘳[18]?”这病有了君子抽一抽,就抽好了。(旦羞介)哎也!(贴)还有甚药?(末)酸梅十个。《诗》云:“摽有梅,其实七兮[19]。”又说:“其实三兮。”三个打七个,是十个。此方单医男女过时思酸之病。(旦叹介)(贴)还有呢?(末)天南星[20]三个。(贴)可少?(末)再添些。《诗》云:“三星在天[21]。”专医男女及时之病。(贴)还有呢?(末)俺看小姐一肚子火,你可抹净一个大马桶,待我用栀子仁、当归,泻下他火来。这也是依方:“之子于归,言秣其马[22]。”(贴)师父,这马不同那“其马”。(末)一样髀鞦窟洞下。(旦)好个伤风切药陈先生。(贴)做的按月通经陈妈妈。(旦)师父不可执方[23],还是诊脉为稳。(末看脉,错按旦手背介)(贴)师父,讨个转手。(末)女人反此背看之,正是王叔和《脉诀》[24]。也罢,顺手看是。(诊脉介)呀,小姐脉息,到这个分际了。

【金索挂梧桐】他人才忒整齐,脉息恁微细。小小香闺,为甚伤憔悴?(起介)春香呵,似他这伤春怯夏肌,好扶持。病烦人容易伤秋意。小姐,我去咀药[25]来。(旦叹介)师父,少不得情栽了窍髓针难入[26],病躲在烟花你药怎知?(泣介)承尊觑,何时何日来看这女颜回[27]?(合)病中身怕的是惊疑。且将息,休烦絮。(旦)师父且自在。送不得你了。可曾把俺八字推算么?(末)算来要过中秋好。“当生止有八个字,起死曾无三世医[28]。”(下)(贴)一个道姑走来了。(净上)“不闻弄玉吹箫[29]去,又见嫦娥窃药[30]来。”自家紫阳宫石道姑便是。承杜老夫人呼唤,替小姐禳解。(见贴介)(贴)姑姑为何而来?(净)吾乃紫阳宫石道姑。承夫人命,替小姐禳解。不知害的甚病?(贴)尷尬病。(净)为谁来?(贴)后花园要来?(净举三指,贴摇头介)(净举五指,贴又摇头介)(净)咳,你说是三是五,与他做主。(贴)你自问他去。(净见旦介)小姐,小姐,道姑稽首那。(旦作惊介)那里道姑?(净)紫阳宫石道姑。夫人有召,替小姐保禳。闻说小姐在后花园着魅[31],我不信。

【前腔】你惺惺的[32]怎着迷?设设的[33]浑如魅。(旦作魇语[34]介)我的人那。（净、贴背介）你听他念念呢呢[35]，作的风风势[36]。是了，身边带有个小符儿。（取旦钗挂小符，作咒介）“赫赫扬扬，日出东方[37]。此符屏却恶梦，辟除不祥。急急如律令敕[38]。”（插钗介）这钗头小篆符[39]，眠坐莫教离。把闲神野梦都回避。（旦醒介）咳，这符敢不中？我那人呵，须不是依花附木廉纤鬼[40]，咱做的弄影团风抹媚痴[41]。（净）再痴时，请个五雷[42]打他。（旦）些儿意，正待携云握雨，你却用掌心雷。（合前）（净）还分明说与，起个三丈高咒幡儿[43]。（旦）待说个甚么子好？

【尾声】依稀则记的个柳和梅。姑姑，你也不索打符桩挂竹枝，则待我冷思量，一星星咒向梦儿里。（贴扶旦下）

（贴）绿惨双蛾不自持，（步非烟）
（净）道家妆束厌禳时。（薛能）
（时）如今不在花红处，（僧怀济）
（合）为报东风且莫吹。（李涉）

注释

[1] 多病逡巡：久病。逡巡，此喻疾病缠身。
[2] 星星措与：个个行为举动。星星，作个个解。措与，举措，行事。
[3] 弄梅心事：此指杜丽娘的怀春。她为自己画的肖像，手上捻着一枝青梅。
[4] 折柳情人：指柳梦梅。在杜丽娘的梦中，他曾折柳请她题诗。
[5] 赚了多情泥：赚，害得，弄得。
[6] 腔腔：象声词，咳嗽声。
[7] 噤窄：有心事不对人说，闷在心里。
[8] “到的年时”两句：想是从前，在花园里冲撞了什么神道？
[9] 把心儿捧凑眉：据说春秋时期越国美女西施心疼时捧心皱眉，样子很美。凑眉，皱眉。
[10] 明昧：不明不白。
[11] 心期：此作心绪解。
[12] 魆魆：精神恍惚。
[13] 月中捣药要蟾酥：传说月中有白兔捣药。蟾酥，蟾蜍皮疣内毒腺的分泌液，供药用。

[14] 汤风：冒着风。

[15] 望闻问切：中医诊病的四种方法，看病人气色，听声音，问病情及以指把脉。

[16] 圣惠方：灵验的处方。

[17] 史君子：当为使君子，中药名。

[18] “既见君子”两句：语出《诗经·郑风·风雨》。君子，唱这首情歌的少女的爱人。云，语助词，无义。胡，为什么。瘳，病愈。

[19] “摽有梅”两句：梅子落下来了，树上还留着七个。语出《诗经·召南·摽有梅》，该诗是一首描写女子渴求及时出嫁的心理的诗。摽，落。

[20] 天南星：中药名，多年生草本植物。

[21] 三星在天：语出《诗经·唐风·绸缪》，该诗是一首歌颂男女相会时欢乐的诗。

[22] “之子于归”两句：语出《诗经·周南·汉广》，意思是那个姑娘就要出嫁了，赶快喂饱她的马。

[23] 执方：固执。

[24] 王叔和《脉诀》：王叔和，魏晋间著名的医学家，曾任太医令。编成《脉经》十卷。

[25] 咀药：中药中有一些药材在煎煮前，按照旧法，要用嘴嚼细。此指煎药。

[26] 情栽了窍髓针难入：相思的病根生在骨髓里，针刺不进去。针，用针刺，中医的一种刺激疗法。

[27] 女颜回：指优秀而短命的女学生。颜回系孔子最好的弟子，早死。

[28] 三世医：祖传三代的医生。

[29] 弄玉吹箫：相传弄玉是春秋时秦穆公的女儿，她和丈夫萧史都善于吹箫。后来夫妇都骑凤鸟飞升，成了仙。

[30] 嫦娥窃药：传说上古时代有穷国的君主后羿从西王母那里求来一种长生不死的仙药，他的妻子嫦娥偷吃了仙药，飞到了月宫里。

[31] 着魅：被鬼物迷惑。

[32] 惺惺的：机灵的样子。

[33] 设设的：昏昏沉沉。

[34] 魇语：梦话。此处是谵语（病中胡言）的意思。

[35] 念念呢呢：指说话含糊不清。

[36] 风风势：发疯的样子。

[37] “赫赫扬扬”两句：治病的咒语通常都这样开头。赫赫扬扬，形容光芒四射。

[38] 急急如律令敕：咒语的结句。

[39] 篆符：符是道家的一种秘文，看起来和篆书差不多，故称篆符。

[40] 廉纤鬼：小鬼。

[41] 咱做的弄影团风抹媚痴：弄影团风，形容疑神疑鬼，心神不定。团，与弄字意义相近。两字是互文。抹媚痴，如被鬼物迷惑的痴迷貌。

[42] 五雷：即掌心雷，道家的一种法术。

[43] 咒幡儿：一种长条形旗子，禳解时用。

第十九出　牝　贼[1]

北【点绛唇】（净扮李全引众上）世扰膻风，家传杂种[2]。刀兵动，这贼英雄，比不的穿墙洞[3]。“野马千蹄合一群，眼看江海尽风尘。汉儿学得胡儿语，又替胡儿骂汉人。”自家李全是也。本贯楚州[4]人氏。身有万夫不当之勇。南朝不用，去而为盗。以五百人出没江淮之间，正无归着。所幸大金皇帝，遥封俺为溜金王。央我骚扰淮扬，看机进取。奈我多勇少谋。所喜妻子杨氏娘娘，能使一条梨花枪，万人无敌。夫妻上阵，大有威风。则是娘娘有些吃酸，但是掳的妇人，都要送他帐下。便是军士们，都只畏惧他。正是：“山妻独霸蛇吞象[5]，海贼封王鱼变龙。”

【番卜算】（丑扮杨婆持枪上）百战惹雌雄，血映燕支[6]重。（舞介）一支枪洒落花风，点点梨花弄。（见举手介）大王千岁。奴家介胄在身，不拜[7]了。（净）娘娘，你可知大金皇帝，封俺做溜金王？（丑）怎么叫作溜金王？（净）溜者顺也。（丑）封你何事？（净）央俺骚扰淮扬三年。待俺兵粮齐集，一举渡江，灭了赵宋。那时还封俺为帝哩！（丑）有这等事！恭喜了。借此号令，买马招军。

【六幺令】如雷喧哄，紧辕门画鼓冬冬。哨尖儿[8]飞过海云东。（合）好男女，坐当中，淮扬草木都惊动。

【前腔】聚粮收众。选高蹄战马青骢。闪盔缨斜簇玉钗红。（合前）

（净）群雄竞起向前朝，（杜甫）
（丑）折戟沉沙铁未销。（杜牧）
平原好牧无人放，（曹唐）
白草连天野火烧。（王维）

注释

[1] 牝贼：女贼。

[2] “世扰膻风”两句：这是古时对少数民族的蔑称。世扰，世代养成。膻，羊膻气，此是对少数民族的侮辱。

[3] 穿墙洞：指穿墙洞的小贼。

[4] 楚州：今江苏淮安。

[5] 蛇吞象：《山海经·海内南经》有“巴蛇食象，三岁而出其骨”句，后用以喻贪得无厌。

[6] 燕支：同“胭脂”，一种化妆用的红色颜料。

[7] “奴家介胄在身”两句：据《史记·绛侯周勃世家》载，汉文帝刘恒到细柳营劳军，将军周亚夫手持武器，作揖为礼。周亚夫说：“介胄之士，不拜，请以军礼见。”介胄，古时军人防身用的铠甲和头盔。

[8] 哨尖儿：探子。

第二十出　闹　殇

【金珑璁】（贴上）连宵风雨重，多娇多病愁中。仙少效，药无功。“颦有为颦，笑有为笑[1]。不颦不笑，哀哉年少。”春香侍奉小姐，伤春病到深秋。今夕中秋佳节，风雨萧条。小姐病转沉吟，待我扶他消遣。正是：“从来雨打中秋月，更值风摇长命灯[2]。”（下）

【鹊桥仙】（贴扶病旦上）拜月堂空，行云径拥。骨冷怕成秋梦。世间何物似情浓？整一片断魂心痛。（旦）“枕函[3]敲破漏声残，似醉如呆死不难。一段暗香迷夜雨，十分清瘦怯秋寒。”春香，病境沉沉，不知今夕何夕？（贴）八月半了。（旦）哎也，是中秋佳节哩。老爷，奶奶，都为我愁烦，不曾玩赏了？（贴）这都不在话下了。（旦）听见陈师父替我推命，要过中秋。看看病势转沉，今宵欠好。你为我开轩一望，月色如何？（贴开窗，旦望介）

【集贤宾】（旦）海天悠、问冰蟾[4]何处涌？玉杵[5]秋空，凭谁窃药把嫦娥奉？甚西风吹梦无踪！人去难逢，须不是神挑鬼弄。在眉峰，心坎里别是一般疼痛。（旦闷介）

【前腔】（贴）甚春归无端厮和哄[6]，雾和烟两不玲珑[7]。算来人命关天重[8]，会消详、直恁匆匆[9]！为着谁侬[10]，俏样子等闲抛送？待我谎他。姐姐，月上了。月轮空，敢蘸破[11]你一床幽梦。（旦望叹介）“轮时盼节想中秋，人到中秋不自由。奴命不中孤月照，残生今夜雨中休。”

【前腔】你便好中秋月儿谁受用？剪[12]西风泪雨梧桐。楞生瘦骨加沉重。趱程期[13]是那天外哀鸿。草际寒蛩[14]，撒刺刺[15]纸条窗缝。（旦惊作昏介）冷松松，软兀刺四梢难动[16]。（贴惊介）小姐冷厥了。夫人有请。（老旦上）“百岁少忧夫主贵，一生多病女儿娇。”我的儿，病体怎生了？（贴）奶奶，欠好，欠好。（老旦）可怎了！

【前腔】不堤防你后花园闲梦铳[17]，不分明再不惺忪，睡临侵[18]打不起头梢重。（泣介）恨不呵早早乘龙[19]。夜夜孤鸿，活害杀俺翠娟娟雏凤。一场空，是这答里把娘儿命送。

【啭林莺】（旦醒介）甚飞丝缱的阳神[20]动，弄悠扬风马叮咚[21]。（泣介）娘，儿拜谢你了。（拜跌介）从小来觑的千金重，不孝女孝顺无终。娘呵，此乃天之数也。当今生花开一红，愿来生把萱椿再奉。（众泣介）（合）恨西风，一霎无端碎绿摧红。

【前腔】（老旦）并无儿、荡得个娇香种[22]，绕娘前笑眼欢容。但成人索把俺高堂送[23]。恨天涯老运孤穷。儿呵，暂时间月直年空[24]，返将息你这心烦意冗。（合前）（旦）娘，你女儿不幸，作何处置？（老旦）奔[25]你回去也。儿！

【玉莺儿】（旦泣介）旅榇[26]梦魂中，盼家山千万重。（老旦）便远也去。（旦）是不是听女孩儿一言。这后园中一株梅树，儿心所爱。但葬我梅树之下可矣。（老旦）这是怎的来？（旦）做不的病婵娟桂窟里长生[27]，则分[28]的粉骷髅向梅花古洞。（老旦泣介）看他强扶头泪蒙，冷淋心汗倾，不如我先他一命无常用。（合）恨苍穹，妒花风雨，偏在月明中。（老旦）还去与爹讲，广做道场也。儿，“银蟾谩捣君臣药[29]，纸马重烧子母钱[30]。”（下）（旦）春香，咱可有回生之日否？

【前腔】（叹介）你生小事依从，我情中你意中。春香，你小心奉事老爷奶奶。（贴）这是当的了。（旦）春香，我记起一事来。我那春容，题诗在上，外观不雅。葬我之后，盛着紫檀匣儿，藏在太湖石底。（贴）这是主何意儿？（旦）有心灵翰墨春容，傥直那人知重[31]。（贴）姐姐宽心。你如今不幸，孤坟独影。肯将息起来，禀过老爷，但是姓梅姓柳秀才，招选一个，同生同死，可不美哉！（旦）怕等不得了。哎哟，哎哟！（贴）这病根儿怎攻[32]，心上医怎逢？（旦）春香，我亡后，你常向灵位前叫唤我一声儿。（贴）他一星星说向咱伤情重。（合前）（旦昏介）不好了，不好了，老爷奶奶快来！

【忆莺儿】（外，老旦上）鼓三鼕，愁万重。冷雨幽窗灯不红。听侍儿传言女病凶。（贴泣介）我的小姐，小姐！（外、老旦同泣介）我的儿呵，你舍的命终，抛的我途穷。当初只望把爹娘送。（合）恨匆匆，萍踪浪影，风剪了玉芙蓉。（旦作醒介）（外）快苏醒！儿，爹在此。（旦作看外介）哎哟，爹爹扶我中堂去罢。（外）扶你也，儿。（扶介）

【尾声】（旦）怕树头树底不到的五更风[33]，和俺小坟边立断肠碑一统[34]。爹，今夜是中秋。（外）是中秋也，儿。（旦）禁了这一夜雨。（叹介）怎能够月落重生灯再红！（并下）（贴哭上）我的小姐，我的小姐，“天有不测之风云，人有无常之祸福。”我小姐一病伤春死了。痛杀了我家老爷、我家奶奶。列位看官们，怎了也！待我哭他一会。

【红衲袄】小姐，再不叫咱把领头香心字烧，再不叫咱把剔花灯红泪缴[35]，再不叫咱拈花侧眼调歌鸟，再不叫咱转镜移肩和你点绛桃[36]。想着你夜深深放剪刀，晓清清临画藁。提起那春容，被老爷看见了，怕奶奶伤情，吩咐殉了葬罢。俺想小姐临终之言，依旧向湖山石儿靠也，怕等得个拾翠人[37]来把画粉销。老姑姑，你也来了。（净上）你哭得好，我也来帮你。

【前腔】春香姐，再不教你暖朱唇学弄箫。（贴）为此。（净）再不和你荡湘裙闲斗草。（贴）便是。（净）小姐不在，春香姐也松泛多少。（贴）怎见得？（净）再不要你冷温存热絮叨，再不要你夜眠迟、朝起的早。（贴）这也惯了。（净）还有省气的所在。鸡眼睛不用你做嘴儿挑[38]，马子儿[39]不用你随鼻儿倒。（贴啐介）（净）还一件，小姐青春有了，没时间做出些儿[40]也，那老夫人呵，少不的把你后花园打折腰。（贴）休胡说！老夫人来也。（老旦哭介）我的亲儿，

【前腔】每日绕娘身有百十遭，并不见你向人前轻一笑。他背熟的班姬《四诫》从头学，不要得孟母三迁[41]把气淘。也愁他软苗条忒恁娇，谁料他病淹煎真不好。（哭介）从今后谁把亲娘叫也，一寸肝肠做了百寸焦。（老旦闷倒，贴惊叫介）老爷，痛杀了奶奶也。快来，快来！（外哭上）我的儿也，呀，原来夫人闷倒在此。

【前腔】夫人，不是你坐孤辰把子宿嚣[42]。则是我坐公堂冤业报。较不似老仓公多女好[43]。撞不着赛卢医他一病跻[44]。天，天，似俺头白中年呵，便做了大家缘[45]何处消？见放着小门楣生折倒！夫人，你且自保重。便做你寸肠千断了也，则怕女儿呵，他望帝魂归不可招[46]。（丑扮院公上）“人间旧恨惊鸦去，天上新恩喜鹊来。”禀老爷，朝报高升。（外看报介）吏部[47]一本，奉圣旨：“金寇南窥，南安知府杜宝，可升安抚使[48]，镇守淮扬。即日起程，不得违误。钦此。”（叹介）夫人，朝旨催人北往，女丧不便西归。院子，请陈斋长讲话。（丑）老

相公有请。（末上）“彭殇真一壑[49]，吊贺每同堂。”（见介）（外）陈先生，小女长谢你了。（末哭介）正是。苦伤小姐仙逝，陈最良四顾无门。所喜老公相乔迁[50]，陈最良一发失所。（众哭介）（外）陈先生有事商量。学生奉旨，不得久停。因小女遗言，就葬后园梅树之下，又恐不便后官居住，已吩咐割取后园，起座梅花庵观，安置小女神位。就着这石道姑焚修看守。那道姑可承应的来？（净跪介）老道婆添香换水。但往来看顾，还得一人。（老旦）就烦陈斋长为便。（末）老夫人有命，情愿效劳。（老旦）老爷，须置些祭田才好。（外）有漏泽院[51]二顷虚田，拨资香火。（末）这漏泽院田，就漏在生员身上。（净）咱号道姑，堪收稻谷，你是陈绝粮，漏不到你。（末）秀才口吃十一方[52]，你是姑姑，我还是孤老[53]，偏不该我收粮？（外）不消争，陈先生收给。陈先生，我在此数年，优待学校。（末）都知道。便是老公相高升，旧规有诸生遗爱记、生祠碑文，到京伴礼送人[54]为妙。（净）陈绝粮，遗爱记是老爷遗下与令爱作表记么？（末）是老公相政迹歌谣。甚么“令爱”！（净）怎么叫作生祠？（末）大祠宇塑老爷像供养，门上写着“杜公之祠”。（净）这等不如就塑小姐在傍，我普同供养。（外恼介）胡说！但是旧规，我通不用了。

【意不尽】陈先生，老道姑，咱女坟儿三尺暮云高，老夫妻一言相靠。不敢望时时看守，则清明寒食一碗饭儿浇。

（外）魂归冥漠魄归泉，（朱褒）
（老）使汝悠悠十八年。（曹唐）
（末）一叫一回肠一断，（李白）
（合）如今重说恨绵绵。（张籍）

注释

[1]“鞶有为鞶”两句：指当忧则忧，当喜则喜。一言一行，不能随便。

[2] 风摇长命灯：喻生命有危险。长命灯，指点在神佛前祈求福寿的灯，长年不灭。

[3] 枕函：枕匣。此指枕头。
[4] 冰蟾：月亮。
[5] 玉杵：神话传说中月宫里有白兔用杵捣药。
[6] 厮和哄：互相欺骗。厮，互相。和哄，欺骗。
[7] 雾和烟两不玲珑：意思是春天不好。雾、烟，代表春天。
[8] 人命关天重：古时民间有俗语“人命事关天关地”。
[9] 会消详、直恁匆匆：（原来以为）会慢慢好转，（谁知）一下子就病成这样。
[10] 侬：人。江浙一带方言。
[11] 蘸破：点破。
[12] 剪：风吹落梧桐叶的样子。
[13] 趱程期：赶路，赶时间。
[14] 寒蛩：蟋蟀。
[15] 撒剌剌：形容风吹窗上纸片声。
[16] 软兀剌四梢难动：软兀剌，软绵绵。兀剌，原为蒙古语，用作词尾，无义。四梢，四肢。
[17] 梦铳：睡梦，瞌睡。
[18] 睡临侵：昏睡貌。临侵，放在词尾，本身无义。有时写作淋浸。
[19] 乘龙：喻佳婿。东汉桓焉的两个女儿都嫁给大官，当时人说“两女俱乘龙”。杜甫《李监宅》：“门阑多喜色，女婿近乘龙。”
[20] 阳神：生魂。
[21] 弄悠扬风马叮咚：意思是风吹铁马，叮咚作响，把她的阳神从昏迷状态中惊醒过来。马，指悬于屋檐下的铁马。
[22] 荡得个娇香种：好不容易养了一个好女儿。
[23] 高堂送：指给父母送终。
[24] 月直年空：犹月值年灾。迷信说法，命中某年或某月会有灾祸临身，过了此时，便无灾祸。
[25] 奔：此指把遗体送走。
[26] 旅榇：指寄存外乡的棺木。榇，棺。
[27] 做不的病婵娟桂窟里长生：不能像带病的嫦娥在月宫里长生不死。婵娟，嫦娥。桂窟，月宫。
[28] 分：应分，应该。
[29] 银蟾谩捣君臣药：谩，徒然。君臣药，药。君臣，中医配药的方法。主治药品叫君，辅助药品叫臣。
[30] 纸马重烧子母钱：纸马，一名甲马，旧时神符，即在纸上画神佛像，涂以红黄彩色，祭奠时用，用毕即焚化。子母钱，这里指纸钱。

[31] 傥直那人知重：傥直，也许碰到。傥，副词，或许。直，碰到，遇到。知重，知心。

[32] 攻：医治。

[33] 怕树头树底不到的五更风：害怕满树的花朵，不待五更风吹就已落尽。喻杜丽娘等不到五更便会死去。王建《宫词》："树头树底觅残红，一片西飞一片东。自是桃花贪结子，错教人恨五更风。"

[34] 一统：一方。

[35] 红泪缴：红泪，此指红蜡烛燃烧时流下来的烛液。缴，作揩了解。浙赣一带方言音拟。

[36] 点绛桃：点，点染。绛桃，喻深红色的嘴唇。

[37] 拾翠人：拾取翠鸟羽毛的人。此借指拾画的人。全句意思是只怕等到拾画的人来到，画上的彩色早已褪去。

[38] 鸡眼睛不用你做嘴儿挑：鸡眼睛，病名，皮肤上的小硬结，常生于脚底趾侧，状如鸡眼。做嘴儿挑，因有臭气，挑时努嘴作势。

[39] 马子儿：马桶。

[40] 做出些儿：指男女私情。

[41] 孟母三迁：指孟子的母亲为了让孟子有好的读书环境而三次迁居之事。

[42] 坐孤辰把子宿嚣：命不好，没有儿子。辰，地支。孤辰，没有天干与之相配称为孤辰。如甲子旬中无戌亥，戌亥即是孤辰。子宿，子星。嚣，虚无。这些都是迷信的说法。

[43] 较不似老仓公多女好：较不似，比不上，不如。老仓公，指汉代名医淳于意。曾做过太仓令，称仓公。他没有儿子，只有五个女儿。他曾犯罪，要受肉刑，是最小的女儿缇萦为他上书，愿以自身代父之罪，文帝才赦免了他的罪。

[44] 撞不着赛卢医他一病跻：意思是遇不到良医因而死去了。卢医，指战国时代名医扁鹊。

[45] 家缘：指家产。

[46] 望帝魂归不可招：意思是魂招不回来，死而不能复生。望帝，传说古蜀国国王杜宇自称望帝，死后化为杜鹃鸟。

[47] 吏部：官署名。古代中央级的政府机关，六部之一。管理文职官员的任免、赏罚等事。

[48] 安抚使：官名。宋代官制，安抚使主管一个地区的军政大事，以知州兼任。

[49] 彭殇真一壑：意谓长寿和短命都有一死。这是道家的看法。彭，彭祖，传说中活到八百岁的人。殇，殇子，未成年即夭折的人。壑，坑谷，指尸

首埋葬的地方。

[50] 乔迁：此指升官。

[51] 漏泽院：宋代官府设置的埋葬地。

[52] 秀才口吃十一方：和尚口吃十方，寄宿庙里的秀才连和尚的饭也吃，所以说秀才口吃十一方。

[53] 孤老：指年老的孤独汉。孤老，与谷稻谐音。

[54] 到京伴礼送人：明代官场风气，为巴结朝官，送礼或附以遗爱记、生祠碑文等，吹嘘自己官做得好，以之作为谋求升官的手段。剧中是借诨语来嘲笑这种风气。

第二十一出 谒 遇

【光光乍】（老旦扮僧上）一领破袈裟，香山澳里巴[1]。多生多宝[2]多菩萨，多多照证光光乍[3]。小僧广州府香山澳多宝寺一位住持。这寺原是番鬼[4]们建造，以便迎接收宝[5]官员。兹有钦差苗爷任满，祭宝于多宝菩萨位前，不免迎接。

【挂真儿】（净扮苗舜宾，末扮通事[6]，外、贴扮皂卒，丑扮番鬼上）半壁天南开海汉，向真珠窟[7]里排衙。（僧接介）（合）广利神王[8]，善财天女[9]，听梵放海潮音下[10]。（净）"铜柱珠崖道路难，伏波横海旧登坛[11]。越人自贡珊瑚树，汉使何劳獬豸冠[12]？"自家钦差识宝使臣苗舜宾便是。三年任满，例当祭赛多宝菩萨。通事那里？（末见介）（丑见介）伽喇喇[13]。（老旦见介）（净）叫通事，吩咐番回[14]献宝。（末）俱已陈设。（净起看宝介）奇哉宝也。真乃磊落山川，精荧日月。多宝寺不虚名矣！看香。（内鸣钟，净礼拜介）

【亭前柳】（净）三宝唱三多[15]，七宝[16]妙无过。庄严成世界，光彩遍娑婆[17]。甚多，功德无边阔。（合）领拜南无[18]，多得宝，宝多罗多罗。（净）和尚，替番回海商，祝赞一番。

【前腔】（老旦）大海宝藏多，船舫遇风波。商人持重宝，险路怕经过。刹那，念彼观音脱[19]。（合前）

【挂真儿】（生上）望长安[20]西日下，偏吾生海角天涯。爱宝的喇嘛[21]，抽珠[22]的佛法，滑琉璃两下难拿[23]。自笑柳梦梅，一贫无赖，弃家而游。幸遇钦差寺中祭宝，托词进见。倘言语中间，可以打动，得其赈援，亦未可知。（见外介）（生）烦大哥通报一声。广州府学生员柳梦梅，来求看宝。（报介）（净）朝廷禁物，那许人观。既系斯文[24]，权请相见。（见介）"（生）南海开珠殿[25]。（净）西方掩玉门[26]。（生）剖怀俟知己。（净）照乘[27]接贤人。"敢问秀才以何至此？（生）小生贫苦无聊。闻得老大人在此赛宝，愿求一观，以开怀抱。（净笑介）既逢南土之珍，何惜西昆之秘[28]。请试一观。（净引生看宝介）（生）明珠美玉，小生见而知之。其间数种，未委何名？烦老大人一一指教。

【驻云飞】（净）这是星汉神砂[29]，这是煮海金丹和铁树花。少甚么猫眼[30]精光射，母碌[31]通明差。嗏，这是靺鞨[32]柳金芽，这是温凉玉斝[33]，这是吸月的蟾蜍[34]，和阳燧冰盘化[35]。（生）我广南有明月珠[36]，珊瑚树。（净）径寸明珠[37]等让他，便是几尺珊瑚碎了他[38]。（生）小生不游大方之门[39]，何因睹此！

【前腔】天地精华，偏出在番回到帝子家[40]。禀问老大人，这宝来路多远？（净）有远三万里的，至少也有一万多程。（生）这般远，可是飞来，走来？（净笑介）那有飞走而至之理。都因朝廷重价购求，自来贡献。（生叹介）老大人，这宝物蠢尔无知，三万里之外，尚然无足而至；生员柳梦梅，满胸奇异，到长安三千里之近，倒无一人购取，有脚不能飞！他重价高悬下，那市舶能奸诈[41]，嗏，浪把宝船拃[42]。（净）疑惑这宝物欠真么？（生）老大人，便是真，饥不可食，寒不可衣，看他似虚舟飘瓦[43]。（净）依秀才说，何为真宝？（生）不欺，小生倒是个真正献世宝[44]。我若载宝而朝，世上应无价。（净笑介）则怕朝廷之上，这样献世宝也多着。（生）但献宝龙宫笑杀他，便斗宝临潼也赛得他[45]。（净）这等便好献与圣天子了。（生）寒儒薄相，要伺候官府，尚不能够。怎见的圣天子？（净）你不知倒是圣天子好见。（生）则三千里路资难处。（净）一发不难。古人黄金赠壮士，我将衙门常例银两[46]，助君远行。（生）果尔，小生无父母妻子之累，就此拜辞。（净）左右，取书仪[47]，看酒。（丑上）“广南爱吃荔枝酒，直北偏飞榆荚钱。”酒到，书仪在此。（净）路费先生收下。（生）谢了。（净送酒介）

【三学士】你带微醺走出这香山罅[48]，向长安有路荣华。（生）无过献宝当今驾，撒去收来再似他。（合）骤金鞭及早把荷衣挂[49]，望归来锦上花。

【前腔】（生）则怕呵，重瞳[50]有眼苍天瞎，似波斯[51]赏鉴无差。（净）由来宝色无真假，只在淘金的会拣沙。（合前）（生）告行了。

【尾声】你赠壮士黄金气色佳。（净）一杯酒酸寒奋发，则愿的你呵，宝气冲天海上槎[52]。

（生）乌纱巾上是青天，（司空图）

（净）俊骨英才气俨然。（刘长卿）

（生）闻道金门[53]堪济美，（张南史）

（净）临行赠汝绕朝鞭[54]。（李白）

注释

[1] 巴：指寺庙。

[2] 多宝：多宝如来，宝净国的佛名。

[3] 光光乍：指和尚的光头。这是和尚自嘲的话。

[4] 番鬼：这是明代人对外国人的蔑称。这里指洋商。

[5] 收宝：收购珍宝。

[6] 通事：翻译官。

[7] 真珠窟：这里指香山澳。

[8] 广利神王：唐天宝十载封南海神为广利王。据《仇池笔记》卷下《广利王召》记载，海神广利王富有奇珍异宝。

[9] 善财天女：善财，佛弟子名。佛家神话传说他出生时，种种珍宝自然涌出，因而得名，称善财童子。天女，天上神女。

[10] 听梵放海潮音下：形容念佛声如海潮声那样洪亮。梵，梵音，指诵经、说佛法等。

[11] "铜柱珠崖道路难"两句：意思是路途艰险，自古只有马援曾经到过。东汉马援被封为伏波将军，曾渡海征服交趾，立铜柱于边界，以为分疆标志。珠崖，汉代郡名，在今海南海口市琼山区东南。古代以产珠著名。登坛，拜将。

[12] "越人自贡珊瑚树"两句：意思是珊瑚树是越人自贡，用不着朝廷派使臣去索取。獬豸冠，冠名，御史所戴。此指使臣。

[13] 伽喇喇：形容番人说话的声音。

[14] 番回：这里泛指航海到中国来的洋商。

[15] 三宝唱三多：三宝，佛家以佛、法、僧为三宝。此指僧人。三多，佛家语。一近善友，二闻法音，三恶露观。

[16] 七宝：七种宝物，但说法不一，如《法华经》中以金、银、琉璃、砗磲、玛瑙、珍珠、玫瑰为七宝。

[17] 娑婆：佛家说法。释迦佛所教化的三千大千世界，统称娑婆世界。娑婆，

梵语，义译为堪忍，言众生能忍受种种烦恼。
[18] 南无：梵语，义译为归命，敬礼。
[19] “刹那”两句：刹那，梵语，指最短的时间。观音，观世音菩萨。佛家说，受苦难的人只要念一下“观世音菩萨”的名号，就能立刻得到解脱。
[20] 长安：汉代都城所在地，后一般用作京城的代称。
[21] 喇嘛：此处泛指和尚。
[22] 抽珠：念一声佛或一遍经，在数珠上抽一粒珠子以计数。此外，可作抽取珠宝解，有双关的意思。
[23] 滑琉璃两下难拿：意思是爱宝的喇嘛、抽珠的佛法，两者都靠不住，都像琉璃一样圆滑，不能指望他们的帮助。
[24] 斯文：指读书人。
[25] 珠殿：据《旧五代史·僭伪列传》载，五代刘陟在广州自立为王，史称南汉。他极其奢侈，广聚南海珠宝，建立玉堂珠殿。
[26] 西方掩玉门：意思是不必到玉门关外去求宝玉了。玉门关外昆仑山、于阗都是玉石的著名产地。
[27] 照乘：即照乘珠，大夜明珠。传说它的光亮能照见许多车辆。
[28] 西昆之秘：此指西方昆仑山所产的宝玉。西昆原是帝王藏宝书的地方。
[29] 星汉神砂：珍宝名。
[30] 猫眼：又称“猫儿眼”，一种宝石，光彩变幻，像猫的眼睛。
[31] 母碌：祖母绿，一种绿色的宝玉。
[32] 靺鞨：古代少数名族，五代时称女真族。这里指该地所产的红色宝石。
[33] 温凉玉斝：原名四季温凉玉盏，是春秋时期秦国宝物，里面盛的饮料或温或凉。
[34] 吸月的蟾蜍：待考。或指玉制蟾蜍，放在点着的香炉旁边能把烟吸入腹内，许久后烟又从蟾蜍的口中徐徐吐出。
[35] 和阳燧冰盘化：阳燧，珠名，传说是大食的国宝。冰盘化，汉代董偃以玉晶盘贮冰，冰盘被人拂倒，冰也就化了。
[36] 明月珠：大的夜明珠。
[37] 径寸明珠：明珠名。相传一个波斯人在中国一方石中剖得一枚直径一寸的宝珠。他泛船回国，宝珠被海神要去了。
[38] 几尺珊瑚碎了他：指晋代王恺与石崇斗富事。王恺拿出皇帝赐他的三尺许高的珊瑚树。石崇看见了，用铁如意将它敲碎，又拿出更高的珊瑚树六七株，任王恺挑选。
[39] 大方之门：大方之家，原指有道的人。此指陈列各种宝物的大场面。
[40] 帝子家：朝廷。帝子，此指皇帝。

[41] 那市舶能奸诈：市舶，指外国商船。明代在广州设有市舶司，主管对外贸易。能，这样。

[42] 拌：通“划”，用桨拨水，使船前进。

[43] 虚舟飘瓦：喻无用的东西。虚舟，空的船。飘瓦，飘落下来的瓦片。

[44] 献世宝：即现世宝，罕有的宝物。后文苗舜宾说的献世宝，用以指人，有鄙薄、讽刺的意思。

[45] 便斗宝临潼也赛得他：便，即便，纵然。斗宝临潼，传说秦穆公为吞并天下，要每个诸侯国拿出一件宝物，在临潼斗赛。

[46] 常例银两：旧时官员享有的一种额外收入，如下属的馈送等。

[47] 书仪：馈赠的钱物。

[48] 罅：裂缝。这里指山口。

[49] 把荷衣挂：意谓不当老百姓，去做官。荷衣，荷叶编成的衣服。

[50] 重瞳：原指舜。这里代指皇帝。

[51] 波斯：波斯商人，相传波斯人善识宝。

[52] 海上槎：此处喻做官高升。传说每年八月海上有浮槎来往，有人乘槎一直到了天河上。槎，木筏。

[53] 金门：汉宫有金马门，简称金门。此指朝廷。

[54] 临行赠汝绕朝鞭：春秋时期晋大夫士会亡命于秦国，后来他设计逃回晋国，临走时秦大夫绕朝送给他一条马鞭，并对他说不要以为秦国没人识穿他的计策，不过是国君不听自己的话罢了。士会回到晋国后做了大官。此指送人路费，让他奔赴前程。

第二十二出 旅 寄

【捣练子】（生伞、袱、病容上）人出路，鸟离巢。（内风声介）搅天风雪梦牢骚。这几日精神寒冻倒。“香山澳里打包[1]来，三水[2]船儿到岸开。要寄乡心值寒岁，岭南南上半枝梅[3]。”我柳梦梅。秋风拜别中郎，因循亲友辞饯。离船过岭，早是暮冬。不堤防岭北风严，感了寒疾，又无扫兴而回之理。一天风雪，望见南安。好苦也！

【山坡羊】树槎牙[4]饿鸢惊叫，岭迢遥病魂孤吊。破头巾雹打风筛，透衣单伞做张儿哨[5]。路斜抄，急没个店儿捎[6]。雪儿呵，偏则把白面书生奚落。怎生冰凌断桥，步高低蹬着。好了。有一株柳，酬[7]将过去。方便处柳跎腰[8]。（扶柳过介）虚嚣[9]，尽枯杨命一条。蹊跷，滑喇沙跌一交。（跌介）

【步步娇】（末上）俺是个卧雪先生[10]没烦恼。背上驴儿笑，心知第五桥[11]。那里开年有斋村学[12]！（生作哎呀介）（末）怎生来人怨语声高？（看介）呀，甚城南破瓦窑[13]，闪下个精寒料[14]。（生）救人，救人！（末）我陈最良，为求馆冲寒到此。彩头儿恰遇着吊水之人，且由他去。（生又叫介）救人！（末）听说救人，那里不是积福处。俺试问他。（问介）你是何等之人，失脚在此？（生）俺是读书之人。（末）委是读书之人，待俺扶起你来。（末扶生，相跌，诨介）（末）请问何方至此？

【风入松】（生）五羊城一叶过南韶[15]，柳梦梅来献宝。（末）有何宝货？（生）我孤身取试长安道，犯严寒少衾单病了。没揣的逗着断桥溪道，险跌折柳郎腰。（末）你自揣高中的，方可去受这等辛苦。（生）不瞒说，小生是个擎天柱，架海梁[16]。（末笑介）却怎生冻折了擎天柱，扑倒了紫金梁？这也罢了，老夫颇谙医理。边近有梅花观，权将息度岁而行。

【前腔】（末）尾生般抱柱正题桥[17]，做倒地文星[18]佳兆。论草包似俺堪调药，暂将息梅花观好。（生）此去多远？（末指介）看一树雪垂垂如笑[19]，墙直上绣幡飘。（生）这等望先生引进。

（生）三十无家作路人，（薛据）
（末）与君相见即相亲。（王维）
（生）华阳洞[20]里仙坛上，（白居易）
（合）似近东风别有因。（罗隐）

注释

[1] 打包：收拾行装。

[2] 三水：地名。在广东省佛山市西北部、珠江三角洲西北端。

[3] “要寄乡心值寒岁”两句：指陆凯寄梅附诗事。

[4] 槎牙：同“叉牙”，歧出不齐的样子。此处形容老树枯枝纵横。

[5] 透衣单伞做张儿哨：指风吹破纸伞，呜呜作响（好像哨子响），寒透了单衣。

[6] 捎：此处指去投宿。

[7] 酬：扶。方言。

[8] 柳跎腰：柳树斜横于水上，好像驼腰一样。跎，作驼解。

[9] 虚嚣：虚浮，不可靠。此指柳树枯了，扶不稳。

[10] 卧雪先生：用东汉袁安的故事。洛阳大雪，只有袁安一个人僵卧在家里，不愿出去求人。此处意谓自己能安贫乐道。

[11] “背上驴儿笑”两句：意思是坐在驴背上，见驴脚步轻快，心知第五桥快到了。第五桥，在长安韦曲西。杜甫《陪郑广文游何将军山林》：“不识南塘路，今知第五桥。”这里泛指一座桥。

[12] 斋村学：村塾。

[13] 破瓦窑：指吕蒙正青年时在破窑受苦之事。事见《孤本元明杂剧》。

[14] 精寒料：穷光蛋。

[15] 五羊城一叶过南韶：五羊城，广州别称。传说有五位仙人骑五色羊执六穗秬来。一叶，一条小船。南韶，即韶州，今广东曲江。

[16] 擎天柱，架海梁：喻有出息的读书人。

[17] 尾生般抱柱正题桥：此句有两个典故，都同桥和书生有关。尾生般抱柱，传说尾生与一女子约定在桥下相会。尾生先到，遇到河上涨水，他不肯离开，竟被淹死。题桥，传说汉代辞赋家司马相如初入长安，经过

成都升仙桥。他在桥柱上题下一行字：“不乘赤车驷马，不过此下。”

[18] 文星：文曲星，迷信传说中主文的星宿。

[19] 看一树雪垂垂如笑：看那树上如雪一样下垂的梅花好像在微笑。

[20] 华阳洞：指梅花观。华阳观与弄玉、萧史的故事有关，这里作恋爱的典故用。

第二十三出　冥　判

北【点绛唇】（净扮判官，丑扮鬼持笔、簿上）十地[1]宣差，一天封拜。阎浮界[2]，阳世栽埋[3]，又把俺这里门桯迈[4]。自家十地阎罗王殿下[5]一个胡判官是也。原有十位殿下，因阳世赵大郎[6]家，和金达子争占江山，损折众生，十停去了一停，因此玉皇上帝，照见人民稀少，钦奉裁减事例。九州[7]九个殿下，单减了俺十殿下之位，印无归着。玉帝可怜见下官正直聪明，着权管十地狱印信。今日走马到任，鬼卒夜叉[8]，两傍刀剑，非同容易也。（丑捧笔介）新官到任，都要这笔判刑名[9]，押花字。请新官喝采他一番。（净看笔介）鬼使，捧了这笔，好不干系[10]也。

【混江龙】这笔架在那落迦山[11]外，肉莲花[12]高耸案前排。捧的是功曹令史，识字当该[13]。（丑）笔管儿？（净）笔管儿是手想骨、脚想骨[14]，竹筒般挫的圆滴溜。（丑）笔毫？（净）笔毫呵，是牛头[15]须、夜叉发，铁丝儿揉定赤支毸[16]。（丑）判爷上的选[17]哩？（净）这笔头公[18]，是遮须国[19]选的人才。（丑）有甚名号？（净）这管城子[20]，在夜郎城[21]受了封拜。（丑）判爷兴哩？（净作笑舞介）啸一声，支兀另汉钟馗其冠不正[22]。舞一回，疏喇沙斗河魁近墨者黑[23]。（丑）喜哩？（净）喜时节，奈河桥题笔儿耍去。（丑）闷呵？（净）闷时节，鬼门关投笔归来。（丑）判爷可上榜来？（净）俺也曾考神祇，朔望[24]旦名题天榜。（丑）可会书来？（净）摄星辰，井鬼[25]宿，俺可也文会书斋。（丑）判爷高才。（净）做弗迭鬼仙才[26]，白玉楼摩空作赋[27]；陪得过风月主，芙蓉城[28]遇晚书怀。但写不尽四大洲[29]转轮日月，也差的着五瘟使[30]号令风雷。（丑）判爷见有地分[31]？（净）有地分，则合北斗司、阎浮殿，立俺边傍[32]；没衙门，却怎生东岳观、城隍庙，也塑人左侧[33]。（丑）让谁？（净）便百里城[34]高捧手，让大菩萨，好相庄严乘坐位[35]。（丑）恼谁？（净）怎三尺土[36]，低分气[37]，对小鬼卒，清奇古怪立基阶。（丑）纱帽古气些。（净）但站脚，一管笔、一本簿，尘泥轩冕[38]。（丑）笔干了。（净）要润笔[39]，十锭金、十贯钞，纸陌[40]钱财。（丑）点鬼簿在此。（净）则见没掂三展花分鱼尾册[41]，无赏一挂日子虎头牌[42]。真乃是鬼董狐落了款[43]，《春秋传》[44]某年某月某日下，崩薨葬卒大注脚[45]。假如他支祈兽上了样，把禹王鼎各山各水各路上，魍魉魑魅细分腮[46]。（丑）待俺磨墨。（净）看他子时砚[47]，忔忔察察，乌龙蘸眼[48]显精神。（丑）鸡唱了。（净）听丁字牌[49]，冬冬登登，金鸡剪梦追魂魄。（丑）禀爷点卷。（净）但点上格子眼，串出四万八千三界[50]，有漏[51]人名，乌星炮粲[52]。怎按下笔尖头，插入一百四十二重无间地狱，铁树花开[53]。（丑）大押花。（净）哎也，押花字，止不过发落簿挫、烧、舂、磨[54]一灵儿。（丑）少一个请字。（净）登请书，左则是那虚无堂，瘫、痨、蛊、膈四正客[55]。（丑）吊起称竿来。（众卒应介）（净）发称竿，看业[56]重身轻，衡石程书秦狱吏[57]。（内作"哎哟"，叫"饶也，苦也"介）（丑）隔壁九殿下拷鬼。（净）肉鼓吹[58]，听神啼鬼哭，毛钳刀笔汉乔才[59]。这时节呵，你便是没关节包待制[60]、"人厌其笑"。（内哭介）恁风景，谁听的无棺椁颜修文[61]、"子哭之哀"！（丑）判爷害怕哩。（净恼介）哎，《楼炭经》，是俺六科五判[62]。刀花树[63]，是俺九棘三槐[64]。脸娄搜风髯赳赳。眉剔竖电目崖崖[65]。少不得中书鬼考，录事神差[66]。比着阳世那金州判、银府判、铜司判、铁院判，白虎临官，一样价打贴刑名催伍作；实则俺阴府里注湿生，牒化生，准胎生，照卵生[67]，青蝇报赦[68]，十分的磊齐功德转三阶[69]。威凛凛人间掌命，颤巍巍天上消灾。叫掌案的，这簿上开除[70]都也明白。还有几宗人犯，应该发落了？（贴扮吏上）"人间勾令史，地下列功曹[71]。"禀爷，因缺了殿下，地狱空虚三年。则有枉死城中轻罪男子四名，赵大、钱十五、孙心、李猴儿；女囚一名，杜丽娘：未经发落。（净）先取男犯四名。（生、末、外、老旦扮四犯，丑押上）（丑）男犯带到。（净点名介）赵大有何罪业，脱在枉死城？（生）鬼犯没甚罪。生前喜歌唱些。（净）一边去。叫钱十五。（末）鬼犯无罪。则是做了一个小小房儿，沉香泥壁。（净）一边去。叫孙心。（老旦）鬼犯些小年纪，好使些花粉钱。（净）叫李猴儿。（外）鬼犯是有些罪，好男风。（丑）是真。便在地狱里，还勾上这小孙儿。（净恼介）谁叫你插嘴！起去伺候。（做写薄介）叫鬼犯听发落。（四犯同跪介）（净）俺初权印，且不用刑。赦你们卵生去罢。（外）鬼犯们禀问恩爷，这个卵是甚么卵？若是回回卵[72]，又生在边方去了。（净）哇，还想人身？向蛋壳里走去。（四犯泣介）哎。被人宰了！（净）也罢，不教阳间宰吃你。赵大喜歌唱，贬作黄莺儿。（生）好了。做莺莺小姐去。（净）钱十五住香泥房子。也罢，准你去燕窠里受用，做个小小燕儿。（末）恰好做飞燕娘娘哩。（净）孙心使花粉钱，做个蝴蝶儿。（外）鬼犯便和孙心同做蝴蝶去。（净）你是那好男风的李猴，着你做蜜蜂儿去，屁窟里长拖一个针。（外）哎哟，叫俺钉谁去？（净）四位虫儿听吩咐：

【油葫芦】蝴蝶呵，你粉版花衣胜剪裁；蜂儿呵，你忒利害，甜口儿咋着细腰挨；燕儿呵，斩[73]香泥弄影钩帘内；莺儿呵，溜笙歌警梦纱窗外：恰好个花间四友[74]无拘碍。则阳世里孩子们轻薄，怕弹珠儿打的呆[75]，扇梢儿扑的坏，不枉了你宜题入画高人爱，则教你翅膀儿展将春色闹场来。（外）俺做蜂儿的不来，再来钉肿你个判官脑。（净）讨打。（外）可怜见小性命。（净）罢了。顺风儿放去，快走快走。（净噀气[76]介）（四人作各色飞下）（净作向鬼门嘘气吹声介）（丑带旦上）"天台有路难逢俺，地狱无情欲恨谁？"女鬼见。（净抬头背介[77]）这女鬼倒有几分颜色！

【天下乐】猛见了荡地惊天女俊才，咍也麽咍，来俺里来。（旦叫苦介）（净）血盆中叫苦观自在[78]。（丑耳语介）判爷权收做个后房夫人。（净）哇，有天条，擅用囚妇者斩。则你那小鬼头胡乱筛[79]，俺判官头何处买？（旦叫哎介）（净回身）是不曾见他粉油头忒弄色[80]。叫那女鬼上来。

【那吒令】瞧了你润风风粉腮[81]，到花台、酒台？溜些些短钗，过歌台、舞台？笑微微美怀，住秦台、楚台[82]？因甚的病患来？是谁家嫡支派？这颜色不像似在泉台。（旦）女因不曾过人家[83]，也不曾饮酒，是这般颜色。则为在南安府后花园梅树之下，梦见一秀才，折柳一枝，要奴题咏。留连宛转，甚是多情。梦醒来沉吟，题诗一首："他年得傍蟾宫客，不是梅边是柳边。"为此感伤，坏了一命。（净）谎也。世有一梦而亡之理？

【鹊踏枝】一溜溜[84]女婴孩，梦儿里能宁耐！谁曾挂圆梦招牌[85]，谁和你拆字道白[86]？咍也麽咍，那秀才何在？梦魂中曾见谁来？（旦）不曾见谁。则见朵花儿闪下来，好一惊。（净）唤取南安府后花园花神

勘问。（丑叫介）（末扮花神上）“红雨数番春落魄，《山香》一曲女消魂[87]。”老判大人请了。（举手介）（净）花神，这女鬼说是后花园一梦，为花飞惊闪而亡。可是？（末）是也。他与秀才梦的绵缠，偶尔落花惊醒。这女子慕色而亡。（净）敢便是你花神假充秀才，迷误人家女子？（末）你说俺着甚迷他来？（净）你说俺阴司里不知道呵！

【后庭花滚】但寻常春自在，恁司花忒弄乖。眨眼儿偷元气艳楼台[88]。克性子费春工淹酒债[89]。恰好九分态，你要做十分颜色。数着你那胡弄的花色儿来。（末）便数来。碧桃花[90]。（净）他惹天台。（末）红梨花。（净）扇妖怪。（末）金钱花。（净）下的财[91]。（末）绣球花。（净）结得采。（末）芍药花[92]。（净）心事谐。（末）木笔花。（净）写明白。（末）水菱花。（净）宜镜台。（末）玉簪花。（净）堪插戴。（末）蔷薇花。（净）露[93]渲腮。（末）腊梅花。（净）春点额[94]。（末）剪春花。（净）罗袂裁。（末）水仙花。（净）把绫袜踹。（末）灯笼花。（净）红影筛。（末）酴醿花。（净）春醉态。（末）金盏花。（净）做合卺杯。（末）锦带花。（净）做裙褶带。（末）合欢花[95]。（净）头懒抬。（末）杨柳花。（净）腰恁摆。（末）凌霄花。（净）阳壮的咍。（末）辣椒花。（净）把阴热窄。（末）含笑花。（净）情要来。（末）红葵花。（净）日得他爱。（末）女萝花。（净）缠的歪。（末）紫薇花。（净）痒的怪。（末）宜男花。（净）人美怀。（末）丁香花。（净）结半躧。（末）豆蔻花。（净）含着胎。（末）奶子花。（净）摸着奶。（末）栀子花。（净）知趣乖。（末）柰子花。（净）恣情奈。（末）枳壳花。（净）好处揩。（末）海棠花。（净）春困怠。（末）孩儿花。（净）呆笑孩。（末）姊妹花。（净）偏妒色。（末）水红花。（净）了不开。（末）瑞香花。（净）谁要采。（末）旱莲花。（净）怜再来。（末）石榴花。（净）可留得在？几桩儿你自猜。哎，把天公无计策。你道为甚么流动了女裙钗，划地里牡丹亭又把他杜鹃花魂魄洒？（末）这花色花样，都是天公定下来的。小神不过遵奉钦依，岂有故意勾人之理？且看多少女色，那有玩花而亡。（净）你说自来女色，没有玩花而亡，数你听着。

【寄生草】花把青春卖，花生锦绣灾。有一个夜舒莲，扯不住留仙带[96]；一个海棠丝，剪不断香囊怪[97]；一个瑞香风赶不上非烟在[98]。你道花容那个玩花亡？可不道你这花神罪业随花败。（末）花神知罪，今后再不开花了。（净）花神，俺这里已发落过花间四友，付你收管。这女囚慕色而亡，也贬在燕莺队里去罢。（末）禀老判，此女犯乃梦中之罪，如晓风残月。且他父亲为官清正，单生一女，可以耽饶。（净）父亲是何人？（旦）父亲杜宝知府，今升淮扬总制之职。（净）千金小姐哩。也罢，杜老先生分上，当奏过天庭，再行议处。（旦）就烦恩官替女犯查查，怎生有此伤感之事？（净）这事情注在断肠簿上。（旦）劳再查女犯的丈夫，还是姓柳姓梅？（净）取婚姻簿查来。（作背查介）是。有个柳梦梅，乃新科状元也。妻杜丽娘，前系幽欢，后成明配。相会在红梅观中。不可泄露。（回介）有此人和你姻缘之分。我今放你出了枉死城，随风游戏，跟寻此人。（末）杜小姐，拜了老判。（旦叩头介）拜谢恩官，重生父母。则俺那爹娘在扬州，可能勾一见？（净）使得。

【幺篇】他阳禄还长在，阴司数未该。禁烟花一种春无赖[99]，近柳梅一处情无外。望椿萱一带天无碍。则这水玻璃，堆起望乡台[100]，可哨见纸铜钱，夜市扬州界？花神，可引他望乡台随意观玩。（旦随末登台，望扬州哭介）那是扬州，俺爹爹奶奶呵，待飞将去。（末扯住介）还不是你去的时节。（净）下来听吩咐。功曹给一纸游魂路引[101]去，花神休坏了他的肉身也。（旦）谢恩官。

【赚尾】（净）欲火近干柴，且留的青山在[102]，不可被雨打风吹日晒。则许你傍月依星将天地拜，一任你魂魄来回。脱了狱省的勾牌，接着活免的投胎。那花间四友你差排，叫莺窥燕猜，倩蜂媒蝶采，敢守的那破棺星[103]圆梦那人来。（净下）（末）小姐回后花园去来。

（末）醉斜乌帽发如丝，（许浑）
（旦）尽日灵风不满旗。（李商隐）
（净）年年检点人间事，（罗邺）
（合）为待萧何作判司。（元稹）

注释

[1] 十地：佛家语。这里指所谓阴司十殿的第十殿转轮王，主管鬼魂转世事。
[2] 阎浮界：世界。沈约《均圣论》：“娑婆南界，是曰阎浮。”

[3] 栽埋：埋葬。

[4] 又把俺这里门桯迈：门桯，门槛。迈，跨过，走进。

[5] 殿下：此指王的属下。下文“原有十位殿下”的“殿下”，指阎罗王。

[6] 赵大郎：指宋代的开国皇帝赵匡胤。

[7] 九州：古代中国划分的九个大区。

[8] 夜叉：一作药叉，梵语的音译，义译为捷疾鬼。

[9] 刑名：刑罚的名称，如死刑、徒刑。

[10] 好不干系：关系多么重大。

[11] 那落迦山：地狱，梵语的音译。这里单取“山”字，指笔架。又以地狱和它相关，形容这支笔关系重大。

[12] 肉莲花：莲花常用来形容山形，此指笔架。肉，指阴间的笔架是人肉做成的。

[13] 当该：当值。

[14] 手想骨、脚想骨：意思是阴间的笔管是用手骨、脚骨做成的。

[15] 牛头：阎罗殿上的鬼差，头为牛形。

[16] 赤支毸：红色的胡须。

[17] 上的选：制毛笔重在选毫，故毛笔上常印有某人（或某商号）“精选”字样。上的选，犹言上面所印的选者是谁。

[18] 笔头公：指笔。

[19] 遮须国：据说三国魏曹植死后做了遮须国王。

[20] 管城子：韩愈《毛颖传》中给笔取的外号。

[21] 夜郎城：此指阴间。

[22] 支兀另汉钟馗其冠不正：支兀另，形容啸声。钟馗，相传是一个容貌丑陋的落第秀才，后来成为捉鬼之神。

[23] 疏喇沙斗河魁近墨者黑：疏喇沙，形容舞蹈的声、态。斗河魁近墨者黑，魁，北斗七星中成斗形的四颗星。魁作为一个主管文章的神，手执墨斗，做踢斗状。河魁又是凶神名。这里和两个解说都有关系。钟馗、魁（河魁）都用来形容判官容貌丑陋。

[24] 朔望：农历每月的初一、十五。

[25] 井鬼：井和鬼皆为星宿名。这里由鬼星联想到主文的魁星，意思是自己也能文。

[26] 鬼仙才：唐代诗人李白称为仙才，李贺称为鬼才。这里指李贺。《沧浪诗话》称李贺诗为“鬼仙之词”。据说他临死时看见有绯衣人带信给他，说上帝造了一座白玉楼，请他去写文章。联系下文，意思是自谦比不上鬼仙李贺，但和宋代文人石曼卿则不相上下。

[27] 摩空作赋：形容读赋的声音很高，直达天空。李贺诗有“殿前作赋声摩空”句。

[28] 芙蓉城：传说石曼卿死后为芙蓉城主。

[29] 四大洲：佛家说法，须弥山四方的四大洲，即东胜神洲、南赡部洲、西牛贺洲、北俱芦洲。犹言现在所说的世界。

[30] 五瘟使：迷信传说中的灾神。

[31] 见有地分：现在的地位。

[32] “则合北斗司、阎浮殿”两句：指判官的塑像立在北斗司的北斗星君和阎浮殿的阎罗王旁边。阎浮，这里指阎罗王。

[33] “却怎生东岳观、城隍庙”两句：指东岳观、城隍庙里都有判官的塑像。东岳观、城隍庙中的判官塑像，总是立在东岳大帝、城隍的左侧。

[34] 百里城：原指县官，这里指地狱的判官。判官的塑像，照例都是站着的，手捧笔和文卷。

[35] 乘坐位：有座位坐着。

[36] 三尺土：这里指塑像不过三尺高。

[37] 低分气：没有体面。

[38] 尘泥轩冕：指座车、衣冠上全是灰尘泥土。

[39] 润笔：写字、作画的报酬。此指贿赂。

[40] 纸陌：一百或一串纸钱。

[41] 则见没掂三展花分鱼尾册：没掂三，草率地，糊里糊涂地。花分鱼尾册，列有名字的簿册，此指点鬼簿。花分，古时登录户口，户叫花户，口叫花名。鱼尾册，簿册。

[42] 无赏一挂日子虎头牌：意思是按照点鬼簿开列的名单、日期，一一去传拿。无赏一挂日子，指判定了死期。虎头牌，疑指摄魂牌。

[43] 真乃是鬼董狐落了款：鬼董狐，判官自称。董狐，春秋时期晋国的史官，以公正不阿而著名。落了款，即署名。

[44]《春秋传》：即《春秋》。传，注释或阐述经义的文字。

[45] 崩薨葬卒大注脚：封建时代对不同等级的人的死亡有不同的叫法。据《礼·曲礼》载，天子死曰崩，诸侯曰薨。唐代制度，二品以上官死叫薨。注脚，注解。

[46] “假如他支祈兽上了样”三句：形容点鬼簿上各色人物俱全，一无遗漏，如同禹王鼎上不仅铸有支祈兽的像，各地山林水泽的神怪，都在鼎上现着原形。支祈兽，即无支祈，淮水水神，相传形状如猴，力气奇大，大禹治水时将其征服。上了样，铸在鼎上。禹王鼎，相传大禹铸九鼎，鼎上有百物的图像，包括魍、魉、魑、魅在内。魍、魉、魑、魅指山林水泽的神怪。

细分腮，细细分别不同的形貌。

[47] 子时砚：疑即半夜子时用的砚。

[48] 乌龙蘸眼：乌龙，指墨。蘸眼，此处形容墨汁闪闪发光，耀人眼目。

[49] 丁字牌：丁字形的摄魂牌。

[50] “但点上格子眼”两句：意思是只要笔尖在格子内的名字上一点，死者在来生就有各种不同的命运了。

[51] 有漏：佛家语，有烦恼。

[52] 乌星炮粲：形容人多。

[53] “怎按下笔尖头”三句：意思是搁下笔，不把犯鬼打入无间地狱，是非常难得的事。无间地狱，八大地狱之一。罪人堕入无间地狱，永远受苦，没有间断。铁树花开，喻不可能或极少可能的事。

[54] 挫、烧、舂、磨：地狱刑罚的名称。

[55] 瘫、痨、蛊、膈四正客：瘫，瘫痪；痨，结核病；蛊，蛊毒；膈，噎膈反胃，吃不下东西，这些都是疾病名。正客，凶神。

[56] 业：罪孽。

[57] 衡石程书秦狱吏：秦代没有纸张，用简册，文书很重，秦始皇每天秤一百二十斤公文，不处理完不休息。事见《史记·秦始皇本纪》。这里是形容办案迅速。程书，指每日必须批阅的公文。

[58] 肉鼓吹：五代后蜀县官李匡远很残酷，天天用刑。他把鞭打犯人的声音叫作肉鼓吹。

[59] 毛钳刀笔汉乔才：毛钳，当作毛锥、毛笔。刀笔，即笔。这里指刀笔吏，主管文书的官吏，引申为酷吏。汉乔才，汉代的坏家伙。汉代有一些酷吏，执法严酷。事见《史记·酷吏列传》。

[60] 包待制：即宋代包拯。他曾做过天章阁待制、龙图阁直学士等官，人称包待制、包龙图。当时人说他铁面无私，不受贿赂，且难得一笑。

[61] 颜修文：指颜回，孔子弟子，短命而死。孔子为他哭得很伤心。传说他死后在阴间做修文郎的官。

[62]《楼炭经》，是俺六科五判：意思是以《楼炭经》作为刑法，判处犯鬼化生为飞鸟或走兽。六科，即六条，汉代派遣刺史到各地巡察，审理疑案，根据六条法令办事。五判，指笞、杖、流、徒、死等五刑。

[63] 刀花树：指刀山地狱。

[64] 九棘三槐：此指审判厅。

[65] 崖崖：此形容目光炯炯。

[66] “少不得中书鬼考”两句：意思是协助判官审理鬼魂的吏人很多。

[67] “注湿生”四句：佛经说众生依四种方式出生，即湿生、化生、胎生、

卯生。注、牒、准、照用作动词，意为判明，批准。

[68] 青蝇报赦：赦免的消息不胫而走。典出《晋书》。前秦国主苻坚正在起草赦书，有一只大苍蝇绕着他的笔尖飞。赦书还没有公布，长安人都已经知道了。原来这只苍蝇化为黑衣人，把消息传了出去。

[69] 磊齐功德转三阶：磊齐功德，形容功高德厚。转三阶，指官升三级。

[70] 开除：作开列解。

[71] “人间勾令史”两句：意谓人间死了一个令史，来到阴间，做了阴间的功曹。

[72] 回回卯：侮辱少数民族的话。

[73] 斩：同“蘸”，沾。

[74] 花间四友：指莺、燕、蜂、蝶。

[75] 怕弹珠儿打的呆：这句写莺。以下三句依次写蝴蝶、燕子、蜜蜂。

[76] 噀气：嘘气作法。

[77] 背介：旁白，剧中其他角色听不到观众却能听到的说白。

[78] 血盆中叫苦观自在：血盆，地狱。观自在，观世音菩萨。这里借指地狱中的杜丽娘。

[79] 胡乱筛：胡说乱扯。

[80] 粉油头忒弄色：粉油头，指少女。弄色，卖弄风情。

[81] 润风风粉腮：形容脸色娇嫩红润。

[82] 秦台、楚台：秦台，弄玉与萧史居住之地。楚台，阳台，楚襄王与巫山女神欢会的地方。

[83] 过人家：指嫁人。

[84] 一溜溜：一点点大。

[85] 挂圆梦招牌：古人认为梦有关人的吉凶祸福，因此有专门以替人解梦为职业的人。挂圆梦招牌，就是指做职业解梦者。

[86] 拆字道白：即测字，把字拆开来占卜运气好坏的一种江湖方术。

[87]《山香》一曲女消魂：传说西王母宴请众仙，有舞者舞《山香》，曲未终，花纷纷落下。《山香》，曲名。

[88] 眨眼儿偷元气艳楼台：意思是片刻之间就偷取了天地间的元气，化成了千花百草，使亭台楼阁变得更美丽。

[89] 克性子费春工淹酒债：意思是你该克制住性子，你背着沉重的花酒债。

[90] 碧桃花：戏曲中常以碧桃花下指男女幽会的地方。

[91] 下的财：旧俗订婚，男方向女方送的聘金。

[92] 芍药花：《诗经·郑风·溱洧》有“维士与女，伊其相谑，赠之以勺药”句，后芍药就常与爱情联系起来。

[93] 露：即蔷薇露，宋元时妇女常用的化妆品。

[94] 春点额：即指南朝宋武帝的女儿寿阳公主的梅花妆。

[95] 合欢花：落叶乔木，羽状复叶，小叶呈镰状，夜间成对相合。这支曲子借用花名写女子从受聘、结婚、生子，直到年老。

[96]“有一个夜舒莲”两句：东汉灵帝荒淫无度，建裸游馆，内有流香渠，渠中荷花晚间开放，白天卷合，叫夜舒荷。灵帝常和宫女在这里寻欢作乐。又，汉成帝宠幸赵飞燕。一次赵飞燕起舞，正好风起，她说：“仙乎，仙乎，去故而就新。”左右扯住她的裙子才将她留下。全句似把两个故事合在一起，说赵飞燕为玩花而亡。

[97]“一个海棠丝”两句：疑为杨贵妃的故事。据《太真外传》载：“明皇登沉香亭，召太真（杨贵妃）。宿酒未醒，钗横鬓乱。不能再拜。上笑曰：‘岂海棠春睡未足耶！’”

[98] 一个瑞香风赶不上非烟在：唐代传奇故事。武公业的爱妾步非烟和书生赵象偷偷地相爱了。赵象送给步非烟的诗中有两句说：“瑞香风引思深夜，知是蕊宫仙驭来。”后来事泄，步非烟被武公业打死。

[99] 禁烟花一种春无赖：意思是春天的烟花是无可奈何，应该禁了。

[100]“则这水玻璃”两句：意思是站在望乡台上只看见白茫茫一片水色。迷信认为阴间有望乡台，鬼魂在上面可以看见自己的家庭。

[101] 路引：官府发放的通行证之类的东西。

[102] 且留的青山在：喻杜丽娘肉身不坏，将来可以还魂。

[103] 破棺星：此指挖坟开棺救活杜丽娘的人。

第二十四出　拾　画

【金珑璁】（生上）惊春谁似我？客途中都不问其他。风吹绽蒲桃褐[1]，雨淋殷杏子罗[2]。今日晴和，晒衾单兀自有残云涴。“脉脉梨花春院香，一年愁事费商量。不知柳思能多少？打叠腰肢斗沈郎[3]。”小生卧病梅花观中，喜得陈友知医，调理痊可。则这几日间春怀郁闷，何处忘忧？早是老姑姑到也。

【一落索】（净上）无奈女冠何，识的书生破。知他何处梦儿多？每日价欠伸千个。秀才安稳[4]！（生）日来病患较些，闷坐不过。偌大梅花观，少甚园亭消遣。（净）此后有花园一座，虽然亭榭荒芜，颇有闲花点缀。则留散闷，不许伤心。（生）怎的得伤心也！（净作叹介）是这般说。你自去游便了。从西廊转画墙而去，百步之外，便是篱门。三里之遥，都为池馆。你尽情玩赏，竟日消停，不索老身陪去也。“名园随客到，幽恨少人知。”（下）（生）既有后花园，就此迤逦[5]而去。（行介）这是西廊下了。（行介）好个葱翠的篱门，倒了半架。（叹介）〔集唐〕“凭阑仍是玉阑干（王初），四面墙垣不忍看（张隐）。想得当时好风月（韦庄），万条烟罩[6]一时干（李山甫）。”（到介）呀，偌大一个园子也。

【好事近】则见风月暗消磨，画墙西正南侧左。（跌介）苍苔滑擦，倚逗着断垣低垛，因何蝴蝶门儿落合[7]？原来以前游客颇盛，题名在竹林之上。客来过，年月偏多，刻画尽琅玕[8]千个。咳，早则是寒花绕砌，荒草成窠。怪哉，一个梅花观，女冠之流，怎起的这座大园子？好疑惑也。便是这弯流水呵！

【锦缠道】门儿锁，放着这武陵源一座。恁好处教颓堕！断烟中见水阁摧残，画船抛躲，冷秋千尚挂下裙拖。又不是曾经兵火，似这般狼籍呵，敢断肠人远、伤心事多？待不关情么，恰湖山石畔留着你打磨陀。好一座山子哩。（窥介）呀，就里一个小匣儿。待把左侧一峰靠着，看是何物？（作石倒介）呀，是个檀香匣儿。（开匣看画介）呀，一幅观世音喜相。

善哉，善哉！待小生捧到书馆，顶礼供养，强如埋在此中。

【千秋岁】（捧匣回介）小嵯峨，压的旃檀合[9]，便做了好相观音俏楼阁。片石峰前，那片石峰前，多则是飞来石[10]，三生因果。请将去炉烟上过[11]，头纳地，添灯火，照的他慈悲我[12]。俺这里尽情供养，他于意云何[13]？（到介）到了观中，且安置阁儿上，择日展礼。（净上）柳相公多早了！

【尾声】（生）姑姑，一生为客恨情多，过冷澹园林日午矬。老姑姑，你道不许伤心，你为俺再寻一个定不伤心何处可。

（生）僻居虽爱近林泉，（伍乔）
（净）早是伤春梦雨天。（韦庄）
（生）何处邈将归画府？（谭用之）
（合）三峰花半碧堂悬。（钱起）

注释

[1] 蒲桃褐：印有葡萄花样的粗布衣服。蒲桃，即葡萄。

[2] 雨淋殷杏子罗：黑红色的罗衫被雨淋湿了。殷，黑红色。

[3] 打叠腰肢斗沈郎：即言自己瘦。梦梅姓柳，以柳（柳腰）喻。打叠，安排，料理。此有打点的意思。沈郎，南朝文人沈约说自己腰瘦，后沈郎腰常用作腰瘦的典故。

[4] 安稳：犹言你好。

[5] 迤逦：即迤逦，形容路径曲折连绵。此作慢慢解。

[6] 万条烟罩：形容柳条繁多。

[7] 因何蝴蝶门儿落合：蝴蝶门，一种双扇门样式。落合，闩着，关着。

[8] 琅玕：原为像珠子的美石，后代指竹。

[9] 压的旃檀合：旃檀，香木名，檀香的原料。合，同“盒”。

[10] 飞来石：杭州市西灵隐寺前有飞来峰。晋代僧惠理说此山很像天竺国的灵鹫山，“不知何以飞来”，山因此而得名。此指假山。

[11] 请将去炉烟上过：指把画像迎请进屋，焚香供奉。

[12] “头纳地”三句：意思是叩头点灯，照亮菩萨画像，以虔敬的心使得菩萨保佑我。

[13] 于意云何：意思是以为何如。本为佛经中常见的句子。

第二十五出　忆　女

【玩仙灯】（贴上）睹物怀人，人去物华销尽。道的个“仙果难成，名花易陨”。（叹介）恨兰昌[1]殉葬无因，收拾起烛灰香烬。自家杜府春香是也。跟随公相夫人到扬州。小姐去世，将次三年。俺看老夫人那一日不作念，那一日不悲啼。纵然老公相暂时宽解，怎散真愁？莫说老夫人，便是俺春香想起小姐平常恩养，病里言词，好不伤心也。今乃小姐生忌[2]之辰，老夫人吩咐香灯，遥望南安浇奠。早已安排。夫人，有请。

【前腔】（老旦上）地老天昏，没处把老娘安顿。思量起举目无亲，招魂有尽。（哭介）我的丽娘儿也！在天涯老命难存，割断的肝肠寸寸。〔苏幕遮〕“岭云沉，关树杳。（贴）春思无凭，断送人年少。（老旦）子母千回肠断绕。绣夹书囊，尚带馀香袅。（贴）瑞烟清，银烛皎。（老旦）绣佛灵辰，血泪风前祷。（哭介）（合）万里招魂魂可到？则愿的人天净处超生早。”（老旦）春香，自从小姐亡过，俺皮骨空存，肝肠痛尽。但见他读残书本，绣罢花枝，断粉零香，馀簪弃履，触处无非泪眼，见之总是伤心。算来一去三年，又是生辰之日。心香[3]奉佛，泪烛浇天。吩咐安排，想已齐备。（贴）夫人，就此望空顶礼。（老旦拜介）〔集唐〕“微香冉冉泪涓涓（李商隐），酒滴灰香似去年（陆龟蒙）。四尺孤坟何处是（许浑）？南方归去再生天（沈佺期）。”杜安抚之妻甄氏，敬为亡女生辰，顶礼佛爷。愿得杜丽娘皈依佛力，早早生天。（起介）春香，祷告了佛爷，不免将此茶饭，浇奠小姐。

【香罗带】（老旦）丽娘何处坟？问天难问。梦中相见得眼儿昏，则听的叫娘的声和韵也。惊跳起，猛回身，则见阴风几阵残灯晕。（哭介）俺的丽娘人儿也，你怎抛下的万里无儿白发亲！

【前腔】（贴拜介）名香叩玉真，受恩无尽，赏春香还是你旧罗裙。（起介）小姐临去之时，吩咐春香，长叫唤一声。今日叫他，“小姐，小姐呵”，

叫的一声声小姐可曾闻也？（老旦、贴哭介）（合）想他那情切，那伤神，恨天天生割断俺娘儿直恁忍！（贴回介）俺的小姐人儿也，你可还向旧宅里重生何处身？（贴跪介）禀老夫人，人到中年，不堪哀毁。小姐难以生易死，夫人无以死伤生。且自调养尊年，与老相公同享富贵。（老旦哭介）春香，你可知老相公年来因少男儿，常有娶小之意？止因小姐承欢膝下，百事因循。如今小姐丧亡，家门无托。俺与老相公闷怀相对，何以为情？天呵！（贴）老夫人，春香愚不谏贤，依夫人所言，既然老相公有娶小之意，不如顺他，收下一房，生子为便。（老旦）春香，你见人家庶出之子，可如亲生？（贴）春香但蒙夫人收养，尚且非亲是亲，夫人肯将庶出看成，岂不无子有子？（老旦）好话，好话。

（老）曾伴残蛾到女儿，（徐凝）
（贴）白杨今日几人悲。（杜甫）
（老）须知此恨消难得，（温庭筠）
（合）泪滴寒塘蕙草[4]时。（廉氏）

注释

[1] 兰昌：唐代传奇故事。据《太平广记》卷六十九《传奇·张云容》载，张云容原是杨贵妃侍女，服了申天师给她的绛雪丹。申天师曾说，她在死后一百年，若遇活人精气，便为地仙。萧凤台、刘兰翘也是当时官女，被人毒杀，葬在张云容墓旁。一天，薛昭在兰昌宫遇见这三位美女。他与张云容同居。不久，薛昭挖掘张云容的坟墓，张云容复生。全句意思是春香未死，不能葬在杜丽娘墓旁。
[2] 生忌：纪念死者的生日。
[3] 心香：佛教语，表示虔诚。只要心诚，就和焚香供奉一样。
[4] 蕙草：香草名。

第二十六出　玩　真

（生上）“芭蕉叶上雨难留，芍药梢头风欲收。画意无明偏着眼，春光有路暗抬头。”小生客中孤闷，闲游后园。湖山之下，拾得一轴小画，似是观音大士，宝匣庄严。风雨淹旬，未能展视。且喜今日晴和，瞻礼一会。（开匣，展画介）

【黄莺儿】秋影挂银河，展天身，自在波[1]。诸般好相[2]能停妥。他真身在补陀[3]，咱海南人遇他。（想介）甚威光不上莲花座？再延俄，怎湘裙直下一对小凌波[4]？是观音，怎一对小脚儿？待俺端详一会。

【二郎神慢】些儿个，画图中影儿则度。着了，敢谁书馆中吊下幅小嫦娥，画的这傅停倭妥。是嫦娥，一发该顶戴了。问嫦娥折桂人有我？可是嫦娥，怎影儿外没半朵祥云托？树皴儿又不似桂丛花琐？不是观音，又不是嫦娥，人间那得有此？成惊愕，似曾相识，向俺心头摸。待俺瞧，是画工临的，还是美人自手描的？

【莺啼序】问丹青何处娇娥，片月影光生毫末[5]？似恁般一个人儿，早见了百花低躲[6]。总天然意态难模，谁近得把春云淡破？想来画工怎能到此！多敢他自己能描会脱[7]。且住，细观他帧首之上，小字数行。（看介）呀，原来绝句一首。（念介）“近睹分明似俨然，远观自在若飞仙。他年得傍蟾宫客，不在梅边在柳边。”呀，此乃人间女子行乐图也。何言“不在梅边在柳边”？奇哉怪事哩！

【集贤宾】望关山梅岭天一抹，怎知俺柳梦梅过？得傍蟾宫知怎么？待喜呵，端详停和[8]，俺姓名儿直么费嫦娥定夺？打磨诃[9]，敢则是梦魂中真个。好不回盼小生！

【黄莺儿】空影落纤娥，动春蕉，散绮罗。春心只在眉间锁，春山翠拖，春烟淡和。相看四目谁轻可！恁横波，来回顾影不住的眼儿睃。却怎半枝青梅在手，活似提掇小生一般？

【啼莺序】他青梅在手诗细哦，逗春心一点蹉跎。小生待画饼充饥，

小姐似望梅止渴。小姐，小姐，未曾开半点幺荷，含笑处朱唇淡抹，韵情多。如愁欲语，只少口气儿呵。小娘子画似崔徽，诗如苏蕙[10]，行书逼真卫夫人。小子虽则典雅，怎到得这小娘子！蓦地相逢，不免步韵[11]一首。（题介）“丹青妙处却天然，不是天仙即地仙。欲傍蟾宫人近远，恰些春在柳梅边。”

【簇御林】他能绰斡[12]，会写作。秀入江山人唱和。待小生狠狠叫他几声：“美人，美人！姐姐，姐姐！”向真真啼血你知么？叫的你喷嚏似天花唾。动凌波，盈盈欲下——不见景儿那。咳，俺孤单在此，少不得将小娘子画像，早晚玩之、拜之、叫之、赞之。

【尾声】拾的个人儿先庆贺，敢柳和梅有些瓜葛[13]？小姐小姐，则被你有影无形看杀我。

不须一向恨丹青，（白居易）
堪把长悬在户庭。（伍乔）
惆怅题诗柳中隐，（司空图）
添成春醉转难醒。（章碣）

注释

[1] 自在波：自在，即观自在，观世音菩萨。波，同“呵”。

[2] 诸般好相：佛家语。指应身佛肉体上有三十二种妙相，如手指纤长等。

[3] 补陀：即普陀。佛家谓观世音菩萨说法的圣地。

[4] 小凌波：指女子的小脚。观音像都是大脚，所以这里表示疑问。

[5] 毫末：毫毛的梢儿。这里指笔端。

[6] 早见了百花低躲：百花见了她的美丽也自惭形秽。

[7] 脱：脱色、脱稿，描画的意思。

[8] 停和：消停，指细看一会儿。

[9] 打磨诃：即打磨陀。作思量解。

[10] 苏蕙：前秦窦滔妻，以善诗闻名。曾织锦为回文诗寄给窦滔。

[11] 步韵：和诗。

[12] 绰斡：这里指作画。

[13] 瓜葛：瓜、葛都有藤蔓，故用以比喻互相牵连。多指有亲戚关系。

第二十七出　魂　游

【挂真儿】（净扮石道姑上）台殿重重春色上。碧雕阑映带银塘。扑地[1]香腾，归天磬响。细展度人经藏[2]。〔集唐〕“几年红粉委黄泥（雍裕之），十二峰[3]头月欲低（李涉）。折得玫瑰花一朵（李建勋），东风吹上窈娘堤[4]（罗虬）。”俺老道姑看守杜小姐坟庵，三年之上。择取吉日，替他开设道场，超生玉界。早已门外竖立招幡，看有何人来到。

【太平令】（贴扮小道姑，丑扮徒弟上）岭路江乡，一片彩云扶月上。羽衣青鸟闲来往[5]。（丑）天晚，梅花观歇了罢。（贴）南枝外有鹊炉[6]香。小道姑乃韶阳郡碧云庵主是也，游方到此。见他庄严幡引，榜示道场，恰好登坛，共成好事。（见介）〔集唐〕“（贴）大罗天[7]上柳烟含（鱼玄机），（净）你毛节[8]朱幡倚石龛（王维）。（贴）见向溪山求住处（韩愈），（净）好哩，你半垂檀袖学通参[9]（女光）。”小姑姑从何而至？（贴）从韶阳郡来，暂此借宿。（净）东头房儿，有个岭南柳相公养病。则下厢房可矣。（贴）多谢了。敢问今夕道场，为何而设？（净叹介）则为“杜衙小姐去三年，待与招魂上九天[10]”。（贴）这等呵！“清醮坛场[11]今夜好，敢将香火助真仙。”（净）这等却好。（内鸣钟鼓介）（众）请老师父拈香。（净）南斗注生真妃，东岳受生夫人殿下[12]。（拈香拜介）

【孝南歌】钻新火，点妙香。虔诚为因杜丽娘。（众拜介）香霭绣幡幢，细乐风微扬。仙真呵，威光无量，把一点香魂，早度人天上。怕未尽凡心，他再作人身想。做儿郎，做女郎，愿他永成双。再休似少年亡。（净）想起小姐生前爱花而亡，今日折得残梅，安在净瓶供养。（拜神主介）

【前腔】瓶儿净，春冻阳。残梅半枝红蜡装。小姐呵！你香梦与谁行？精神忒孤往！（众）老师兄，你说净瓶像甚么，残梅像甚么？（净）这瓶儿空像，世界包藏。身似残梅样，有水无根，尚作馀香想。（众）小姐，你受此供呵，教你肌骨凉，魂魄香。肯回阳，再住这梅花帐？（内风响介）（净）奇哉怪哉，冷窣窣一阵风打旋也。（内鸣钟介）（众）这晚斋时分，

且吃了斋，收拾道场。正是："晓镜抛残无定色，晚钟敲断步虚声[13]。"（众下）

【水红花】（魂旦作鬼声，掩袖上）则下得望乡台如梦俏魂灵，夜荧荧、墓门人静。（内犬吠，旦惊介）原来是赚花阴小犬吠春星。冷冥冥，梨花春影。呀，转过牡丹亭、芍药阑，都荒废尽。爹娘去了三年也。（泣介）伤感煞断垣荒径。望中何处也？鬼灯青。（听介）兀的有人声也罗[14]。〔添字昭君怨〕"昔日千金小姐，今日水流花谢。这淹淹惜惜杜陵花[15]，太亏他。生性独行无那[16]，此夜星前一个。生生死死为情多。奈情何！"奴家杜丽娘女魂是也。只为痴情慕色，一梦而亡。凑的十地阎君奉旨裁革，无人发遣，女监三年。喜遇老判，哀怜放假。趁此月明风细，随喜一番。呀，这是书斋后园，怎做了梅花庵观？好伤感人也。

【小桃红】咱一似断肠人和梦醉初醒。谁偿咱残生命也。虽则鬼丛中姊妹不同行，窣地的把罗衣整[17]。这影随形，风沉露，云暗斗，月勾星[18]，都是我魂游境也。到的这花影初更，（内作丁冬声，旦惊介）一霎价心儿瘆[19]，原来是弄风铃台殿冬丁。好一阵香也。

【下山虎】我则见香烟隐隐，灯火荧荧。呀，铺了些云霞蹬，不由人打个吃挣[20]。是那位神灵，原来是东岳夫人，南斗真妃。（作稽首介）仙真仙真，杜丽娘鬼魂稽首。魆魆地投明证明，好替俺朗朗的超生注生。再看这青词[21]上，原来就是石道姑在此住持。一坛斋意，度俺生天。道姑道姑，我可也生受你呵。再瞧这净瓶中，咳，便是俺那塚上残梅哩。梅花呵，似俺杜丽娘半开而谢，好伤情也。则为这断鼓零钟金字经[22]，叩动俺黄粱境。俺向这地坼里梅根迸几程，透出些儿影。（泣介）姑姑们这般至诚，若不留些踪影，怎显的俺鉴知他，就将梅花散在经台之上。（撒花介）抵甚么一点香销万点情。想起爹娘何处，春香何处也？呀，那边厢有沉吟叫唤之声，听怎来？（内叫介）俺的姐姐呵！俺的美人呵！（旦惊介）谁叫谁也？再听。（内又叫介）（旦叹介）

【醉归迟】生和死，孤寒命。有情人叫不出情人应。为甚么不唱出你可人[23]名姓？似俺孤魂独趁，待谁来叫唤俺一声。不分明，无倒断[24]，再消停。（内又叫介）（旦）咳，敢边厢甚么书生，睡梦里语言胡[illegible][25]？

【黑蟆令】不由俺无情有情，凑着叫的人三声两声，冷惺忪红泪飘零。

呀，怕不是梦人儿梅卿柳卿？俺记着这花亭水亭，趁的这风清月清。则这鬼宿前程，盼得上三星四星[26]？待即行寻趁，奈斗转参横[27]，不敢久停呵！

【尾声】为甚么闪摇摇春殿灯？（内叫介）殿上响动。（丑虚上望介）（又作风起介）（旦）一弄儿绣幡飘迥，则这几点落花风是俺杜丽娘身后影。（旦作鬼声下）（丑打照面，惊叫介）师父们，快来，快来！（净、贴惊上）怎生大惊小怪？（丑）则这灯影荧煌，躲着瞧时，见一位女神仙，袖拂花幡，一闪而去。怕也，怕也！（净）怎生模样？（丑打手势介）这多高，这多大，俊脸儿，翠翘金凤[28]，红裙绿袄，环珮玎珰，敢是真仙下降？（净）咳，这便是杜小姐生时样子。敢是他有灵活现。（贴）呀，你看经台之上，乱糁[29]梅花，奇也，异也！大家再祝赞他一番。

【忆多娇】（众）风灭了香，月到廊。闪闪尸尸[30]魂影儿凉。花落在春宵情易伤。愿你早度天堂，早度天堂，免留滞他乡故乡。（贴）敢问杜小姐为何病亡？以何缘故而来出现？

【尾声】（净）休惊恍，免问当。收拾起乐器经堂。你听波，兀的冷窣窣珮环风还在回廊那边响。

（净）心知不敢辄形相，（曹唐）
（贴）欲话因缘恐断肠。（天竺牧童）
（丑）若使春风会人意，（罗邺）
（合）也应知有杜兰香[31]。（罗虬）

注释

[1] 扑地：遍地。

[2] 经藏：指经卷。藏，佛教、道教经典的总称。

[3] 十二峰：即巫山十二峰。

[4] 窈娘堤：在洛阳。窈娘，唐乔知之的宠婢，被武承嗣所夺，投井死。

[5] 羽衣青鸟闲来往：羽衣，指道士。青鸟，传说中的神鸟。此处羽衣青鸟借指小道姑和她的徒弟。

[6] 鹊炉：即鹊尾炉，有柄的香炉。

[7] 大罗天：道家语。指最高的天。
[8] 毛节：道士用来表示法力的符节。
[9] 通参：修道。
[10] 九天：九重天，天的最高处。
[11] 清醮坛场：道教设坛祈祷的一种仪式。
[12] “南斗注生真妃”两句：迷信传说认为南斗星君管人生，东岳夫人管人死后投生。
[13] 步虚声：道士所唱的赞歌。
[14] 也罗：语气词，表感叹，略同于“呀”。
[15] 这淹淹惜惜杜陵花：淹淹惜惜，形容多情。杜陵花，喻杜家的女儿。杜陵，在长安东南。杜甫曾住此。
[16] 无那：无奈。
[17] 窣地的把罗衣整：即把窣地的罗衣整。窣地，拖地，形容衣服很长。
[18] 月勾星：即月蚀。
[19] 瘆：使人害怕。
[20] 呓挣：寒噤。
[21] 青词：道士写在青藤纸上的祈祷词。
[22] 金字经：用泥金写的经卷。
[23] 可人：可爱的人。
[24] 无倒断：无休止。
[25] 胡呸：胡言乱语。
[26] “则这鬼宿前程”两句：意思是做了鬼，我的姻缘还能有几分拿得准呢？前程，此指婚姻。三星四星，三分四分。
[27] 斗转参横：指天快亮的时候。斗、参，星宿名，从它们的运行可以看出大约是什么时候。
[28] 翠翘金凤：指女子首饰。
[29] 糁：散开，散落。
[30] 闪闪尸尸：乍出现一下，又不见了。
[31] 杜兰香：神话中仙女名，曾贬谪到人间。

第二十八出 幽媾

【夜行船】(生上)瞥下天仙何处也?影空蒙似月笼沙。有恨徘徊,无言窨约[1]。早是夕阳西下。"一片红云下太清[2],如花巧笑玉娉婷。凭谁画出生香面?对俺偏含不语情。"小生自遇春容,日夜想念。这更阑时节,破些工夫,吟其珠玉[3],玩其精神。傥然梦里相亲,也当春风一度。(展画玩介)呀,你看美人呵,神含欲语,眼注微波。真乃"落霞与孤鹜齐飞,秋水共长天一色"。

【香遍满】晚风吹下,武陵溪边一缕霞,出落个人儿风韵杀。净无瑕,明窗新绛纱。丹青小画叉,把一幅肝肠挂。小姐小姐,则被你想杀俺也。

【懒画眉】轻轻怯怯一个女娇娃,楚楚臻臻像个宰相衙。想他春心无那对菱花,含情自把春容画,可想到有个拾翠人儿也逗着他?

【二犯梧桐树】他飞来似月华,俺拾的愁天大。常时夜夜对月而眠,这几夜呵,幽佳,婵娟隐映的光辉杀。教俺迷留没乱[4]的心嘈杂,无夜无明快着他。若不为擎奇[5]怕涴的丹青亚,待抱着你影儿横榻。想来小生定是有缘也。再将他诗句朗诵一番。(念诗介)

【浣沙溪】拈诗话,对会家[6]。柳和梅有分儿些[7]。他春心迸出湖山罅,飞上烟绡萼绿华[8]。则是礼拜他便了。(拈香拜介)傒倖[9]杀,对他脸晕眉痕心上掐,有情人不在天涯。小生客居,怎勾姐姐风月中片时相会也。

【刘泼帽】恨单条[10]不惹的双魂化,做个画屏中倚玉蒹葭[11]。小姐呵,你耳朵儿云鬓月侵芽[12],可知他一些些都听的俺伤情话?

【秋夜月】堪笑咱,说的来如戏耍。他海天秋月云端挂,烟空翠影遥山抹。只许他伴人清暇,怎教人佻达[13]。

【东瓯令】俺如念咒,似说法。石也要点头[14],天雨花[15]。怎虔诚不降的仙娥下?是不肯轻行踏。(内作风起,生按住画介)待留仙怕杀风儿刮,粘嵌着锦边牙[16]。怕刮损他,再寻个高手临他一幅儿。

【金莲子】闲啧牙[17]，怎能够他威光水月生临榻[18]？怕有处相逢他自家，则问他许多情，与春风画意再无差。再把灯剔起细看他一会。（照介）

【隔尾】敢人世上似这天真多则假[19]。（内作风吹灯介）（生）好一阵冷风袭人也。险些儿误丹青风影落灯花。罢了，则索睡掩纱窗去梦他。（打睡介）（魂旦上）“泉下长眠梦不成，一生馀得许多情。魂随月下丹青引，人在风前叹息声。”妾身杜丽娘鬼魂是也。为花园一梦，想念而终。当时自画春容，埋于太湖石下。题有“他年得傍蟾宫客，不在梅边在柳边”。谁想魂游观中几晚，听见东房之内，一个书生高声低叫：“俺的姐姐，俺的美人。”那声音哀楚，动俺心魂。悄然蓦入他房中，则见高挂起一轴小画。细玩之，便是奴家遗下春容。后面和诗一首，观其名字，则岭南柳梦梅也。梅边柳边，岂非前定乎！因而告过了冥府判君，趁此良宵，完其前梦。想起来好苦也。

【朝天懒】怕的是粉冷香销泣绛纱，又到的高唐馆玩月华。猛回头羞飒髻儿鬈，自擎拿。呀，前面是他房头了。怕桃源路径行来诧，再得俄旋试认他。（生睡中念诗介）“他年得傍蟾宫客，不在梅边在柳边。”我的姐姐呵。（旦）（听打悲介）

【前腔】是他叫唤的伤情咱泪雨麻，把我残诗句没争差。难道还未睡呵？（瞧介）（生又叫介）（旦）他原来睡屏中作念猛嗟牙[20]。省喧哗，我待敲弹翠竹窗栊下。（生作惊醒，叫“姐姐”介）（旦悲介）待展香魂去近他。（生）呀，户外敲竹之声，是风是人？（旦）有人。（生）这咱时节[21]有人，敢是老姑姑送茶来？免劳了。（旦）不是。（生）敢是游方的小姑姑么？（旦）不是。（生）好怪，好怪，又不是小姑姑。再有谁？待我启门而看。（生开门看介）

【玩仙灯】呀，何处一娇娃，艳非常使人惊诧。（旦作笑闪入）（生急掩门）（旦敛衽整容见介）秀才万福。（生）小娘子到来，敢问尊前何处，因何夤夜[22]至此？（旦）秀才，你猜来。

【红衲袄】（生）莫不是莽张骞犯了你星汉槎[23]，莫不是小梁清[24]夜走天曹罚？（旦）这都是天上仙人，怎得到此。（生）是人家彩凤暗随鸦[25]？（旦摇头介）（生）敢甚处里绿杨曾系马[26]？（旦）不曾一面。（生）若不是认陶潜眼挫的花[27]，敢则是走临邛[28]道数儿差？（旦）非差。

（生）想是求灯的？可是你夜行无烛也，因此上待要红袖分灯向碧纱？

【前腔】（旦）俺不为度仙香空散花[29]，也不为读书灯闲濡蜡。俺不似赵飞卿旧有瑕[30]，也不似卓文君新守寡。秀才呵，你也曾随蝶梦迷花下。（生想介）是当初曾梦来。（旦）俺因此上弄莺簧赴柳衙[31]。若问俺妆台何处也，不远哩，刚则在宋玉东邻第几家。（生作想介）是了。曾后花园转西，夕阳时节，见小娘子走动哩。（旦）便是了。（生）家下有谁？

【宜春令】（旦）斜阳外，芳草涯，再无人有伶仃的爹妈。奴年二八，没包弹[32]风藏叶里花。为春归惹动嗟呀，瞥见你风神俊雅。无他，待和你剪烛临风，西窗闲话。（生背介）奇哉，奇哉，人间有此艳色！夜半无故而遇明月之珠，怎生发付！

【前腔】他惊人艳，绝世佳。闪一笑风流银蜡。月明如乍，问今夕何年星汉槎？金钗客寒夜来家，玉天仙人间下榻。（背介）知他，知他是甚宅眷的孩儿，这迎门调法[33]？待小生再问他。（回介）小娘子夤夜下顾小生，敢是梦也？（旦笑介）不是梦，当真哩。还怕秀才未肯容纳。（生）则怕未真。果然美人见爱，小生喜出望外。何敢却乎？（旦）这等真个盼着你了。

【耍鲍老】幽谷寒涯，你为俺催花连夜发。俺全然未嫁，你个中知察，拘惜的好人家。牡丹亭，娇恰恰；湖山畔，羞答答；读书窗，淅喇喇[34]。良夜省陪茶，清风明月知无价。

【滴滴金】（生）俺惊魂化，睡醒时凉月些些。陡地荣华，敢则是梦中巫峡？亏杀你走花阴不害些儿怕，点苍苔不溜些儿滑，背萱亲不受些儿吓，认书生不着些儿差。你看斗儿斜，花儿亚[35]，如此夜深花睡罢。笑咖咖，吟哈哈，风月无加。把他艳软香娇做意儿耍，下的[36]亏他？便亏他则半霎。（旦）妾有一言相恳，望郎恕罪。（生笑介）贤卿有话，但说无妨。（旦）妾千金之躯，一旦付与郎矣，勿负奴心。每夜得共枕席，平生之愿足矣。（生笑介）贤卿有心恋于小生，小生岂敢忘于贤卿乎？（旦）还有一言。未至鸡鸣，放奴回去。秀才休送，以避晓风。（生）这都领命。只问姐姐贵姓芳名？

【意不尽】（旦叹介）少不得花有根元玉有芽[37]，待说时惹的风声大。（生）以后准望贤卿逐夜而来。（旦）秀才，且和俺点勘春风这第一花。

（生）浩态狂香昔未逢，（韩愈）
（旦）月斜楼上五更钟。（李商隐）
（旦）朝云夜入无行处，（李白）
（生）神女知来第几峰？（张子容）

注释

[1] 窨约：暗约。
[2] 太清：指天。
[3] 珠玉：喻诗文佳作。
[4] 迷留没乱：指心绪紊乱。
[5] 擎奇：擎举。
[6] "拈诗话"两句：意谓杜丽娘的诗是为他这个知心之人写的。会家，行家，精通某种技艺的人。此指诗人。
[7] 有分儿些：有些缘分。
[8] 飞上烟绡萼绿华：意思是好像仙女飞上绢幅，化成了画像。萼绿华，神话中女仙名。
[9] 傒倖：指烦恼。
[10] 单条：狭长的独幅字画。
[11] 做个画屏中倚玉蒹葭：恨不得自己也化成画中人物，与她成双成对。
[12] 耳朵儿云鬓月侵芽：耳朵被乌发遮盖，像云遮月。芽，指新月。
[13] 佻达：戏谑。
[14] 石也要点头：佛教传说。东晋佛教学者竺道生在苏州虎丘讲法，立石为徒，石皆点头。事见《事类统编》。
[15] 天雨花：佛家传说。梁高僧云光在南京雨花台讲经，感天而落花像下雨一般。事见《舆地纪胜》。
[16] 锦边牙：在裱好的画幅的上端，张挂用。
[17] 闲喷牙：说空话，多嘴。
[18] 怎能够他威光水月生临榻：威光水月，此指画中美人。生临榻，活现地来到床榻上。
[19] 天真多则假：天真，天仙。多则假，多半是假的。
[20] 他原来睡屏中作念猛嗟牙：睡屏中，犹言床上，引申为睡梦中。作念，指想念。嗟牙，嗟叹。

[21] 这咱时节：这会儿，这般时候。

[22] 夤夜：深夜。

[23] 张骞犯了你星汉槎：传说张骞乘木筏到银河边，遇织女。事见《荆楚岁时记》。你，以织女比杜丽娘。

[24] 梁清：神话中女仙名。或指织女侍儿梁玉清，相传她曾和太白金星私自逃往人间，生一子。

[25] 彩凤暗随鸦：杜大中武人出身，他的爱妾才色俱佳，抱怨嫁不到好丈夫，故作《临江仙》词，说自己是彩凤随鸦。

[26] 绿杨曾系马：曾下马去看过她。姜夔《月下笛》："曾游处，但系马垂杨，认郎鹦鹉。"

[27] 认陶潜眼挫的花：后人将桃花源和刘晨、阮肇遇仙女的故事附会在一起后，《桃花源记》的作者陶潜有时也和刘、阮一样，被用作情郎的代称。眼挫的花，眼花看错。全句意思是找情郎看错了人。

[28] 走临邛：指私奔。用四川临邛卓王孙女儿卓文君与司马相如私奔事。全句意思是私奔走错了路。

[29] 度仙香空散花：佛教传说。文殊到维摩诘那里问病，天女以天花散到诸位菩萨身上，天花从诸位菩萨身上落下，唯独散在大弟子身上的却没有落下。天女说，这是因为大弟子结习未尽。

[30] 赵飞卿旧有瑕：相传汉成帝宠后赵飞燕（赵飞卿）贫贱时曾和射鸟者私通。旧有瑕，当指此。

[31] 俺因此上弄莺簧赴柳衙：簧，乐器名。一般常用簧声来形容莺啼。柳衙，指柳梦梅的住处。衙，原指属员在衙门排班。后喻像衙门参见时排列成两行的事物。尉迟偓《中朝故事》："天街两畔多槐树，俗号为槐衙。"

[32] 没包弹：无可指摘。

[33] 调法：耍花样。

[34] 淅喇喇：形容风吹窗纸声。

[35] 花儿亚：花儿低垂。

[36] 下的：忍心，忍得。

[37] 少不得花有根元玉有芽：根元，根由，来历。芽，喻事物的开端。

第二十九出　旁　疑

【步步娇】（净扮老道姑上）女冠儿生来出家相。无对向[1]、没生长[2]。守着三清[3]像，换水添香，钟鸣鼓响。赤紧的是那走方娘[4]，弄虚花扯闲帐？“世事难拚一个信，人情常带三分疑。”杜老爷为小姐创下这座梅花观，着俺看守三年。水清石见[5]，无半点瑕疵。止因陈教授老狗，引下个岭南柳秀才，东房养病。前几日到后花园回来，悠悠漾漾的，着鬼着魅一般，俺已疑惑了。凑着个韶阳小道姑，年方念八，颇有风情，到此云游，几日不去。夜来柳秀才房里，唧唧哝哝，听的似女儿声息。敢是小道姑瞒着我去瞧那秀才，秀才逆来顺受了。俺且待他来，打觑[6]他一番。

【前腔】（贴扮小道姑上）俺女冠儿俏的仙真样。论举止都停当[7]，则一点情抛漾[8]。步斗风前，吹笙[9]月上。（叹介）古来仙女定成双，恁生来寒乞相？（见介）“（贴）常无欲以观其妙，（净）常有欲以观其窍[10]。”小姑姑，你昨夜游方，游到柳秀才房儿里去。是窍，是妙？（贴）老姑姑这话怎的起？谁曾见来？（净）俺见来。

【剔银灯】你出家人芙蓉淡妆，剪一片湘云鹤氅[11]。玉冠儿斜插笑生香，出落的十分情况。斟量，敢则向书生夜窗，迤逗的幽辉半床[12]？（贴）向那个书生？老姑姑这话敢不中哩。

【前腔】俺虽然年青试妆，洗凡心冰壶[13]月朗。你怎生剥落[14]的人轻相？比似你半老的佳人停当！（净）倒栽[15]起俺来。（贴）你端详，这女贞观傍，可放着个书生话长？（净）哎也，难道俺与书生有帐！这梅花观，你是云游道婆，他是云游秀才，你住的，偏他住不的？则是往常秀才夜静高眠，则你到观中，那秀才夜半开门，唧唧哝哝的。不共你说话，共谁来？扯你道录司[16]告去。（扯介）（贴）便去。你将前官香火院，停宿外方游棍[17]。难道偏放过你？（扯介）

【一封书】（末上）闲步白云除，问柳先生何处居？扣梅花院主。（见扯介）呀，怎两个姑姑争施主？玄牝同门道可道[18]，怎不韫椟而藏姑待姑[19]？俺知道你是大姑他是小姑，嫁的个彭郎港口无[20]？（净）先生不知。听的柳秀才半夜开门，不住的唧哝。俺好意儿问这小姑："敢是你共柳秀才讲话哩？"这小姑则答应着"谁共秀才讲话来"，便罢；倒嘴骨弄[21]的说俺养着个秀才。陈先生，凭你说，谁引这秀才来？扯他道录司明白去[22]。俺是石的。（贴）难道俺是水的？（末）禁声[23]，坏了柳秀才体面。俺劝你，

【前腔】教你姑徐徐。撒月招风实也虚？早则是者也之乎，那柳下先生君子儒[24]，到道录司牒[25]你去俗还俗，敢儒流们笑你姑不姑。（贴）正是不雅相。（末）好把冠子儿扶水云梳，裂了这仙衣四五铢[26]。（净）便依说，开手罢。陈先生吃个斋去。（末）待柳秀才在时又来。

【尾声】清绝处，再踟躇。（泪介）咳，糁东风穷泪扑疏疏[27]。道姑，杜小姐坟儿可上去？（净）雨哩。（末叹介）则恨的销春寒这几点杜鹃花下雨。（下）（净、贴吊场）（净）陈老儿去了。小姑姑好嚏。（贴）和你再打听谁和秀才说话来。

（净）烟水何曾息世机！（温庭筠）
（贴）高情雅淡世间稀。（刘禹锡）
（净）陇山鹦鹉能言语，（岑参）
（贴）乱向金笼说是非。（僧子兰）

注释

[1] 对向：即对象，配偶。

[2] 生长：指生育。

[3] 三清：指道教所尊的三位最高尊神。即玉清元始天尊、上清灵宝天尊、太清道德天尊。

[4] 赤紧的是那走方娘：赤紧的，真的，此是猜测的口气。走方娘，指游方的小道姑。

[5] 水清石见：喻事情清清白白。

[6] 打觑：探看。

[7] 停当：妥当，妥贴。

[8] 抛漾：此是抛在外面，在外飘荡的意思。

[9] 吹笙：传说西王母侍女董双成本在杭州西湖妙庭观修炼，得道后吹笙骑鹤升天。

[10] “常无欲以观其妙”两句：语出《老子》。窍，原作徼，妙的意思。这里有意改动，作调谑语。

[11] 剪一片湘云鹤氅：湘云，形容衣服淡雅。鹤氅，羽衣，道教装束。

[12] 幽辉半床：语出元稹《会真记》。本形容崔莺莺到张生那幽会时的月景。此处暗示道姑到柳梦梅那里去幽会。

[13] 冰壶：喻洁白纯净。王昌龄《芙蓉楼送辛渐》有“一片冰心在玉壶”句。

[14] 剥落：本指脱落。此作诋毁解。

[15] 栽：此作诬陷解。

[16] 道录司：官署名。管理道教事务之机构。

[17] 游棍：流氓。

[18] 玄牝同门道可道：“玄牝之门”“道可道”都是道教所崇奉的经典《老子》中的句子。这里与原著无关，只为调笑。

[19] 韫椟而藏姑待姑：《论语·子罕》：“子贡曰：‘有美玉于斯，韫椟而藏诸？求善贾而沽（出售）诸？’子曰：‘沽之哉！沽之哉！我待贾者也。’”韫椟，放在匣子里。这里引用原文而有意改动，戏谑用。

[20] “俺知道你是大姑他是小姑”两句：这是意义双关语。江西彭泽县有大姑山、小姑山，旁有彭郎矶。后人把彭郎附会为小姑的丈夫。

[21] 嘴骨弄：多言多语。

[22] 明白去：评理去。

[23] 禁声：一作噤声，轻声，住声。

[24] 柳下先生君子儒：春秋时期鲁国大夫展禽，食邑于柳下，死后私谥为惠。这是借指柳梦梅。君子儒，此指规规矩矩的读书人。

[25] 牒：文书。这里指告状。

[26] 铢：古代重量单位，一两的二十四分之一。

[27] 扑疏疏：扑簌簌。

第三十出 欢 挠

【捣练子】（生上）听漏下半更多，月影向中那。恁时节夜香烧罢么？“一点猩红一点金，十个春纤十个针。只因世上美人面，改尽人间君子心。”俺柳梦梅是个读书君子，一味志诚。止因北上南安，凑着东邻西子。嫣然一笑，遂成暮雨之来；未是五更，便逐晓风而去。今宵有约，未知迟早。正是：“金莲[1]若肯移三寸，银烛先教刻五分[2]。”则一件，姐姐若到，要精神对付他。偷盹一会，有何不可。（睡介）

【称人心】（魂旦上）冥途挣挫[3]，要死却心儿无那。也则为俺那人儿忒可，教他闷房头守着闲灯火。（入门介）呀，他端然睡瞌，恁春寒也不把绣衾来摸。多应他祗候[4]着我。待叫醒他。秀才，秀才！（生醒介）姐姐，失敬也。（起揖介）（生）待整衣罢，远远相迎个。这二更天风露多，还则怕夜深花睡么？（旦）秀才，俺那里长夜好难过，缱着你无眠清坐。（生）姐姐，你来的脚踪儿恁轻，是怎的？〔集唐〕“（旦）自然无迹又无尘（朱庆馀），（生）白日寻思夜梦频（令狐楚）。（旦）行到窗前知未寝（无名氏），（生）一心惟待月夫人（皮日休）。”姐姐，今夜来的迟些。

【绣带儿】（旦）镇消停，不是俺闲情忒慢俄。那些儿忘却俺欢哥[5]。夜香残，回避了尊亲。绣床偎收拾起生活，停脱[6]。顺风儿斜将金佩拖，紧摘离[7]百忙的淡妆明抹。（生）费你高情，则良夜无酒奈何？（旦）都忘了。俺携酒一壶，花果二色，在楯栏之上，取来消遣。（旦取酒、果、花上）（生）生受了。是甚果？（旦）青梅数粒。（生）这花？（旦）美人蕉。（生）梅子酸似俺秀才，蕉花红似俺姐姐。串饮一杯。（共杯饮介）

【白练序】（旦）金荷[8]、斟香糯[9]。（生）你酝酿春心玉液波。拚微酡，东风外翠香红酦[10]。（旦）也摘不下奇花果，这一点蕉花和梅豆呵，君知么，爱的人全风韵，花有根科。

【醉太平】（生）细哦，这子儿花朵，似美人憔悴，酸子情多。喜蕉心暗展，一夜梅犀点污[11]。如何？酒潮微晕笑生涡。待噷着脸[12]恣情的呜嘬，些儿个，翠偃了情波，润红蕉点，香生梅唾。

【白练序】（旦）活泼、死腾那，这是第一所人间风月窝。昨宵个微芒暗影轻罗，把势儿[13]忒显豁。为甚么人到幽期话转多？（生）好睡也。（旦）好月也。消停坐，不妒色嫦娥，和俺人三个。

【醉太平】（生）无多，花影阿那[14]。劝奴奴睡也，睡也奴哥[15]。春宵美满，一霎暮钟敲破。娇娥、似前宵雨云羞怯颤声讹，敢今夜翠颦轻可。睡则那，把腻乳微搓，酥胸汗帖，细腰春锁。（净、贴悄上）（贴）"道可道，可知道？名可名，可闻名[16]？"（生、旦笑介）（贴）老姑姑，你听秀才房里有人。这不是俺小姑姑了。（净作听介）是女人声，快敲门去。（敲门介）（生）是谁？（净）老道姑送茶。（生）夜深了。（净）相公房里有客哩。（生）没有。（净）女客哩。（生、旦慌介）怎好？（净急敲门介）相公，快开门。地方巡警，免的声扬哩。（生慌介）怎了，怎了！（旦笑介）不妨，俺是邻家女子，道姑不肯干休时，便与他一个勾引的罪名儿。

【隔尾】便开呵须撒和[17]，隔纱窗怎守的到参儿趓[18]！柳郎，则管松了门儿。俺影着这一幅美人图那边躲。（生开门，旦作躲，生将身遮旦，净、贴闯进笑介）喜也。（生）甚么喜？（净前看，生身拦介）

【滚遍】（净、贴）这更天一点锣，仙院重门阖。何处娇娥？怕惹的干柴火。（生）你便打睃[19]，有甚着科？是床儿里窝[20]？箱儿里那？袖儿里阁？（净、贴向前，生拦不住，内作风起，旦闪下介）（生）昏了灯也。（净）分明一个影儿，只这轴美女图在此。古画成精了么？

【前腔】画屏人踏歌[21]，曾许你书生和。不是妖魔，甚影儿望风躲？相公，这是甚么画？（生）妙娑婆，秀才家随行的香火。俺寂静里暗祈求，你莽吆喝。（净）是了。不说不知，俺前晚听见相公房内啾啾唧唧，疑惑是这小姑姑。俺如今明白了。相公，权留小姑姑伴话。（生）请了。

【尾声】（贴）动不动道录司官了私和。（生）则欺负俺不分外[22]的书生欺别个！姑姑，这多半觉美鼾鼾，则被你奚落杀了我。（净、贴下）（生笑介）一天好事，两个瓦刺姑[23]。扫兴，扫兴。那美人呵，好吃惊也！

应陪秉烛夜深游，（曹松）
恼乱春风卒未休。（罗隐）
大姑山远小姑出，（顾况）
更凭飞梦到瀛洲。（胡宿）

注释

[1] 金莲：形容女子的脚小。

[2] 银烛先教刻五分：据《南史·王僧孺传》载，南朝梁竟陵王萧子良与友人夜集，刻烛为诗，作四韵刻一寸。

[3] 挣挫：苦苦挣扎。

[4] 祗候：此作恭候解。

[5] 欢歌：对情郎的昵称。

[6] 停脱：停妥，停当。

[7] 摘离：脱身，离开。

[8] 金荷：指酒杯。

[9] 糯：糯米做的酒。

[10] 酘：酘醅，重酿未滤之酒。此是形容花很红，再以花红喻酒醉。

[11] 梅犀点污：隐喻欢会。

[12] 噷着脸：偎着脸。全句描写狂吻情形。

[13] 把势儿：姿态，指欢会。

[14] 阿那：即婀娜。

[15] 奴哥：对女子的昵称。全句化用黄庭坚《千秋岁》："奴奴睡，奴奴睡也奴奴睡。"

[16] "道可道"四句：戏曲中常用的道姑的上场诗。

[17] 便开呵须撒和：意思是就是要人开门，也要好好说话。撒和，指骏马饥饿困倦时，解下鞍子，给它喂点草料，让它休息一下。这里引申为说好话。

[18] 参儿趄：参星横斜，指夜深。参，星名。趄，指移动。

[19] 打睃：上上下下、反反复复地看。

[20] 窝：窝藏。

[21] 画屏人踏歌：唐代传奇故事。一士人醉卧醒来，看见画屏上的妇人都来到他的床前歌舞，他一声惊叫，妇人就都回到画屏上去了。

[22] 不分外：守本分。

[23] 瓦剌姑：骂女人不正派的话。

第三十一出　缮　备[1]

【番卜算】（贴扮文官，净扮武官上）边海一边江，隔不断胡尘涨。维扬[2]新筑两城墙，酾酒[3]临江上。请了。俺们扬州府文武官僚是也。安抚杜老大人，为因李全骚扰地方，加筑外罗城[4]一座。今日落成开宴，杜老大人早到也。

【前腔】（众拥外上）三千客[5]两行，百二关重壮。（文武迎介）（外）维扬风景世无双，直上层楼望。（见介）"（众）北门卧护要耆英[6]。（外）恨少胸中十万兵[7]。（众）天借金山为底桩。（外）身当铁瓮作长城。"扬州表里重城，不日成就。皆文武诸公士民之力。（众）此皆老安抚远略奇谋。属官窃在下风，敢献一杯，效古人城隅[8]之宴。（外）正好。且向新楼一望。（望介）壮哉，城也！真乃："江北无双堑[9]，淮南第一楼。"（众）请进酒。

【山花子】（众）贺层城顿插云霄敞，雉[10]飞腾映压寒江。据表里山河一方，控长淮万里金汤[11]。（合）敌楼[12]高窥临女墙，临风酾酒旌旆扬。乍想起琼花[13]当年吹暗香，几点新亭[14]，无限沧桑[15]。（外）前面高起如霜似雪四五十堆，是何山也？（众）都是各场所积之盐，众商人中纳[16]。（外）商人何在？（末、老旦扮商人上）"占种海田高白玉，掀翻盐井横黄金。"商人见。（外）商人么，则怕早晚要动支兵粮，攒紧上纳。

【前腔】这盐呵，是银山雪障连天晃，海煎成夏草秋粮。平看取盐花灶场，尽支排中纳边商。（合前）（外）酒罢了。喜的广有兵粮，则要众文武关防如法[17]。

【舞霓裳】（众）文武官僚立边疆，立边疆。休坏了这农桑，士工商。（合）敢大金家早晚来无状[18]，打贴起[19]炮箭旗枪。听边声风沙迭荡，猛惊起，见蟠花战袍旧边将。

【红绣鞋】（众）吉日祭赛城隍，城隍。归神谢土安康，安康。祭旗纛，犒军装。阵头儿，谁抵当？箭眼里，好遮藏。

【尾声】（外）按三韬把六出旗门放[20]，文和武肃静端详。则等待海西头[21]动边烽那一声炮儿响。

夹城云暖下霓旄[22]，（杜牧）
千里崤函一梦劳。（谭用之）
不意新城连嶂起，（钱起）
夜来冲斗气何高。（谭用之）

注释

[1] 缮备：指修葺城墙，加强武装。缮，修补，整治。

[2] 维扬：扬州。

[3] 酾酒：斟酒。

[4] 外罗城：城外的大城。

[5] 三千客：战国时代齐国孟尝君田文有食客三千人。这里是杜宝表示自己尊贤好客。

[6] 北门卧护要耆英：意思是凭老将的威名，就是卧着不动，也能防守北方。据《新唐书·裴度传》载，唐宪宗以中书令裴度兼河东节度使，差官向他宣谕说："为朕卧护北门可也。"耆英，年老的贤者。

[7] 胸中十万兵：北宋范仲淹曾任陕西经略副使，防守西夏，令西夏人不敢来犯。袁桷题他的画像的诗说："甲兵十万在胸中，赫赫英名震犬戎。"

[8] 城隅：城上的角楼。

[9] 堑：护城河。此指城池。

[10] 雉：量词。计算城墙面积的单位，长三丈高一丈为一雉。这里指雉堞，即筑在城上的小墙，上有射箭的孔眼。

[11] 金汤：金城汤池，喻城防坚不可摧。

[12] 敌楼：城楼。

[13] 琼花：传说隋炀帝开凿大运河，坐船到扬州看琼花。后来为宇文化及所杀。隋亡。

[14] 几点新亭：几滴忧国之泪。

[15] 沧桑：沧海变桑田，比喻世事变迁很大。

[16] 中纳：宋朝政府允许商人直接运送粮秣到边境地区，以供军需，然后在京师发给商人领盐的执照，这种官、商之间的实物交易称为“入中”，也就是“中纳”。

[17] 关防如法：防守得很严密。

[18] 无状：指前来侵犯。

[19] 打贴起：即打叠起，收拾好，准备好。

[20] 按三韬把六出旗门放：《三略》《六韬》都是古代的兵书。此处三韬指阵图。六出旗门，指这个阵势有六个出入口。

[21] 海西头：泛指边塞。

[22] 夹城云暖下霓旄：夹城，在长安，唐开元时建。从西苑到南内、曲江的通路，夹在两道城墙之间。霓旄，缀以五彩羽毛的旗子。仪仗的一种。

第三十二出　冥　誓

【月云高】（生上）暮云金阙[1]，风幡淡摇拽。但听的钟声绝，早则是心儿热。纸帐书生，有分氲兰麝。咱时还早。荡花阴，单则把月痕遮。（整灯介）溜风光，稳护着灯儿烨。（笑介）“好书读易尽，佳人期未来。”前夕美人到此，并不堤防，姑姑搅攘。今宵趁他未来之时，先到云堂[2]之上攀话一回，免生疑惑。（作掩门行介）此处留人户半斜，天呵，俺那有心期在那些。（下）

【前腔】（魂旦上）孤神害怯，佩环风定夜。（惊介）则道是人行影，原来是云偷月。（到介）这是柳郎书舍了。呀，柳郎何处也？闪闪幽斋，弄影灯明灭。魂再艳，灯油接；情一点，灯头结。（叹介）奴家和柳郎幽期，除是人不知，鬼都知道。（泣介）竹影寺[3]风声怎的遮，黄泉路夫妻怎当赊[4]？“待说何曾说，如颦不奈颦。把持花下意，犹恐梦中身。”奴家虽登鬼录，未损人身。阳禄将回，阴数已尽。前日为柳郎而死，今日为柳郎而生。夫妇分缘，去来明白。今宵不说，只管人鬼混缠到甚时节？只怕说时柳郎那一惊呵，也避不得了。正是：“夜传人鬼三分话，早定夫妻百岁恩。”

【懒画眉】（生上）画阑风摆竹横斜。（内作鸟声惊介）惊鸦闪落在残红榭。呀，门儿开也，玉天仙光降了紫云车[5]。（旦出迎介）柳郎来也。（生揖介）姐姐来也。（旦）剔灯花这咱望郎爷。（生）直恁的志诚亲姐姐。（旦）秀才，等你不来，俺集下了唐诗一首。（生）洗耳。（旦念介）“拟托良媒亦自伤（秦韬玉），月寒山色两苍苍（薛涛）。不知谁唱春归曲（曹唐）？又向人间魅阮郎（刘言史）。”（生）姐姐高才。（旦）柳郎，这更深何处来也？（生）昨夜被姑姑败兴，俺乘你未来之时，去姑姑房头看了他动静，好来迎接你。不想姐姐今夜来恁早哩。（旦）盼不到月儿上也。

【太师引】（生）叹书生何幸遇仙提揭[6]，比人间更志诚亲切。乍温存笑眼生花，正渐入欢肠啖蔗[7]。前夜那姑姑呵，恨无端风雨把春抄

截。姐姐呵，误了你半宵周折，累了你好回[8]惊怯。不嗔嫌，一径的把断红重接。

【锁窗寒】（旦）是不堤防他来的咋嗻[9]，吓的个魂儿收不迭。仗云摇月躲，画影人遮。则没揣的涩道[10]边儿，闪人一跌。自生成不惯这磨灭。险些些，风声扬播到俺家爷，先吃了俺狠尊慈痛决[11]。（生）姐姐费心。因何错爱小生至此？（旦）爱的你一品[12]人才。（生）姐姐敢定了人家？

【太师引】（旦）并不曾受人家红定回鸾帖[13]。（生）喜个甚样人家？（旦）但得个秀才郎情倾意惬。（生）小生倒是个有情的。（旦）是看上你年少多情，迤逗俺睡魂难贴。（生）姐姐，嫁了小生罢。（旦）怕你岭南归客路途赊，是做小伏低[14]难说。（生）小生未曾有妻。（旦笑介）少甚么旧家根叶，着俺异乡花草填接？敢问秀才，堂上有人么？（生）先君官为朝散，先母曾封县君。（旦）这等是衙内了。怎么婚迟？

【锁窗寒】（生）恨孤单飘零岁月，但寻常稔色谁沾藉[15]？那有个相如在客，肯驾香车？萧史无家，便同瑶阙[16]？似你千金笑等闲抛泄，凭说，便和伊青春才貌恰争些，怎做的露水相看仳别[17]！（旦）秀才有此心，何不请媒相聘？也省的奴家为你担慌受怕。（生）明早敬造尊庭，拜见令尊令堂，方好问亲于姐姐。（旦）到俺家来，只好见奴家。要见俺爹娘迟早。（生）这般说，姐姐当真是那样门庭。（旦笑介）（生）是怎生来？

【红衫儿】看他温香艳玉神清绝，人间迥别。（旦）不是人间，难道天上？（生）怎独自夜深行，边厢少侍妾？且说个贵表尊名。（旦叹介）（生背介）他把姓字香沉，敢怕似飞琼[18]漏泄？姐姐不肯泄露姓名，定是天仙了。薄福书生，不敢再陪欢宴。尽仙姬留意书生，怕逃不过天曹罚折。

【前腔】（旦）道奴家天上神仙列，前生寿折。（生）不是天上，难道人间？（旦）便作是私奔，悄悄何妨说。（生）不是人间，则是花月之妖。（旦）正要你掘草寻根，怕不待勾辰就月。（生）是怎么说？（旦欲说又止介）不明白辜负了幽期，话到尖头又咽。〔相思令〕（生）姐姐，你千不说，万不说。直恁的书生不酬决[19]，更向谁边说？（旦）待要说，如何说？秀才，俺则怕聘则为妻奔则妾，受了盟香说。（生）你要小生发愿，定为正妻，便与姐姐拈香去。

【滴溜子】(生、旦同拜)神天的，神天的，盟香满爇。柳梦梅，柳梦梅，南安郡舍，遇了这佳人提挈，作夫妻。生同室，死同穴。口不心齐，寿随香灭，(旦泣介)怎生吊下泪来？(旦)感君情重，不觉泪垂。

【闹樊楼】你秀才郎为客偏情绝，料不是虚脾[20]把盟誓撇。哎，话吊在喉咙剪了舌。嘱东君[21]在意者，精神打叠。暂时间奴儿回避趄[22]，些儿待说，你敢扑惚忪害跌[23]。(生)怎的来？(旦)秀才，这春容得从何处？(生)太湖石缝里。(旦)比奴家容貌争多？(生看惊介)可怎生一个粉扑儿[24]？(旦)可知道，奴家便是画中人也。(生合掌谢画介)小生烧的香到哩。姐姐，你好歹表白一些儿。

【啄木犯】(旦)柳衙内听根节。杜南安原是俺亲爹。(生)呀，前任杜老先生升任扬州，怎么丢下小姐？(旦)你剪了灯。(生剪灯介)(旦)剪了灯、馀话堪明灭。(生)且请问芳名，青春多少？(旦)杜丽娘小字有庚帖，年华二八，正是婚时节。(生)是丽娘小姐，俺的人那！(旦)衙内，奴家还未是人。(生)不是人，是鬼？(旦)是鬼也。(生惊介)怕也，怕也。(旦)靠边些，听俺消详说。话在前教伊休害怯，俺虽则是小鬼头人半截。(生)姐姐，因何得回阳世而会小生？

【前腔】(旦)虽则是阴府别，看一面千金小姐，是杜南安那些枝叶。注生妃央及煞回生帖，化生娘[25]点活了残生劫。你后生[26]儿蘸定俺前生业。秀才，你许了俺为妻真切，少不得冷骨头着疼热。(生)你是俺妻，俺也不害怕了。难道便请起你来？怕似水中捞月，空里拈花。

【三段子】(旦)俺三光不灭[27]。鬼胡由[28]，还动迭[29]，一灵未歇。泼残生，堪转折。秀才可谙经典？是人非人心不别，是幻非幻如何说？虽则似空里拈花，却不是水中捞月。(生)既然虽死犹生，敢问仙坟何处？(旦)记取太湖石梅树一株。

【前腔】爱的是花园后节，梦孤清，梅花影斜。熟梅时节，为仁儿，心酸那些。(生)怕小姐别有走跳处？(旦叹介)便到九泉无屈折，衠幽香一阵昏黄月。(生)好不冷。(旦)冻的俺七魄三魂[30]，僵做了三贞七烈[31]。(生)则怕惊了小姐的魂怎好？

【斗双鸡】(旦)花根木节，有一个透人间路穴。俺冷香肌早偎的半热。你怕惊了呵，悄魂飞越，则俺见了你回心心不灭。(生)话长哩。(旦)畅好是一夜夫妻，有的是三生话说。(生)不烦姐姐再三，只俺独力难成。

（旦）可与姑姑计议而行。（生）未知深浅，怕一时间攒不彻。

【登小楼】（旦）咨嗟、你为人为彻[32]。俺砌笼棺勾有三尺叠，你点刚锹和俺一谜[33]掘。就里阴风泻泻，则隔的阳世些些。（内鸡鸣介）

【鲍老催】咳，长眠人一向眠长夜，则道鸡鸣枕空设。今夜呵，梦回远塞荒鸡咽，觉人间风味别。晓风明灭，子规声容易吹残月。三分话才做一分说。

【耍鲍老】俺丁丁列列[34]，吐出在丁香舌。你拆了俺丁香结，须粉碎俺丁香节。休残慢[35]，须急节。俺的幽情难尽说。（内风起介）则这一剪风动灵衣去了也。（旦急下）（生惊痴介）奇哉，奇哉！柳梦梅做了杜太守的女婿，敢是梦也？待俺来回想一番。他名字杜丽娘，年华二八，死葬后园梅树之下。啐，分明是人道交感，有精有血。怎生杜小姐颠倒自己说是鬼？（旦又上介）衙内还在此？（生）小姐怎又回来？（旦）奴家还有丁宁[36]。你既以俺为妻，可急视之，不宜自误。如或不然，妾事已露，不敢再来相陪。愿郎留心。勿使可惜。妾若不得复生，必痛恨君于九泉之下矣。

【尾声】（旦跪介）柳衙内你便是俺再生爷。（生跪扶起介）（旦）一点心怜念妾，不着俺黄泉恨你，你只骂的俺一句鬼随邪。（旦作鬼声下，回顾介）（生吊场，低语介）柳梦梅着鬼了。他说的恁般分明，恁般凄切，是无是有，只得依言而行。和姑姑商量去。

梦来何处更为云？（李商隐）
惆怅金泥簇蝶裙。（韦氏子）
欲访孤坟谁引至？（刘言史）
有人传示紫阳君[37]。（熊孺登）

注释

[1] 金阙：道家称天帝或仙人所住的宫殿。此指道观。

[2] 云堂：僧坐禅的地方。

[3] 竹影寺：元代有谚语“竹林寺有影无形”，元曲习用此语。这里是反用，

既有影，人们捕风捉影，就免不了有闲话。全句意谓杜丽娘鬼魂的行踪已被人察觉，无法遮掩。

[4] 赊：长，远。

[5] 紫云车：仙车，神话传说中西王母的座车。

[6] 提揭：当作提挈，扶持意。

[7] 正渐入欢肠啖蔗：喻指正甜蜜。晋顾恺之吃甘蔗，从尖儿吃起，越吃越甜，自称“渐至佳境”。

[8] 好回：好一阵子。

[9] �嗻：厉害。

[10] 涩道：阶石。

[11] 痛决：严厉的责罚。

[12] 一品：第一等。

[13] 受人家红定回鸾帖：指正式订婚。红定，男方送女方的聘礼。鸾帖，写有女方订婚人生辰八字的庚帖。女方接受红定，回以鸾帖，便表示缔结婚约。

[14] 做小伏低：指做妾。妾地位低下，故说伏低。

[15] 但寻常稔色谁沾藉：寻常稔色，指一般的女子。稔色，漂亮，这里指女子。沾藉，沾惹。

[16] “那有个相如在客”四句：意思是谁肯像卓文君与司马相如私奔一样去爱一个异乡人？萧史若没有碰上弄玉，哪能上天？相如在客、萧史无家是借指柳梦梅未婚。

[17] “便和伊青春才貌恰争些”两句：意思是即使比你的青春才貌差一些，纵然是露水夫妻，也不能轻易放手。露水，喻爱情短暂。

[18] 飞琼：即女仙许飞琼。传说唐诗人许浑梦登昆仑山，见有人饮酒，便写了一首诗，诗中提到许飞琼的名字。许飞琼对他说：“你为什么把我的名字传出去？”许浑就把原句“坐中惟有许飞琼”改为“天风吹下步虚声”。

[19] 酬决：说清楚。

[20] 虚脾：虚情假意。

[21] 东君：神话中的春神。这里杜丽娘以花自喻，以东君喻柳梦梅。

[22] 趄：巧避。

[23] “些儿待说”两句：意思是我要说一些，恐怕你会因为害怕而昏倒。扑忧忪害跌，形容吓得扑通跌倒。

[24] 一个粉扑儿：同一个模样。

[25] 化生娘：迷信传说中执掌轮回投生的神。

[26] 后生：年轻人，小伙子。

[27] 三光不灭：三光，日、月、星。人死后原是看不见三光的，本剧杜丽娘死后还魂复活，所以说三光不灭。

[28] 鬼胡由：鬼花样。这里指鬼。

[29] 动迭：走动。

[30] 七魄三魂：道家认为人有三魂七魄。这里指魂魄、灵魂。

[31] 三贞七烈：贞烈之极。通常写三贞九烈，这里是为了和七魄三魂一致而有意改动。

[32] 为人为彻：即好人要好到底。

[33] 一谜：一味，一概。

[34] 丁丁列列：形容说话吞吞吐吐。

[35] 残慢：懒散。

[36] 丁宁：叮嘱，告诫。

[37] 紫阳君：道家崇奉的仙人名。

第三十三出 秘 议

【绕池游】（净上）芙蓉冠帔，短发难簪系。一炉香鸣钟叩齿[1]。〔诉衷情〕“风微台殿响笙簧。空翠冷霓裳。池畔藕花深处，清切夜闻香。人易老，事多妨，梦难长。一点深情，三分浅土，半壁斜阳。”俺这梅花观，为着杜小姐而建。当初杜老爷吩咐陈教授看管。三年之内，则见他收取祭租，并不常川行走。便是杜老爷去后，谎了一府州县士民人等许多分子[2]，起了个生祠。昨日老身打从祠前过，猪屎也有，人屎也有。陈最良，陈最良，你可也叫人扫刮一遭儿。倒是杜小姐神位前，日逐添香换水，何等庄严清净。正是：“天下少信掉书子[3]，世外有情持素人。”

【前腔】（生上）幽期密意，不是人间世。待声扬徘徊了半日。（见介）“（生）落花香覆紫金堂。（净）你年少看花敢自伤？（生）弄玉不来人换世。（净）麻姑[4]一去海生桑。”（生）老姑姑，小生自到仙居，不曾瞻礼宝殿。今日愿求一观。（净）是礼。相引前行。（行到介）（净）高处玉天金阙，下面东岳夫人，南斗真妃。（内钟鸣，生拜介）“中天积翠玉台遥，上帝高居绛节朝。遂有冯夷[5]来击鼓，始知秦女善吹箫。”好一座宝殿哩。怎生左边这牌位上写着“杜小姐神王”，是那位女王？（净）是没人题主[6]哩。杜小姐。（生）杜小姐为谁？

【五更转】（净）你说这红梅院，因何置？是杜参知[7]前所为。丽娘原是他香闺女，十八而亡，就此攒瘗。他爹呵，升任急，失题主，空牌位。（生）谁祭扫他？（净）好墓田，留下有碑记。偏他没头主儿，年年寒食[8]。（生哭介）这等说起来，杜小姐是俺娇妻呵。（净惊介）秀才当真么？（生）千真万真。（净）这等，知他那日生，那日死了？

【前腔】（生）俺未知他生，焉知死？死多年、生此时。（净）几时得他死信？（生）这是俺朝闻夕死了可人矣。（净）是夫妻，应你奉事香火。（生）则怕俺未能事人，焉能事鬼？（净）既是秀才娘子，可曾会他来？

（生）便是这红梅院，做楚阳台，偏倍了[9]你。（净）是那一夜？（生）是前宵你们不做美。（净惊介）秀才着鬼了。难道，难道。（生）你不信时，显个神通你看。取笔来点的他主儿会动。（净）有这事？笔在此。（生点介）看俺点石为人，靠夫做主。你瞧，你瞧。（净惊介）奇哉，奇哉。主儿真个会动也。小姐呵！

【前腔】则道墓门梅，立着个没字碑，原来柳客神[10]缠住在香炉里。秀才，既是你妻，鼓盆歌、庐墓三年礼[11]。（生）还要请他起来。（净）你直恁神通，敢阎罗是你？（生）少些人夫用。（净）你当夫，他为人，堪使鬼。（生）你也帮一锹儿。（净）大明律[12]：开棺见尸，不分首从皆斩哩[13]。你宋书生是看不着皇明例，不比寻常，穿篱挖壁。（生）这个不妨，是小姐自家主见。

【前腔】是泉下人，央及你。个中人、谁似伊。（净）既是小姐吩咐，也待我择个日子。（看介）恰好明日乙酉，可以开坟。（生）喜金鸡玉犬非牛日[14]，则待寻个人儿，开山力士[15]。（净）俺有个侄儿癞头鼋可用。只怕事发之时怎处？（生）但回生，免声息，停商议。可有偷香窃玉劫坟贼？还一事，小姐倘然回生，要些定魂汤药。（净）陈教授开张药铺。只说前日小姑姑，党了凶煞[16]，求药安魂。（生）烦你快去也。这七级浮屠，岂同儿戏。

（净）湿云如梦雨如尘，（崔鲁）
（生）初访城西李少君[17]。（陈羽）
（净）行到窈娘身没处，（雍陶）
（生）手披荒草看孤坟。（刘长卿）

注释

[1] 叩齿：指在祈祷前上下牙齿互相叩击，以示虔诚。

[2] 分子：众人筹款办事，各人出的一份钱叫分子。

[3] 掉书子：掉书袋，引经据典炫耀博学的人。这里指读书人。

[4] 麻姑：神话传说中的女仙。自言曾见东海三次变为桑田，蓬莱之水也浅于旧时，或许又将变为平地。

[5] 冯夷：神话传说中的水神。

[6] 题主：一种仪式，亦称点主。旧时礼制，人死后立一木牌，上写死者名字，先用墨笔写某某人之神王，然后择期请有名望的人用硃笔在“王”字上加一点，成为“主”字。

[7] 参知：即参知政事，官名。

[8] 寒食：节令名。在农历清明的前一天（一说前两天）。清明、寒食是祭扫坟墓的日子。全句指年年没有亲人祭拜。

[9] 偏倍了：偏不让人知道。

[10] 柳客神：巫蛊术的一种用具，刻柳木成人形。这里借指柳梦梅。

[11] 鼓盆歌、庐墓三年礼：庄子的妻子死了，他没有哭泣，敲着盆子唱歌。后因以鼓盆指亡妻。庐墓三年，旧时礼制父母亡，子须住在坟旁守孝三年。此谓为亡妻守孝意在调笑。

[12] 大明律：明代的主要法典，成于洪武六年，以后续有修订。本剧托称宋代故事，却说到明代事，是有意开玩笑。

[13] 不分首从皆斩哩：首，首犯，为首的罪犯。从，从犯，跟首犯一起犯罪的人。

[14] 喜金鸡玉犬非牛日：遇上酉日（属鸡）、戌日（属犬），宜开坟，丑日（属牛），忌开坟。这是阴阳家迷信的说法。

[15] 开山力士：此指掘坟的人。

[16] 党了凶煞：迷信说法，指冲撞了凶神而害病。

[17] 李少君：汉武帝时方士名，自称有神妙的法术。

第三十四出　诇　药[1]

（末上）"积年儒学理粗通，书簏成精变药笼。家童唤俺老员外[2]，街坊唤俺老郎中[3]。"俺陈最良失馆，依然开药铺。看今日有甚人来？

【女冠子】（净上）人间天上，道理都难讲。梦中虚诳，更有人儿思量泉壤。陈先生利市[4]哩。（末）老姑姑到来。（净）好铺面！这"儒医"二字杜太守赠的。好"道地药材[5]"！这两块土中甚用？（末）是寡妇床头土。男子汉有鬼怪之疾，清水调服良。（净）这布片儿何用？（末）是壮男子的裤裆。妇人有鬼怪之病，烧灰吃了效。（净）这等，俺贫道床头三尺土，敢换先生五寸裆？（末）怕你不十分寡。（净）啐，你敢也不十分壮。（末）罢了，来意何事？（净）不瞒你说，前日小道姑呵！

【黄莺儿】年少不堤防，赛江神，归夜忙。（末）着手了？（净）知他着甚闲空旷？被凶神煞党。年灾月殃，瞑然一去无回向。（末）欠老成哩！（净）细端详，你医王[6]手段敢对的住活阎王。（末）是活的，死的？（净）死几日了。（末）死人有口吃药？也罢，便是这烧裆散，用热酒调服下。

【前腔】海上有仙方，这伟男儿深裤裆。（净）则这种药，俺那里自有。（末）则怕姑姑记不起谁阳壮。剪裁寸方，烧灰酒娘[7]，敲开齿缝把些儿放。不寻常，安魂定魄赛过反精香[8]。（净）谢了。

（末）还随女伴赛江神，（于鹄）
（净）争奈多情足病身。（韩偓）
（末）岩洞幽深门尽锁，（韩愈）
（净）隔花催唤女医人。（王建）

注释

[1] 诇药：求药。

[2] 员外：原为官名，这里用作对人的尊称。

[3] 郎中：原为官名，后称医生为郎中。

[4] 利市：祝人发财、交好运的吉利话。

[5] 道地药材：中药店的招牌上往往写上这四个字，意思是所备的药材都是各地的名产。

[6] 医王：为众生治病的佛。

[7] 酒娘：即酒酿，甜米酒。

[8] 反精香：即返魂香。传说西海聚窟洲产返魂树。用其根煮汁，制成返魂香，能使人起死回生。

第三十五出 回 生

【字字双】（丑扮疙童，持锹上）猪尿泡疙疸偌卢胡，没裤[1]。铧锹儿入的土花疏，没骨。活小娘不要去做鬼婆夫，没路。偷坟贼拿到做个地官符[2]，没趣。（笑介）自家梅花观主家癞头鼋便是。观主受了柳秀才之托，和杜小姐启坟。好笑，好笑，说杜小姐要和他这里重做夫妻。管他人话鬼话，带了些黄钱，挂在这太湖石上，点起香来。

【出队子】（净携酒同生上）玉人何处，玉人何处？近墓西风老绿芜。《竹枝歌》[3]唱的女郎苏，杜鹃声啼过锦江[4]无？一窖愁残，三生梦馀。（生）老姑姑，已到后园。只见半亭瓦砾，满地荆榛。绣带重寻，袅袅藤花夜合；罗裙欲认，青青蔓草春长。则记的太湖石边，是俺拾画之处。依稀似梦，恍惚如亡。怎生是好？（净）秀才不要忙，梅树下堆儿是了。（生）小姐，好伤感人也。（哭介）（丑）哭甚的。趁时节了。（烧纸介）（生拜介）巡山使者[5]，当山土地，显圣显灵。

【啄木鹂】开山纸[6]草面上铺。烟罩山前红地炉[7]。（丑）敢太岁头上动土[8]？向小姐脚跟挖窟。（生）土地公公，今日开山，专为请起杜丽娘。不要你死的，要个活的。你为神正直应无妒，俺阳神触煞俱无虑。要他风神笑语都无二，便做着[9]你土地公公女嫁吾。呀，春在小梅株。好破土哩。

【前腔】（丑、净锹土介）这三和土[10]一谜钽。小姐呵，半尺孤坟你在这的无？（生）你们十分小心。（看介）到棺了。（丑作惊丢锹介）到棺没活的了。（生摇手介）禁声。（内旦作哎哟介）（众惊介）活鬼作声了。（生）休惊了小姐。（众蹲向鬼门，开棺介）（净）原来钉头锈断，子口[11]登开，小姐敢别处送云雨去了。（内哎哟介）（生见旦扶介）（生）咳，小姐端然在此。异香袭人，幽姿如故。天也，你看正面上那些儿尘渍，斜空处没半米蚍蜉[12]。则他暖幽香四片斑斓木，润芳姿半榻黄泉路，养花身五色燕支土。（扶旦软瘫介）（生）俺为你款款偎将睡脸扶，休损了口中珠[13]。

（旦作呕出水银介）（丑）一块花银，二十分多重，赏了癞头罢。（生）此乃小姐龙含凤吐之精，小生当奉为世宝。你们别有酬犒。（旦开眼叹介）（净）小姐开眼哩。（生）天开眼了。小姐呵！

【金蕉叶】（旦）是真是虚？劣梦魂猛然惊遽[14]。（作掩眼介）避三光业眼难舒，怕一弄儿巧风吹去。（生）怕风怎么好？（净扶旦介）且在这牡丹亭内进还魂丹，秀才剪裆。（生剪介）（丑）待俺凑些加味还魂散。（生）不消了。快快热酒来。

【莺啼序】（调酒灌介）玉喉咙半点灵酥。（旦吐介）（生）哎也，怎生呵落在胸脯。姐姐再进些，才吃下三个多半口还无。（觑介）好了，好了！喜春生颜面肌肤。（旦觑介）这些都是谁？敢是些无端道途[15]，弄的俺不着坟墓？（生）我便是柳梦梅。（旦）眳矇[16]觑，怕不是梅边柳边人数。（生）有这道姑为证。（净）小姐可认得道姑么？（旦看不语介）

【前腔】（净）你乍回头记不起俺这姑姑。（生）可记得这后花园？（旦不语介）（净）是了，你梦境模糊。（旦）只那个是柳郎？（生应，旦作认介）咳，柳郎真信人也。亏杀你拨草寻蛇，亏杀你守株待兔。棺中宝玩收存，诸馀[17]抛散池塘里去。（众）吓！（丢去棺物介）向人间别画个葫芦[18]。水边头洗除凶物[19]。（众）亏了小姐整整睡这三年。（旦）流年度，怕春色三分，一分尘土[20]。（生）小姐，此处风露，不可久停。好处将息去。

【尾声】死工夫救了你活地狱，七香汤莹了美食相扶[21]。（旦）扶往那里去？（净）梅花观内。（旦）可知道洗棺尘，都是这高唐观中雨。

（生）天赐燕支一抹腮，（罗隐）
（旦）随君此去出泉台。（景舜英）
（净）俺来穿穴非无意，（张祜）
（生）愿结灵姻愧短才。（潘雍）

注释

[1]“猪尿泡疙疸偌卢胡”两句：这里是对癞痢头的调谑。

[2] 地官符：道士作法为人驱邪治病时，写天、地、水三官手书（符），其

中地官符埋入土中。全句是说偷坟者被捉将被活埋。
[3]《竹枝歌》：即《竹枝词》，古代民歌的乐调名。
[4] 锦江：岷江的支流，在四川。四川是杜丽娘的故乡。
[5] 巡山使者：神话中山神名。
[6] 开山纸：掘坟前焚烧的黄纸。
[7] 烟罩山前红地炉：烧纸钱时，烟火上腾，像通红的火炉一样。
[8] 太岁头上动土：古人以木星为太岁，在木星的方向破土动工，会有灾祸。
[9] 便做着：就当作……一样。
[10] 三和土：即用糯米汁和泥、沙石再用石灰搅拌而成的三合土。
[11] 子口：瓶、箱、匣等物跟盖相密合的地方。
[12] 斜空处没半米蚍蜉：半米，半粒。此指半只。蚍蜉，大蚂蚁。
[13] 口中珠：旧俗死者入殓时在口内放珍珠、谷米等物。
[14] 遽：惶恐。
[15] 无端道途：指无赖之辈。
[16] 眳矇：朦胧，看不分明。
[17] 诸馀：余外一切东西。
[18] 向人间别画个葫芦：谚语“依样画葫芦”，原是模仿的意思。此指重新做人。
[19] 凶物：丧葬用品。
[20]“怕春色三分”两句：怕青春过去。
[21] 七香汤莹了美食相扶：七香汤，沐浴用的香汤。莹，此指沐浴。美食相扶，用好的饭食补养。

第三十六出　婚　走

【意难忘】（净扶旦上）（旦）如笑如呆，叹情丝不断，梦境重开。（净）你惊香辞地府，舆榇出天台[1]。（旦）姑姑，俺强挣作[2]，软咍咍[3]，重娇养起这嫩孩孩。（合）尚疑猜，怕如烟入抱[4]，似影投怀。〔画堂春〕"（旦）蛾眉秋恨满三霜[5]，梦馀荒冢斜阳。土花零落旧罗裳，睡损红妆。（净）风定彩云犹怯，火传金灺[6]重香。如神如鬼费端详，除是高唐。"（旦）姑姑，奴家死去三年。为钟情一点，幽契重生。皆亏柳郎和姑姑信心提救。又以美酒香酥，时时将养。数日之间，稍觉精神旺相。（净）好了，秀才三回五次，央俺成亲哩。（旦）姑姑，这事还早。扬州问过了老相公、老夫人，请个媒人方好。（净）好消停[7]的话儿。这也由你。则问小姐前生事可记得些么？

【胜如花】（旦）前生事，曾记怀。为伤春病害，因春游梦境难挨。写春容那人儿拾在。那劳承、那般顶戴，似盼天仙盼的眼咍[8]，似叫观音叫的口歪。（净）俺也听见些。则小姐泉下怎生得知？（旦）虽则尘埋，把耳轮儿热坏。感一片志诚无奈，死淋侵走上阳台，活森沙[9]走出这泉台。（净）秀才来哩。

【生查子】（生上）艳质久尘埋，又挣出这烟花界[10]。你看他含笑插金钗，摆动那长裙带。（见介）丽娘妻。（旦羞介）（生）姐姐，俺地窟里扶卿做玉真。（旦）重生胜过父娘亲。（生）便好今宵成配偶。（旦）懵腾[11]还自少精神。（净）起前说精神旺相，则瞒着秀才。（旦）秀才可记的古书云："必待父母之命，媒妁之言[12]。"（生）日前虽不是钻穴相窥，早则钻坟而入了。小姐今日又会起书来。（旦）秀才，比前不同。前夕鬼也，今日人也。鬼可虚情，人须实礼。听奴道来：

【胜如花】青台[13]闭，白日开。（拜介）秀才呵，受的俺三生礼拜，待成亲少个官媒。（泣介）结盏[14]的要高堂人在。（生）成了亲，访令尊令堂，有惊天之喜。要媒人，道姑便是。（旦）秀才忙待怎的？也曾落几个黄昏陪待。（生）今夕何夕？（旦）直恁的急色秀才。（生）小姐捣鬼。（旦笑介）秀才捣鬼。不是俺鬼奴台[15]妆妖作乖。（生）为甚？（旦羞介）半死来回，怕的雨云惊骇。有的是这人儿活在，但将息俺半载身材。（背介）但消停俺半刻情怀。

【不是路】（末上）深院闲阶，花影萧萧转翠苔。（扣门介）人谁在？是陈生控望柳君来。（众惊介）（生）陈先生来了，怎好？（旦）姑姑，俺回避去。（下）（末）忒奇哉，怎女儿声息纱窗外，硬抵门儿应不开？（又扣门介）（生）是谁？（末）陈最良。（开门见介）（生）承车盖[16]，俺衣冠未整因迟待。（末）有些惊怪。（生）有何惊怪？

【前腔】（末）不是天台，怎风度娇音隔院猜？（净上）原来陈斋长到来。（生）陈先生说里面妇娘声息，则是老姑姑。（净）是了，长生会[17]，莲花观里一个小姑来。（末）便是前日的小姑么？（净）另是一众。（末）好哩，这梅花观一发兴哩。也是杜小姐冥福所致。因此径来相约，明午整个小盒儿[18]同柳兄往坟上随喜去。暂告辞了。无闲会，今朝有约明朝在，酒滴青娥[19]墓上回。（生）承拖带，这姑姑点不出个茶儿[20]待。即来回拜。（末）慢来回拜。（下）（生）喜的陈先生去了，请小姐有话。（旦上介）（净）怎了，怎了？陈先生明日要上小姐坟去。事露之时，一来小姐有妖冶之名，二来公相无闺阃之教[21]，三来秀才坐迷惑之讥，四来老身招发掘之罪。如何是了？（旦）老姑姑，待怎生好？（净）小姐，这柳秀才待往临安取应[22]。不如曲成亲事，叫童儿寻只赣船，夤夜开去，以灭其踪。意下何如？（旦）这也罢了。（净）有酒在此。你二人拜告天地。（拜，把酒介）

【榴花泣】（生）三生一会，人世两和谐。承合卺，送金杯。比墓田春酒这新醅，才酦转人面桃腮。（旦悲介）伤春便埋，似中山醉梦[23]三年在。只一件来，看伊家龙凤姿容，怎配俺这土木形骸[24]！（生）那有此话！

【前腔】相逢无路，良夜肯疑猜？眠一柳，当了三槐[25]。杜兰香真个在读书斋，则柳耆卿[26]不是仙才。（旦叹介）幽姿暗怀，被元阳鼓的这阴无赖。柳郎，奴家依然还是女身。（生）已经数度幽期，玉体岂能无损？（旦）那是魂，这才是正身陪奉。伴情哥则是游魂，女儿身依旧含胎。（外扮舟子歌上）春娘爱上酒家子楼，不怕归迟总弗子愁。推道那家娘子睡，且留教住要梳子头。（又歌）不论秋菊和那春子个花，个个能噇[27]空肚子茶。无事莫教频入子库，一名闲物他也要些子些。(丑扮疙童上介)船，船，船，临安去。(外)来，来，来。(拢船介)(丑)门外船便，相公纂下小姐班。(净辞介)相公、小姐，小心去了。(生)小姐无人服侍，烦老姑姑一行，得了官时相报。(净)俺不曾收拾。(背介)事发相连，走为上计。(回介)也罢，相公赏侄儿甚么，着他和俺收拾房头，俺伴小姐同去。(丑)使得。(生)便赏他这件衣服。(解衣介)(丑)谢了，事发谁当？(生)则推不知便了。(丑)这等请了。“秃厮儿堪充道伴，女冠子权当梅香[28]。”(下)

【急板令】(众上船介)别南安孤帆夜开，走临安把双飞路排。(旦悲介)(生)因何吊下泪来？(旦)叹从此天涯，从此天涯。叹三年此居，三年此埋。死不能归，活了才回。(合)问今夕何夕？此来、魂脉脉，意咍咍。

【前腔】(生)似倩女返魂[29]到来，采芙蓉回生并载。(旦叹介)(生)为何又吊下泪来？(旦)想独自谁挨，独自谁挨？翠黯香囊，泥渍金钗。怕天上人间，心事难谐。(合前)(净)夜深了，叫停船。你两人睡罢。(生)风月舟中，新婚佳趣，其乐何如！

【一撮棹】蓝桥驿[30]，把奈河桥风月筛。(旦)柳郎，今日方知有人间之乐也。七星版、三星照[31]，两星排[32]。今夜呵，把身子儿带，情儿迈，意儿挨。(净)你过河衣带紧，请宽怀。(生)眉横黛，小船儿禁重载？这欢眠自在，抵多少吓魂台[33]。

【尾声】情根一点是无生债[34]。(旦)叹孤坟何处是俺望夫台[35]？柳郎呵，俺和你死里逃生情似海。

(生)偷去须从月下移，(吴融)
(净)好风偏似送佳期。(陆龟蒙)
(旦)傍人不识扁舟意，(张蠙)
(净)惟有新人子细知。(戴叔伦)

注释

[1] 舆榇出天台：指杜丽娘死而复生。舆榇，以车载棺材。天台，原指仙界，

此代指阴间。

[2] 挣作：挣扎，振作。

[3] 软咍咍：软绵绵。

[4] 如烟入抱：中国古代神话故事。传说吴王夫差的女儿小玉爱上了青年韩重。吴王不许他们结婚，小玉气结而死。后来韩重在小玉墓旁看见小玉，小玉送给韩重明珠。当小玉的母亲想去抱她时，小玉却和烟一样不见了。事见《搜神记》。

[5] 三霜：三年。

[6] 灺：灯烛的灰烬。此指香炉。

[7] 消停：此作从容、自在解。

[8] 眼咍：眼呆。

[9] 活森沙：活生生。森沙，词尾助词，加强语气，无义。

[10] 挣出这烟花界：出现在这繁华的世界。

[11] 懵腾：糊里糊涂，神志不清。

[12] “必待父母之命”两句：语出《孟子·滕文公》：“丈夫生而愿为之有室，女子生而愿为之有家。父母之心，人皆有之。不待父母之命，媒妁之言，钻穴隙相窥，逾墙相从，则父母国人皆贱之。”

[13] 青台：指泉台，黄泉。

[14] 结盏：代指结婚。

[15] 鬼奴台：小鬼头。

[16] 承车盖：承光降，承您来。车盖，车上的遮蔽物，代指车。

[17] 长生会：泛指道士的法事。

[18] 整个小盒儿：犹言准备一份祭奠用的酒食。

[19] 青娥：指少女。

[20] 点不出个茶儿：古代有一种烹茶方法叫点茶。这里指泡茶。

[21] 闺闸之教：指对妇女的一种封建教育，如男女授受不亲等。闺闸，原指妇女所居之所。此借指女性。

[22] 取应：应科举考试。

[23] 中山醉梦：相传刘玄石在中山酒家喝了千日酒，归家后一醉不醒。家里人以为他死了，便将他葬了。千日之后，酒家来人看他。开棺后，刘玄石刚好醒来。

[24] 土木形骸：自谦之辞。犹言粗俗之躯。

[25] “眠一柳”两句：一夜欢爱，就如功成名就一样。三槐，三公。这里指春试及第。

[26] 柳耆卿：即柳永。柳永字耆卿。许多小说、戏曲都写到他的风流故事。

上句杜兰香、此句柳耆卿，和杜丽娘、柳梦梅的姓相合。

[27] 噇：吃，喝。多带贬义。

[28] “秃厮儿堪充道伴”两句：厮儿，男孩子。这里指秃童。女冠子，女道姑。又，《秃厮儿》《女冠子》都是曲牌名，嵌在曲文里是一种文字游戏。

[29] 倩女返魂：唐代传奇故事。倩女和爱人王宙离别后，相思成病。她的灵魂跋山涉水，追上王宙，和他同居。后来两人回到倩女家里，倩女的灵魂和躯体又合而为一。

[30] 蓝桥驿：唐代传奇故事。裴航路过蓝桥驿，遇见仙女云英，后两人双双成仙。

[31] 七星版、三星照：七星版，即七星板，棺材内的夹底板，上有七个星一样的小孔。三星照，指情人相聚。

[32] 两星排：指牵牛、织女过银河相会。

[33] 抵多少吓魂台：抵多少，胜过。吓魂台，迷信谓阴间折磨鬼魂的地方。

[34] 情根一点是无生债：意思是有了情根就不能达到无生无灭的境界。无生，佛家修行所达到的一种境界。

[35] 望夫台：在今湖北。相传有女子在这里送她的丈夫出征，她一直站着看她的丈夫，最后化为石头。

第三十七出　骇　变

〔集唐〕（末上）“风吹不动顶垂丝（雍陶），吟背春城出草迟（朱庆馀）。毕竟百年浑是梦（元稹），夜来风雨葬西施[1]（韩偓）。”俺陈最良。只因感激杜太守，为他看顾小姐坟茔。昨日约了柳秀才到坟上望去，不免走一遭。（行介）“岩扉不掩云长在，院径无媒草自深。”待俺叫门。（叫介）呀，往常门儿重重掩上，今日都开在此。待俺参了圣[2]。（看菩萨介）咳，冷清清没香没灯的。呀，怎不见了杜小姐牌位？待俺问一声老姑姑。（叫三声介）俗家去了。待俺叫柳兄问他。（叫介）柳朋友！（又叫介）柳先生！一发不应了。（看介）嗄，柳秀才去了。医好了病，来不参，去不辞。没行止[3]，没行止！待俺西房瞧瞧。咳哟，道姑也搬去了。磬儿，锅儿，床席，一些都不见了。怪哉！（想介）是了。日前小道姑有话，昨日又听的小道姑声息，其中必有柳梦梅勾搭事情。一夜去了。没行止，没行止！由他，由他。到后园看小姐坟去。（行介）

【懒画眉】园深径侧老苍苔，那儿所月榭风亭久不开。当时曾此葬金钗[4]。（望介）呀，旧坟高高儿的，如何平下来了也。缘何不见坟儿在？敢是狐兔穿空倒塌来？这太湖石，只左边靠动了些，梅树依然。（惊介）咳呀，小姐坟被劫了也。

【朝天子】（放声哭介）小姐，天呵！是甚么发冢无情短倖材[5]？他有多少金珠葬在打眼[6]来！小姐，你若早有人家，也搬回去了。则为玉镜台无分照泉台[7]。好孤哉！怕蛇钻骨，树空骸，不堤防这灾。知道了，柳梦梅岭南人，惯了劫坟。将棺材放在近所，截了一角为记，要人取赎。这贼意思，止不过说杜老先生闻知，定来取赎。想那棺材，只在左近埋下了。待俺寻看。（见介）咳呀，这草窝里不是硃漆板头？这不是大锈钉？开了去。天，小姐骨殖丢在那里？（望介）那池塘里浮着一片棺材。是了，小姐尸骨抛在池里去了。狠心的贼也！

【普天乐】问天天，你怎把他昆池碎劫无馀在[8]？又不欠观音锁骨连环[9]债，怎丢他水月魂骸？乱红衣[10]暗泣莲腮，似黑月重抛业海。待车干池水，捞起他骨殖来。怕浪淘沙碎玉难分派。倒不如当初水葬无猜。贼眼脑生来毒害，那些个[11]怜香惜玉，致命图财！先师云："虎兕出于柙，龟玉毁于椟中，典守者不得辞其责。"俺如今先去禀了南安府缉[12]拿。星夜往淮扬，报知杜老先生去。

【尾声】石虔婆，他古弄里金珠曾见来。柳梦梅，他做得个破周书汲冢才。小姐呵，你道他为甚么向金盖银墙做打家贼？

丘坟发掘当官路，（韩愈）
春草茫茫墓亦无。（白居易）
致汝无辜由俺罪，（韩愈）
狂眠恣饮是凶徒。（僧子兰）

注释

[1] 西施：古美女。此喻花。

[2] 圣：指菩萨。

[3] 行止：品行，德行。

[4] 葬金钗：指葬杜丽娘。

[5] 短倖材：短命的，没良心的。骂语。

[6] 打眼：显眼，引人注意，以致使人起觊觎之心。

[7] 玉镜台无分照泉台：意思是生时既无缘婚姻，死后就没有人管了。玉镜台，订婚的代称。典出晋温峤以玉镜台作聘物，和他的表妹结婚的故事。

[8] 昆池碎劫无馀在：意思是没有一点骨殖留下来。相传汉武帝在长安开挖昆明池，掘到黑土，有方士说这就是劫灰。

[9] 观音锁骨连环：佛教有所谓"锁骨观音"，为观音变相行道事迹之一。说是一妇女死后，一西域胡僧见墓敬礼，说这是"锁骨菩萨"。众人即开墓，视遍身之骨，钩结皆如锁状，果如僧言。这里是指骨头。

[10] 红衣：红色的莲花瓣。

[11] 那些个：说什么，哪里会。

[12] 缉：搜捕。

第三十八出　淮　警

【霜天晓角】(净引众上)英雄出众，鼓噪红旗动。三年绣甲锦蒙茸[1]，弹剑把雕鞍斜鞚[2]。“贼子豪雄是李全，忠心赤胆向胡天。靴尖踢倒长天堑[3]，却笑江南土不坚。”俺溜金王奉大金之命，骚扰江淮三年。打听大金家兵粮凑集，将次南征，教俺淮扬开路，不免请出贱房计议。中军[4]快请。(众叫介)大王叫箭坊[5]。(老旦扮军人持箭上)箭坊俱已造完。(净笑恼介)狗才怎么说？(老旦)大王说，请出箭坊计议。(净)胡说！俺自请杨娘娘，是你箭坊？(老旦)杨娘娘是大王箭坊，小的也是箭坊。(净喝介)

【前腔】(丑上)帐莲[6]深拥，压寨的阴谋重。(见介)大王兴也！你夜来鏖战好粗雄。困的俺垓心没缝。大王夫，俺睡倦了。请俺甚事商量？(净)闻得金主南侵，教俺攻打淮扬，以便征进。思想扬州有杜安抚镇守，急切难攻。如何是好？(丑)依奴家所见，先围了淮安，杜安抚定然赴救。俺分兵扬州，断其声援，于中取事。(净)高，高！娘娘这计，李全要怕了你。(丑)你那一宗儿不怕了奴家！(净)罢了。未封王号时，俺是个怕老婆的强盗，封王之后，也要做怕老婆的王。(丑)着了。快起兵去攻打淮城。

【锦上花】(净)拨转磨旗峰[7]，促紧先锋。千兵摆列，万马奔冲。鼓通通，鼓通通，噪的那淮扬动。

【前腔】(众)军中母大虫[8]，绰有威风。连环阵势，烟粉[9]牢笼。哈哄哄，哈哄哄，哄的淮扬动。(丑)溜金王听俺吩咐：军到处，不许你抢占半名妇女。如违，定以军法从事。(净)不敢。

(丑)日暮风沙古战场，(王昌龄)
(净)军营人学内家妆[10]。(司空图)
(众)如今领帅红旗下，(张建封)
(众)擘破云鬟金凤凰。(曹唐)

注释

[1] 蒙茸：同“蒙戎”，蓬松、纷乱的样子。这里是形容军中生活匆忙。

[2] 鞚：马勒，此作动词，指拉住马缰绳。

[3] 靴尖踢倒长天堑：据《钱塘遗事》载，南宋末投降蒙古的叛将吕文焕答宋太皇太后书：“孤城其如弹丸，谓靴尖之踢倒；长江虽曰堑固，欲提鞭而断流。”

[4] 中军：即传令官。

[5] 箭坊：造箭作坊，这里指造箭工匠。李全说贱房，众误听为箭坊，剧中打诨。贱房，对人谦称自己的妻子。

[6] 帐莲：即莲帐，也就是莲幕。此指营帐。

[7] 拨转磨旗峰：改变行军的方向。磨旗，这里指开道旗。

[8] 母大虫：雌老虎。

[9] 烟粉：指女人。此指李全的妻子。

[10] 内家妆：宫内女人梳妆的式样。

第三十九出　如　杭

【唐多令】（生上）海月[1]未尘埋，（旦上）新妆倚镜台。（生）卷钱塘风色破书斋。（旦）夫，昨夜天香云外吹，桂子月中开。“（生）夫妻客旅闷难开，（旦）待唤提壶酒一杯。（生）江上怒潮千丈雪，（旦）好似禹门平地一声雷[2]。”（生）俺和你夫妻相随，到了临安京都地面。赁下一所空房，可以理会书史。争奈试期尚远，客思转深。如何是好？（旦）早上吩咐姑姑，买酒一壶，少解夫君之闷，尚未见回。（生）生受了，娘子。一向不曾话及：当初只说你是西邻女子，谁知感动幽冥，匆匆成其夫妇。一路而来，到今不曾请教。小姐可是见小生于道院西头？因何诗句上“不是梅边是柳边”，就指定了小生姓名？这灵通委是怎的？（旦笑介）柳郎，俺说见你于道院西头是假。我前生呵！

【江儿水】偶和你后花园曾梦来，擎一朵柳丝儿要俺把诗篇赛。奴正题咏间，便和你牡丹亭上去了。（生笑介）可好哩？（旦笑介）咳，正好中间，落花惊醒。此后神情不定，一病奄奄。这是聪明反被聪明带[3]，真诚不得真诚在，冤亲做下这冤亲债。一点色情难坏，再世为人，话做了两头分拍[4]。

【前腔】（生）是话儿听的都呆答孩[5]。则俺为情痴信及你人儿在。还则怕邪淫惹动阴曹怪，忌亡坟触犯阴阳戒。分书生领受阴人爱，勾的你色身无坏。出土成人，又看见这帝城风采。（净提酒上）“路从丹凤城[6]边过。酒向金鱼馆内沽。”呀，相公、小姐不知：俺在江头沽酒，看见各处秀才，都赴选场去了。相公错过天大好事。（生、旦作忙介）（旦）相公只索快行。（净）这酒便是状元红[7]了。

【小措大】（旦把酒介）喜的一宵恩爱，被功名二字惊开。好开怀这御酒三杯，放着四婵娟人月在[8]。立朝马五更门外，听六街[9]里喧传人气概。七步才[10]，蹬上了寒宫八宝台[11]。沉醉了九重春色[12]，便看花十里归来。

【前腔】（生）十年窗下，遇梅花冻九[13]才开。夫贵妻荣八字安排。敢你七香车[14]稳情载，六宫宣有你朝拜[15]。五花诰[16]封你非分外。论四德、似你那三从结愿谐[17]。二指大泥金报喜[18]。打一轮皂盖[19]飞来。（旦）夫，我记的春容诗句来。

【尾声】盼今朝得傍你蟾宫客，你和俺倍精神金阶对策[20]。高中了，同去访你丈人、丈母呵，则道俺从地窟里登仙那大喝采。

（旦）良人的的[21]有奇才，（刘氏）
（净）恐失佳期后命催。（杜甫）
（生）红粉楼中应计日，（杜审言）
（合）遥闻笑语自天来。（李端）

注释

[1] 海月：动物名。此代指镜子。

[2] 好似禹门平地一声雷：传说鱼跳龙门，雷电烧了它的尾巴，它才化为龙。比喻中了状元。禹门，即黄河龙门，相传为禹所开凿。

[3] 带：误。

[4] 分拍：分说。

[5] 呆答孩：呆呆地。答孩，词尾助词，无义。

[6] 丹凤城：代指京城。殷尧藩《春游》："路从丹凤楼前过，酒向金鱼馆里赊。"

[7] 状元红：酒名。这里以酒名取彩，祝柳梦梅中状元。

[8] 四婵娟人月在：意思是人、月都团圆。四婵娟，分别指花、竹、人、月。

[9] 六街：唐长安、宋汴京都有六街，后以六街为都城闹市的代称。

[10] 七步才：形容人才思敏捷。典出曹植七步成诗事。

[11] 蹬上了寒宫八宝台：指折桂中状元。寒宫，广寒宫，即月宫。

[12] 沉醉了九重春色：九重，帝王住的宫禁之地。《楚辞·九辩》："君之门以九重。"春，喻酒。杜甫《奉和贾至舍人早朝大明宫》："午夜漏声催晓箭，九重春色醉仙桃。"

[13] 冻九：数九寒天，是最冷的时候。

[14] 七香车：贵妇人乘坐的车。

[15] 六宫宣有你朝拜：六宫，皇后和妃嫔的住处。宣，宣召。

[16] 五花诰：指用五色绫做成的册封夫人的诰命（命令状）。

[17] 论四德、似你那三从结愿谐：四德，妇德、妇言、妇容、妇工。三从，指女子未嫁从父、既嫁从夫、夫死从子。三从、四德都是古时用来束缚妇女的封建教条。

[18] 泥金报喜：唐进士及第后，会用泥金写帖子寄到家里报喜。

[19] 皂盖：黑色的伞这类东西，官员仪仗之一。

[20] 对策：举人参加礼部会试中试后再参加殿试。殿试由皇帝主持，以经义政事出题，叫应试人回答，叫对策。

[21] 的的：确确实实。

第四十出　仆　侦

【孤飞雁】（净扮郭驼挑担上）世路平消长[1]，十年事老头儿心上。柳郎君翰墨人家长[2]。无营运，单承望，天生天养，果树成行。年深树老，把园围抛漾。你索在何方？好没主量[3]。凄惶，趁上他身衣口粮。"家人做事兴，全靠主人命。主人不在家，园树不开花。"俺老驼一生依着柳相公种果为生。你说好不古怪：柳相公在家，一株树上摘百十来个果儿；自柳相公去后，一株树上生百十来个虫。便胡乱结几个儿，小厮们偷个尽。老驼无主，被人欺负。因此发个老狠，体探[4]俺相公过岭北来了，在梅花观养病，直寻到此，早则南安府大封条封了观门。听的边厢人说，道婆为事走了，有个侄儿癞头鼋是小西门住。去寻问他。（行介）"抹过大东路，投至小西门。"（下）

【金钱花】（丑扮疙童披衣笑上）自小疙辣[5]郎当，郎当。官司拿俺为姑娘，姑娘。尽了法，脑皮撞。得了命，卖了房。充小厮，串街坊。"若要人不知，除非己不为。"自家癞头鼋便是。这无人所在，表白一会。你说姑娘和柳秀才那事干得好，又走得好！只被陈教授那狗才，禀过南安府，拿了俺去。拷问俺："姑娘那里去了？劫了杜小姐坟哩！"你道俺更不聪明，却也颇颇[6]的。则掉着头不作声。那鸟官喝道："马不吊不肥，人不拶[7]不直，把这厮上起脑箍来。"哎也，哎也，好不生疼！原来用刑人先捞了俺一架金钟玉磬，替俺方便，禀说这小厮夹出脑髓来了。那鸟官喝道："捻上来瞧。"瞧了，大鼻子一彪，说道："这小厮真个夹出脑浆来了。"他不知是俺癞头上脓。叫松了刑，着保在外。俺如今有了命，把柳相公送俺这件黑海青[8]穿摆将起来。（唱介）摆摇摇，摆摆摇。没人所在，被俺摆过子桥。（净向前叫揖介）小官唱喏[9]。（丑作不回揖，大笑唱介）俺小官子腰闪价，唱不的子喏。比似你个驼子唱喏，则当伸子个腰。（净）这贼种，开口伤人。难道做小官的背偏不驼？（丑）刮这驼子嘴，偷了你甚么？贼？（净作认丑衣介）别的罢了。则这件衣服，岭南柳相公的，怎在你身上？（丑）咳呀，难道俺做小官的，就没件干净衣服，便是岭南柳家的？隔这般一道梅花岭，谁见俺偷来？（净）这衣带上有字。你还不认，叫地方。（扯丑作怕倒介）罢了，衣服还你去啰。（净）耍哩！俺正要问一个人。（丑）谁？（净）柳秀才那里去了？（丑）不知。（净三问）（丑三不知介）（净）你不说，叫地方去。（丑）罢了，大路头难好讲话。演武厅去。（行介）（净）好个僻静所在。（丑）咦，柳秀才倒有一个。可是你问的不是？你说得像，俺说；你说不像，休想。叫地方，便到官司，俺也只是不说。（净）这小厮倒贼。听俺道来：

【尾犯序】提起柳家郎，他俊白庞儿，典雅行藏[10]。（丑）是了。多少年纪？（净）论仪表看他，三十不上。（丑）是了。你是他甚么人？（净）他祖上、传留下俺栽花种粮。自小儿、俺看成他快长。（丑）原来你是柳大官[11]。你几时别他，知他做出甚事来？（净）春头别，跟寻至此，闻说的不端详。（丑）这老儿说的一句句着。老儿，若论他做的事，咦！（丑作扯净耳语）（净听不见介）（丑）呸，左则[12]无人，耍他去。老儿你听着。

【前腔】他到此病郎当。逢着个杜太爷衙教小姐的陈秀才，勾引他养病庵堂，去后园游赏。（净）后来？（丑）一游游到小姐坟儿上。拾得一轴春容，朝思暮想，做出事来。（净）怎的来？（丑）秀才家为真当假，劫坟偷圹。（净惊介）这却怎了？（丑）你还不知。被那陈教授禀了官，围住观门。拖番柳秀才，和俺姑娘行了杖。棚琶[13]搒压，不怕不招。点了供纸[14]，解上江西提刑廉访司。问那六案都孔目[15]，这男女应得何罪？六案请了律令，禀复道，但偷坟见尸者，依律一秋。（净）怎么秋？（丑作按净头介）这等秋。（净惊哭介）俺的柳秀才呵，老驼没处投奔了。（丑笑介）休慌。后来遇赦了。便是那杜小姐活转来哩。（净）有这等事！（丑）活鬼头还做了秀才正房，俺那死姑娘倒做了梅香伴当。（净）何往？（丑）临安去，送他上路，赏这领旧衣裳。（净）吓俺一跳。却早喜也！

【尾声】去临安定是图金榜。（丑）着了。（净）俺勒挣[16]着躯腰走帝乡。（丑）老哥，你路上精细些。现如今一路里画影图形捕凶党。

（净）寻得仙源访隐沦，（朱湾）

（丑）郡城南下是通津。（柳宗元）

（净）众中不敢分明说，（于鹄）

（丑）遥想风流第一人。（王维）

注释

[1] 世路平消长：世路，世事。平，平白无故。

[2] 柳郎君翰墨人家长：翰墨人，读书人。家长，主人。

[3] 主量：主意，商量。

[4] 体探：打听。

[5] 疙辣：方言为疥癞，此指癞痢头。

[6] 颇颇：伶俐，刁滑。

[7] 拶：一种用刑具夹手指的酷刑。

[8] 海青：宽袖的长袍。

[9] 唱喏：作揖。古人习惯一边作揖，一边说“喏”。

[10] 行藏：此指举止有风度。

[11] 大官：对管家或仆役的客气称呼。

[12] 左则：反正是。

[13] 棚琶：刑名。当作绷扒，剥去犯人衣服，用绳子捆绑犯人。

[14] 点了供纸：在供状上画押，表示认罪。

[15] 六案都孔目：主管公文案卷的官员，和秘书长差不多。孔目，官名，掌管文书档案、收藏图书等。

[16] 勒挣：振作，挣扎。

第四十一出　耽　试

【凤凰阁】（净扮苗舜宾引众上）九边[1]烽火咤。秋水鱼龙怎化？广寒丹桂吐层花，谁向云端折下？（合）殿闱深锁[2]，取试卷看详回话。〔集唐〕“铸时天匠[3]待英豪（谭用之），引手何妨一钓鳌（李咸用）？报答春光知有处（杜甫），文章分得凤凰毛[4]（元稹）。”下官苗舜宾便是。圣上因俺香山能辨番回宝色，钦取来京殿试。因金兵摇动，临轩策士[5]，问和战守三者孰便？各房[6]俱已取中头卷，圣旨着下官详定。想起来看宝易，看文字难。为甚么来？俺的眼睛，原是猫儿睛，和碧绿琉璃水晶无二。因此一见珍宝，眼睛火出。说起文字，俺眼里从来没有。如今却也奉旨无奈，左右，开箱取各房卷子上来。（众取卷上，净作看介）这试卷好少也。且取天字号三卷，看是何如。第一卷，“诏问：‘和战守三者孰便？’”“臣谨对：‘臣闻国家之和贼，如里老之和事。’”呀，里老和事，和不得，罢；国家事，和不来，怎了？本房拟他状元，好没分晓。且看第二卷，这意思主守。（看介）“臣闻天子之守国，如女子之守身。”也比的小了。再看第三卷，倒是主战。（看介）“臣闻南朝之战北，如老阳之战阴[7]。”此语忒奇。但是《周易》有“阴阳交战”之说。——以前主和，被秦太师[8]误了。今日权取主战者第一，主守者第二，主和者第三。其馀诸卷，以次而定。

【一封书】（净）文章五色讹。怕冬烘头脑[9]多。总费他墨磨，笔尖花[10]无一个。恁这里龙门日月开无那，都待要尺水翻成一丈波。却也无奈了，也是浪桃花当一科[11]，池里无鱼可奈何！（封卷介）

【神仗儿】（生上）风尘战斗，风尘战斗，奇材辐辏[12]。（丑）秀才来的停当，试期过了。（生）呀，试期过了。文字可进呈么？（丑）不进呈，难道等你？道英雄入彀[13]，恰锁院进呈时候。（生）怕没有状元在里也哥。（丑）不多，有三个了。（生）万马争先，偏骅骝落后。你快禀，有个遗才[14]状元求见。（丑）这是朝房里面。府州县道，告遗才哩。

（生）大哥，你真个不禀？（哭介）天呵，苗老先赍发[15]俺来献宝。止不住卞和[16]羞，对重瞳双泪流。（净听介）掌门的，这甚么所在！拿过来。（丑扯生进介）（生）告遗才的，望老大人收考。（净）哎也，圣旨临轩，翰林院封进。谁敢再收？（生哭介）生员从岭南万里带家口而来。无路可投，愿触金阶而死。（生起触阶，丑止介）（净背介）这秀才像是柳生，真乃南海遗珠也。（回介）秀才上来。可有卷子？（生）卷子备有。（净）这等，姑准收考，一视同仁。（生跪介）千载奇遇。（净念题介）"圣旨：'问汝多士，近闻金兵犯境，惟有和战守三策。其便何如？'"（生叩头介）领圣旨。（起介）（丑）东席舍去。（生写策介）（净再将前卷细观看介）头卷主战，二卷主守，三卷主和。主和的怕不中圣意。（生交卷，净看介）呀，风檐寸晷[17]，立扫千言。可敬，可敬。俺急忙难看。只说和战守三件，你主那一件儿？（生）生员也无偏主。可战可守而后能和。如医用药，战为表，守为里，和在表里之间。（净）高见，高见。则当今事势何如？

【马蹄花】（生）当今呵，宝驾迟留，则道西湖昼锦游[18]。为三秋桂子，十里荷香，一段边愁。则愿的"吴山立马"那人休。俺燕云唾手[19]何时就？若止是和呵，小朝廷羞杀江南。便战守呵，请銮舆略近神州[20]。（净）秀才言之有理。

【前腔】圣主垂旒[21]，想泣玉遗珠一网收。对策者千馀人，那些不知时务，未晓天心，怎做儒流。似你呵，三分话点破帝王忧，万言策检尽乾坤漏。（生）小生岭南之士。（净低介）知道了。你钓竿儿拂绰了珊瑚[22]，敢今番着了鳌头。秀才，午门[23]外候旨。（生应出，背介）这试官却是苗老大人。嫌疑之际，不敢相认。"且当青镜明开眼，惟愿朱衣暗点头[24]。"（生下）（净）试卷俱已详定。左右跟随进呈去。（行介）"丝纶阁[25]下文章静，钟鼓楼中刻漏长。"呀，那里鼓响？（内急擂鼓介）（丑）是枢密府[26]楼前边报鼓。（内马嘶介）（净）边报警急。怎了，怎了？（外扮老枢密上）"花萼[27]夹城通御气。芙蓉小苑入边愁。"（见介）（净）老先生奏边事而来？（外）便是。先生为进卷而来？（净）正是。（外）今日之事，以缓急为先后，僭了。（外叩头奏事介）掌管天下兵马知枢密院事臣谨奏俺主。（内宣介）所奏何事？

【滴溜子】（外）金人的、金人的风闻入寇。（内）谁是先锋？（外）李全的、李全的前来战斗。（内）到甚么地方了？（外）报到了淮扬左右。

（内）何人可以调度？（外）有杜宝现为淮扬安抚。怕边关早晚休，要星忙厮救。（净叩头奏事介）臣看卷官苗舜宾谨奏俺主。

【前腔】临轩的、临轩的文章看就，呈御览、呈御览定其卷首。黄道日，传胪[28]祗候。众多官在殿头，把琼林宴[29]备久。（内）奏事官午门外伺候。（外、净同起介）（净）老先生，听的金兵为何而动？（外）适才不敢奏知。金主此行，单为来抢占西湖美景。（净）痴鞑子，西湖是俺大家受用的。若抢了西湖去，这杭州通没用了。（内宣介）听旨：朕惟治天下，有缓有急，乃武乃文。今淮扬危急，便着安抚杜宝前去迎敌。不可有迟。其传胪一事，待干戈宁辑，偃武修文。可谕知多士。叩头。（外、净叩头呼“万岁”起介）

（外）泽国江山入战图，（曹松）
（净）曳裾终日盛文儒。（杜甫）
（外）多才自有云霄望，（钱起）
（净）其奈边防重武夫。（杜牧）

注释

[1] 九边：明代北部九个边境军事要镇，即辽东、蓟州、宣府、大同、山西、延绥、宁夏、固原、甘肃，由大将率军镇守。古代戏曲中用历史故事为题材的，往往把后代的故事编入前代，这已成为惯例。故本剧也不避用明代制度写宋代故事。

[2] 殿闱深锁：殿试前三天试官到学士院锁院，然后陪同考生赴殿对策。此指考场锁门。

[3] 铸时天匠：指造物主。此指主考官。

[4] 凤凰毛：喻珍贵之物。此指杰出的文章。

[5] 临轩策士：指殿试时天子不坐正殿而坐在殿前平台上，考试士子。

[6] 各房：科举考场中分主考官和分考官。分考官不止一人，每个分考官称为一房，分看一部分考卷。各房，指所有的分考官。下文“本房”，指某一分考官。

[7] 老阳之战阴：阴阳相互作用，也指男女欢会之事。

[8] 秦太师：秦桧。

[9] 冬烘头脑：思想迂腐，没有学问。此指考生。

[10] 笔尖花：妙笔生花，指有才学的人。

[11] 浪桃花当一科：意谓虽然没有录取到杰出人才，但也算举行过一次考试了。黄河春汛叫桃花汛，科举考试常在春天举行，又常以鲤鱼跃龙门喻进士及第，故以桃花浪喻指科举考试。一科，一次、一届考试。

[12] 辐辏：车的辐条集凑于车轴心，喻人或物聚集在一起。

[13] 入彀：进入弓箭的射程之内。喻就范，入其网罗。《唐摭言·述进士上篇》：（唐太宗）尝私幸端门，见新进士缀行而出，喜曰："天下英雄入吾彀中矣！"

[14] 遗才：有才干而未被发现起用者。遗才可以补考，叫录遗。下文"告遗才"即要求参加补考。

[15] 赍发：打发人起程。

[16] 卞和：指献宝者。楚人卞和得到璞玉，拿去献给楚王。众人不识货，说是石头。他两次献宝，都被诬以欺诳之罪，刖去两足。后来楚王被他的真诚所感动，叫玉匠给璞玉加工，成为有名的和氏璧。

[17] 寸晷：犹言片刻。晷，日影。此说寸晷，为夸张之言。

[18] "当今呵"三句：意思是皇帝在杭州逗留，错把这个地方当作自己的故乡了。昼锦，衣锦还乡。项羽说："富贵不归故乡，如衣锦夜行。"

[19] 燕云唾手：像唾手可得那样轻易收复失地。燕云，五代时晋高祖石敬瑭将燕、云十六州割给契丹。

[20] 请銮舆略近神州：意思是请皇帝由临安迁都到接近中原的地区。銮舆，皇帝的座车，代指皇帝。神州，此指中原。

[21] 垂旒：指统治。旒，帝王冠冕前后垂下来的玉串。

[22] 钓竿儿拂绰了珊瑚：喻考中。拂绰，触及，碰到，引申为钓着。

[23] 午门：紫禁城正门。

[24] 朱衣暗点头：相传宋代欧阳修主考，看到可以录取的试卷，就觉得旁边好像有一个朱衣人在点头。

[25] 丝纶阁：即翰林院。

[26] 枢密府：即枢密院。宋代最高军事机关。

[27] 花萼：即花萼楼。唐玄宗时长安宫殿名。

[28] 传胪：殿试揭晓时唱名的一种仪式。

[29] 琼林宴：殿试揭晓后，为新进士设的御宴。

第四十二出　移　镇

【夜游朝】（外扮杜安抚引众上）西风扬子津头树，望长淮渺渺愁予[1]。枕障江南，钩连塞北。如此江山几处？〔诉衷情〕“砧声又报一年秋。江水去悠悠。塞草中原何处？一雁过淮楼。天下事，鬓边愁，付东流。不分吾家小杜[2]，清时醉梦扬州。”自家淮扬安抚使杜宝。自到扬州三载，虽则李全骚扰，喜得大势平安。昨日打听边兵要来，下官十分忧虑。可奈夫人不解事，偏将亡女絮伤心。

【似娘儿】（老旦引贴上）夫主掣兵符，也相从燕幕栖迟[3]，（叹介）画屏风外秦淮树。看两点金焦[4]，十分眉恨，片影江湖。（老旦）相公万福。（外）夫人免礼。〔玉楼春〕（老旦）相公：“几年别下南安路，春去秋来朝复暮。（外）空怀锦水故乡情，不见扬州行乐处。（老旦）你摩挲老剑评今古，那个英雄闲处住？（泪介）（合）忘忧[5]恨自少宜男，泪洒岭云江外树。”（老旦）相公，我提起亡女，你便无言。岂知俺心中愁恨！一来为苦伤女儿，二来为全无子息。待趁在扬州寻下一房，与相公传后。尊意如何？（外）使不得，部民之女哩。（老旦）这等，过江金陵女儿可好？（外）当今王事匆匆，何心及此。（老旦）苦杀俺丽娘儿也！（哭介）（净扮报子[6]上）“诏从日月威光远，兵洗[7]江淮杀气高。”禀老爷，有朝报。（外起看报介）枢密院一本，为边兵寇淮事。奉圣旨：便着淮扬安抚使杜宝，刻日渡淮。不许迟误。钦此。呀，兵机紧急，圣旨森严。夫人，俺同你移镇淮安，就此起程也。（丑扮驿丞上）“羽檄[8]从参赞，牙签报驿程。”禀老爷，船只齐备。（内鼓吹介）（上船介）（内禀“合属官吏候送”，外吩咐“起去”介）（外）夫人，又是一江秋色也。

【长拍】天意秋初，天意秋初，金风[9]微度，城阙外画桥烟树。看初收泼火[10]，嫩凉生，微雨沾裾。移画舸浸蓬壶[11]。报潮生，风气肃，浪花飞吐，点点白鸥飞近渡。风定也，落日摇帆映绿蒲，白云秋窣的鸣箫鼓。何处菱歌，唤起江湖？（外）呀，岸上跑马的甚么人？

【不是路】（末扮报子，跑马上）马上传呼，慢橹停船看羽书。（外）怎的来？（末）那淮安府，李全将次逞狂图。（外）可发兵守御么？（末）怎支吾[12]？星飞调度凭安抚。则怕这水路里耽延，你还走旱途。（外）休惊惧。夫人，吾当走马红亭[13]路；你转船归去、转船归去。（老旦）咳，后面报马又到哩。

【前腔】（丑扮报子上）万骑胡奴，他要堑断长淮塞五湖[14]。老爷快行，休迟误。小的先去也。怕围城缓急要降胡。（下）（老旦哭介）待何如？你星霜满鬓[15]当戎虏，似这烽火连天各路衢。（外）真愁促，怕扬州隔断无归路。再和你相逢何处、相逢何处？夫人，就此告辞了。扬州定然有警，可径走临安。

【短拍】老影分飞[16]，老影分飞，似参军杜甫，把山妻泣向天隅[17]。（老旦哭介）无女一身孤，乱军中别了夫主。（合）有甚么命夫命妇[18]，都是些鳏寡孤独！生和死，图的个梦和书。

【尾声】（老旦）老残生两下里自支吾。（外）俺做的是这地头军府[19]。（老旦）老爷也，珍重你这满眼兵戈一腐儒。（外下）（老旦叹介）天呵，看扬州兵火满道。春香，和你径走临安去也。

隋堤[20]风物已凄凉，（吴融）
楚汉宁教作战场。（韩偓）
闺阁不知戎马事，（薛涛）
双双相趁下残阳。（罗邺）

注释

[1] 望长淮渺渺愁予：意思是望见渺渺茫茫的淮水，使我发愁。《楚辞·湘君》有“帝子降兮北渚，目眇眇兮愁予”句。

[2] 不分吾家小杜：不分，即不忿，这里表示妒羡。小杜，指晚唐诗人杜牧。中国文学史上称杜甫为老杜，杜牧为小杜。杜牧《遣怀》：“十年一觉扬州梦，赢得青楼薄幸名。”

[3] 燕幕栖迟：燕幕，处在危险的境地。栖迟，游息。

[4] 金焦：指金山和焦山。金山，在镇江北，原为长江中小岛，现已与南岸

相连。焦山，亦在镇江，距离扬州不远，长江中的小岛。

[5] 忘忧：即萱草，一名宜男草。相传妇人怀孕若佩戴萱草花，就会生男孩，故名宜男草。妇人多生儿子的，也叫宜男。本句是双关语。

[6] 报子：探报消息的人。

[7] 兵洗：即洗兵，激励士气。相传周武王出兵伐纣，遇大雨，他说这是天洗兵。

[8] 羽檄：即羽书。古代军事文书插羽毛为标志，表示紧急。

[9] 金风：即秋风。古代以阴阳五行解释季节嬗变，秋属金。

[10] 泼火：即暑气。

[11] 蓬壶：即蓬莱，神话传说中的海上仙山。这里是说江上景色和仙境一样。

[12] 支吾：抗拒，抵触。

[13] 红亭：指路亭，此指陆路。岑参《水亭送刘颙使还归节度》："红亭莫惜醉，白日眼看低。"

[14] 五湖：泛指中国著名的五个湖，或指太湖。

[15] 星霜满鬓：指两鬓全白了。星霜，喻头发斑白。

[16] 老影分飞：指老年夫妻分离。

[17] "似参军杜甫"两句：据《草堂诗笺》载，杜甫于唐肃宗乾元元年由左拾遗出任华州司功参军，管理地方的祭祀、礼乐、学校、选举等事。当时安史之乱未平，杜甫一家离散。

[18] 命夫命妇：泛指达官贵人。命夫，此指奉有王命，居官守的人。命妇，指受过皇帝封赠的妇人。

[19] 地头军府：当地的军事机关。此代指当地的军事长官。

[20] 隋堤：古堤名。隋开凿的运河的河堤。此指淮扬这一段。

第四十三出　御　淮

【六幺令】（外引生、末、众扮军人上）西风扬噪，漫腾腾杀气兵妖。望黄淮秋卷浪云高。排雁阵，展《龙韬》[1]，断重围杀过河阳[2]道。（外）走乏了！众军士，前面何处？（众）淮城近了。（外望介）天呵！〔昭君怨〕"剩得江山一半，又被胡笳吹断。（众）秋草旧长营，血风腥。（外）听得猿啼鹤怨[3]，泪湿征袍如汗。（众）老爷呵！无泪向天倾，且前征。"（外）众三军，俺的儿，你看咫尺淮城，兵势危急。俺们一边舍死先冲入城，一面奏请朝廷添兵救助。三军听吾号令，鼓勇而行。（众哭应介）谨如军令。

【四边静】（行介）坐鞍心把定中军号，四面旌旗绕。旗开日影摇，尘迷日光小。（合）胡兵气骄，南兵路遥。血晕几重围，孤城怎生料！（外）前面寇兵截路，冲杀前去。（合下）

【前腔】（净引丑、贴扮众军喊上）李将军[4]射雁穿心落，豹子翻身嚼。单尖宝镫挑，把追风腻旗儿袅[5]。（合前）（净笑介）你看俺溜金王手下，雄兵万馀，把淮阴城围了七周遭。好不紧也！（内擂鼓喊介）（净）呀，前路兵风，想是杜安抚来到。分兵一千，迎杀前去。（虚下）（外、众唱"合前"上，净众上打话，单战介）（净叫众摆长阵拦路介）（外叫"众军，冲围杀进城去"介）（净）呀，杜家兵冲入围城去了。且由他，吃尽粮草，自然投降也。（合前）（下）

【番卜算】（老旦、末扮文官上）镇日阵云飘，闪却乌纱帽。（净、丑扮武官上）（净）长枪大剑把河桥。（丑）鼓角如龙叫。（见介）请了。〔更漏子〕"（老旦）枕淮楼，临海际。（末）杀气腾天震地。（丑）闻炮鼓，使人惊。插天飞不成。（净）匣中剑，腰间箭，领取背城一战[6]。（全）愁地道，怕天冲。几时来杜公？"（老旦）俺们是淮安府行军司马，和这参谋，都是文官。遭此贼兵围紧，久已迎接安抚杜老大人，还不见到。敢问二位留守将军，有何计策？（丑）依在下所见，降了他罢。（末）怎说这话？（丑）不降，走为上计。（老旦）走的一个，走不的十个。（丑）

这般说，俺小奶奶那一口放那里？（净）锁放大柜子里。（丑）钥匙哩？（净）放俺处。李全不来，替你托妻寄子。（丑）李全来哩？（净）替你出妻献子。（丑）好朋友，好朋友！（内擂鼓喊介）（生扮报子上）报，报，报。正南一支兵马，破围而来。杜老爷到也。（众）快开城门迎接去。“天地日流血，朝廷谁请缨[7]。”（众并下）

【金钱花】（外引众上）连天杀气萧条，萧条。连城围了周遭，周遭。风喇喇，阵旗飘。叫开城，下吊桥[8]。（老旦等上）（合）文和武，索迎着。（老旦等跪介）文武官属，迎接老大人。（外）起来，敌楼相见。（老旦等应，起下）

【前腔】（外）胡尘染惹征袍，征袍。血花风腥宝刀，宝刀。（内擂鼓介）淮安鼓，扬州箫。摆鸾旗[9]，登丽谯[10]。（合）排衙了，列功曹。（到介）（贴扮办事官上）禀老爷升堂。

【粉蝶儿引】（外）万里寄龙韬，那得成楼清啸[11]？（贴报门介）文武官属进。（老旦等参见介）孤城累卵[12]，方当万死之危；开府弄丸，来赴两家之难[13]。凡俺官僚，礼当拜谢。（外）兵锋四起，劳苦诸公，皆老夫迟慢之罪，只长揖便了。（众应起揖介）（外）看来此贼颇有兵机。放俺入城，其中有计。（众）不过穿地道，起云梯，下官粗知备御。（外）怕的是锁城之法耳。（丑）敢问何谓锁城？是里面锁，外面锁？外面锁，锁住了溜金王；若里面锁，连下官都锁住了。（外）不提起罢了。城中兵几何？（净）一万三千。（外）粮草几何？（末）可支半年。（外）文武同心，救援可待。（内擂鼓喊介）（生扮报子上）报，报，李全兵紧围了。（外长叹介）这贼好无理也。

【划锹儿】兵多食广禁围绕，则要你文班武职两和调。（众）巡城彻昏晓，这军民苦劳。（内喊介）（泣介）（合）那兵风正号，俺军声静悄。（外拜天，众扶同拜介）泪洒孤城，把苍天暗祷。

【前腔】（众）危楼百尺堪长啸，筹边[14]两字寄英豪。（外）江淮未应小，君侯佩刀[15]。（合前）（外）从今日起，文官守城，武官出城，随机策应。（丑）则怕大金家兵来了。（外）金兵呵！

【尾声】他看头势而来不定交[16]，休先倒折了赵家旗号。便来呵，也少不得死里求生那一着敲[17]。

(净) 日日风吹虏骑尘，(陈标)
(丑) 三千犀甲拥朱轮。(陈陶)
(外) 胸中别有安边计，(曹唐)
(众) 莫遣功名属别人。(张籍)

注释

[1]《龙韬》：古代兵书《六韬》之一。
[2] 河阳：在今河南孟县西。南宋时，这里是沦陷区。
[3] 猿啼鹤怨：指将士的哀怨声。传说周穆王南征，军官化为猿、鹤，士兵化为虫、沙。
[4] 李将军：指李广。汉代名将，号称飞将军，善射。此是李全自比。
[5] 把追风腻旗儿袅：追风，形容旗子迎风飘扬。腻旗，指小旗。
[6] 背城一战：意谓在城下进行最后一次决战。
[7] 请缨：自请击敌报国。
[8] 吊桥：此指架在城门口外护城河上的活动木桥，可以上下起落。
[9] 鸾旗：仪仗的一种。
[10] 丽谯：华丽的高楼。此指城楼。
[11] 戍楼清啸：典出晋刘琨退敌故事。刘琨遭胡骑围困，月夜登楼清啸，并命人吹胡笳，使胡人生凄凉思乡之感，军心涣散，遂得以解围。
[12] 累卵：蛋上加蛋，很容易摔破。喻危险。
[13]“开府弄丸”两句：意思是杜宝取胜很容易。语出《庄子·徐无鬼》：“市南宜僚，弄丸而两家之难解。”开府，官名，主管一方军政大权。此指安抚杜宝。弄丸，一种抛接众丸的杂技。春秋时期楚国与宋国打仗，楚国勇士熊宜僚在军前弄丸，宋兵停战观看，因而失败。
[14] 筹边：主持边防。
[15]“江淮未应小”两句：意谓江淮之地重要，自己亲临作战。
[16] 看头势而来不定交：敌人伺机而动，进退不定。头势，势头，指军事形势。不定交，不定。
[17] 一着敲：指一次战斗。

第四十四出　急　难

【菊花新】（旦上）晓妆台圆梦鹊声高[1]，闲把金钗带笑敲。博山[2]秋影摇，盼泥金俺明香暗焦[3]。“鬼魂求出世，贫落望登科。夫荣妻贵显，凝盼事如何？”俺杜丽娘跟随柳郎科试，偶逢天子招贤，只这些时还迟喜报。正是：“长安咫尺如千里，夫婿迢遥第一人。”

【出队子】（生上）词场凑巧，无奈兵戈起祸苗。盼泥金赚杀玉多娇，他待地窟里随人上九霄。一脉离魂，江云暮潮。（见介）（旦）柳郎，你回来了。望你高车昼锦，为何徒步而回？（生）听俺道来：

【瓦盆儿】去迟科试，收场锁院散群豪。（旦）咳，原来去迟了。（生）喜逢着旧知交。（旦）可曾补上？（生）亏他满船明月又把去珠淘。（旦喜介）好了。放榜未？（生）恰正在奏龙楼，开凤榜，蹊跷……（旦）怎生蹊跷？（生）你不知大金家兵起，杀过淮扬来了。忙喇煞细柳营[4]，权将杏苑抛[5]，刚则[6]迟误了你夫人花诰。（旦）迟也不争几时。则问你，淮扬地方，便是俺爹爹管辖之处了？（生）便是。（旦哭介）天也，俺的爹娘怎了！（泣介）（生）直恁的活擦擦[7]、痛生生，肠断了。比如你在泉路里可心焦？（旦）罢了。奴有一言，未忍启齿。（生）但说不妨。（旦）柳郎，放榜之期尚远，欲烦你淮扬打听爹娘消耗[8]，未审许否？（生）谨依尊命。奈放小姐不下。（旦）不妨，奴家自会支吾。（生）这等就此起程了。

【榴花泣】（旦）白云亲舍[9]，俺孤影旧梅梢。道香魂恁寂寥，怎知魂向你柳枝销[10]。维扬千里，长是一灵飘。回生事少，爹娘呵，听的俺活在人间惊一跳。平白地凤婿过门，好似半青天鹊影成桥。

【前腔】（生）俺且行且止，两处系心苗。要留旅店伴多娇……（旦）有姑姑为伴。（生）阴人难伴你这冷长宵。把心儿不定，还怕你旧魂飘。（旦）再不飘了。（生）俺文高中高，怕一时榜下归难到。（旦泣介）俺爹娘呵！（生）你念双亲舍的离情，俺为半子怎惜攀高[11]。小姐，卑人拜见岳翁岳母，起头便问及回生之事了。

【渔家灯】(旦叹介)说的来似怪如妖，怕爹爹执古妆乔[12]。(想介)有了，将奴春容带在身傍。但见了一幅春容，少不的问俺两下根苗。(生)问时怎生打话？(旦)则说是天曹，偶然注定的姻缘到，蓦踏着墓坟开了。(生)说你先到俺书斋才好。(旦羞介)休乔，这话教人笑。略说与梅香贼牢[13]。

【前腔】(生)俺满意儿待驷马过门[14]，和你离魂女同归气高。谁承望探高亲去傍干戈，怕寒儒欠整衣毛[15]。(旦)女婿老成些不妨。则途路孤恓，使奴挂念。(生)秋霄，云横雁字斜阳道，向秦淮夜泊魂销。(旦)夫，你去时冷落些，回来报中状元呵……(生)名标，大拜门喧笑，抵多少驸马还朝。(净上)"雨伞晴兼雨，春容秋复春。"包袱雨伞在此。

【尾声】(拜别介)(旦)秀才郎探的个门楣着。(生)报重生这欢声不小。(旦)柳郎，那里平安了便回，休只顾的月明桥上听吹箫[16]。

(生)不为经时谒丈人，(刘商)
(旦)囊无一物献尊亲。(杜甫)
(生)马蹄渐入扬州路，(章孝标)
(旦)两地各伤无限神。(元稹)

注释

[1] 晓妆台圆梦鹊声高：早上起来梳妆，听见喜鹊的叫声，好像在为我圆梦。古人认为喜鹊的鸣声是一种吉祥、有好事发生的预兆。

[2] 博山：博山炉，香炉名。后用来泛指香炉。

[3] 焦：此处为双关意，既指香暗燃，又指心中焦急。

[4] 忙喇煞细柳营：意谓军事很紧张。忙喇煞，忙。细柳营，军营的代称。汉名将周亚夫在细柳屯军，以纪律严明而著称。

[5] 权将杏苑抛：考取进士的名单延迟公布。杏苑，即杏园，唐代新进士都在这里游宴。

[6] 刚则：偏只。

[7] 活擦擦：活生生。

[8] 消耗：消息，信息。

[9] 白云亲舍：表示对父母的思念。唐狄仁杰离开家乡到山西去做官。一次他登上太行山，回顾河南，看见一朵白云，便对左右的人说："我的父母就住在那边白云的下面。"

[10] 魂向你柳枝销：被你柳枝（柳梦梅）弄得神魂颠倒。柳与留谐音，古人常折柳作别。

[11] 攀高：此指去寻访做大官的岳父。

[12] 执古妆乔：固执地板起面孔。

[13] 贼牢：此作名词用，犹言鬼灵精。

[14] 俺满意儿待驷马过门：满意儿，一心一意。驷马，四匹马拉的车子。过门，新夫妇婚后到女方家去行拜门礼，俗称过门。

[15] 衣毛：指衣着。

[16] 月明桥上听吹箫：此指在扬州享乐。杜牧《寄扬州韩绰判官》："二十四桥明月夜，玉人何处教吹箫？"

第四十五出　寇　间

【包子令】（老旦、外扮贼兵巡哨上）大王原是小喽啰，喽啰。娘娘原是小旗婆[1]，旗婆。立下个草朝[2]忒快活，亏心又去抢山河。（合）转巡逻，山前山后一声锣。兄弟，大王爷攻打淮城，要个人见杜安抚打话。大路头影儿没一个，小路头寻去。（唱前合下）

【驻马听】（末雨伞、包袱上）家舍南安，有道为生新失馆。要腰缠十万，教学千年，方才满贯[3]。俺陈最良为报杜小姐之事，扬州见杜安抚大人。谁知他淮安被围，教俺没前没后。大路上不敢行走，抄从小路而去。学先师传食走胡旋[4]，怯书生避寇遭涂炭[5]。你看树影凋残，猿啼虎啸教人叹。（老、外上）"明知山有虎，故向虎边行。"乌汉那里去？（拿介）（末）饶命，大王。（外）还有个大王哩。（末）天，天怎了！正是："乌鸦喜鹊同行，吉凶全然未保。"（并下）

【普贤歌】（净、丑众上）莽乾坤生俺贼儿顽，谁道贼人胆里单！南朝俺不蛮，北朝俺不番[6]。甚天公有处安排俺？（净）娘娘，俺和你围了淮安许时[7]，只是不下。要得个人去淮安打话，兼看杜安抚动定如何。则眼下无人可使哩。（丑）必得杜老儿亲信之人，将计就计，方才可行。

【粉蝶儿】（外绑末上）没路走羊肠[8]，天、天呵，撞入这屠门怎放！（见介）（外）禀大王，拿的个南朝汉子在此。（净）是个老儿。何方人氏？作何生理[9]？（末）听禀：

【大迓鼓】生员陈最良，南安人氏，访旧[10]淮扬。（净）访谁？（末）便是杜安抚。他后堂曾设扶风帐。（丑）你原来他衙中教学。几个学生？（末）则他甄氏夫人，单生下一女。女书生年少亡。（丑）还有何人？（末）义女春香，夫人伴房。（丑笑背介）一向不知杜老家中事体。今日得知，吾有计矣。（回介）这腐儒，且带在辕门外去。（众应，押末下介）（丑）大王，奴家有了一计。昨日杀了几个妇人，可于中取出首级二颗。则说杜家老小，回至扬州，被俺手下杀了。献首在此。故意苏放[11]那腐儒，传示杜老。杜老心寒，必无守城之意矣。（净）高见，高见。（净起低声吩咐介）叫中军。（生扮上）（净）俺请那腐儒讲话中间，你可将昨日杀的妇人首级二颗来献，则说是杜安抚夫人甄氏和他使女春香。牢记着。（生应下）（净）左右，再拿秀才来见。（众押末上介）（末）饶命，大王。（净）你是个细作[12]，不可轻饶。（丑）劝大王松了他，听他讲些兵法倒好。（净）也罢。依娘娘说，松了他。（众放末缚介）（末叩头介）叩谢大王、娘娘不杀之恩。（净）起来，讲些兵法俺听。（末）卫灵公问陈于孔子，孔子不对。说道："吾未见好德如好色者也。"（净）这是怎么说？（末）则因彼时卫灵公有个夫人南子同座，先师所以怕得讲话。（净）他夫人是南子，俺这娘娘是妇人。（内擂鼓，生扮报子上介）报，报，报！扬州路上兵马，杀了杜安抚家小，径来献首级讨赏。（净看介）则怕是假的。（生）千真万真。夫人甄氏，这使女叫作春香。（末作看认，惊哭介）天呵，真个是老夫人和春香也。（净）哇，腐儒啼哭甚么！还要打破淮城，杀杜老儿去。（末）饶了罢，大王。（净）要饶他，除非献了这座淮安城罢。（末）这等容生员去传示大王虎威，立取回报。（丑）大王恕你一刀，腐儒快走。（内擂鼓发喊，开门介）（末作怕介）

【尾声】显威风、记的这溜金王。（净、丑）你去说与杜安抚呵，着甚么耀武扬威早纳降。俺实实的要展江山、非是谎。（下）（末打躬送介）（吊场）活强盗，活强盗。杀了杜老夫人、春香。不免城中报去。

海神东过恶风回，（李白）
日暮沙场飞作灰。（常建）
今日山翁[13]旧宾主，（刘禹锡）
与人头上拂尘埃。（李山甫）

注释

[1] 旗婆：女兵。

[2] 草朝：指野朝廷。

[3]"要腰缠十万"三句：意思是教师收入微薄，要想有十万贯钱，得教一千年的书。"腰缠十万贯，骑鹤上扬州"是古人形容人的过分贪欲。贯，

原指穿钱的绳子，后引申为穿成串的钱，一千钱为一贯。

[4] 学先师传食走胡旋：先师，指孔丘。他曾周游列国，受到各地诸侯的供养。传食，各地轮流供食。走胡旋，不停地奔走。

[5] 涂炭：烂泥与炭火。比喻困苦灾难，如同陷泥坠火之中。

[6] “南朝俺不蛮”两句：意思是自己是汉人却投降金朝，非驴非马，不上不下。蛮，古代对南方各族的泛称。番，古代对边境少数民族的称呼。这里蛮、番皆带有贬义。

[7] 许时：这么久。

[8] 羊肠：指弯曲的小路。

[9] 生理：生活，生计。

[10] 旧：指老朋友。

[11] 苏放：释放。

[12] 细作：间谍，密探。

[13] 山翁：即西晋山简。曾为镇南将军，出镇襄阳。洛阳失守，退驻夏口。招纳流亡，归附他的人很多。此指杜宝。

第四十六出　折　寇

【破阵子】（外戎装佩剑，引众上）接济风云阵势[1]，侵寻[2]岁月边陲。（内擂鼓喊介）（外叹介）你看虎咆般炮石连雷碎，雁翅似刀轮密雪施[3]。李全，李全，你待要霸江山、吾在此。〔集唐〕“谁能谈笑解重围（皇甫冉）？万里胡天鸟不飞（高骈）。今日海门南畔事（高骈），满头霜雪为兵机（韦庄）。”我杜宝自到淮扬，即遭兵乱。孤城一片，困此重围。只索调度兵粮，飞扬金鼓。生还无日，死守由天。潜坐敌楼之中，追想靖康而后[4]。中原一望，万事伤心。

【玉桂枝】问天何意：有三光不辨华夷，把腥膻吹换人间，这望中原做了黄沙片地？（恼介）猛冲冠怒起，猛冲冠怒起，是谁弄的，江山如是？（叹介）中原已矣，关河困，心事违。也则愿保扬州，济淮水。俺看李全贼数万之众，破此何难？进退迟疑，其间有故。俺有一计可救围，恨无人与游说。（内擂鼓介）（净扮报子上）“羽檄场中无雁到，鬼门关上有人来。”好笑，城围的铁桶似紧，有秀才来打秋风，则索报去。禀老爷：有个故人相访。（外）敢是奸细？（净）说是江右南安府陈秀才。（外）这迂儒怎生飞的进来？快请见。

【浣溪沙】（末上）摆旌旗，添景致，又不是闹元宵鼓炮齐飞。杜老爷在那里？（外出笑迎介）忽闻的千里故人谁？（叹介）原来是先生到此。教俺惊垂泪。（末）老公相头通白了。（合）白首相看俺与伊，三年一见愁眉。（拜介）〔集唐〕“（末）头白乘驴悬布囊（卢纶），（外）故人相见忆山阳[5]（谭用之）。（末）横塘[6]一别千馀里（许浑），（外）却认并州作故乡[7]（贾岛）。”（末）恭谂公相，又苦伤老夫人回扬州，被贼兵所算了。（外惊介）怎知道？（末）生员在贼营中，眼同验过老夫人首级，和春香都杀了。（外哭介）天呵，痛杀俺也！

【玉桂枝】相夫登第，表贤名甄氏吾妻。称皇宣一品夫人，又待伴俺立双忠烈女。想贤妻在日，想贤妻在日，凄然垂泪，俨然冠帔。（外哭倒，众扶介）（末）我的老夫人，老夫人怎了！你将官们也大家哭一声儿么！（众哭介）老夫人呵！（外作恼拭泪介）呀，好没来由！夫人是朝廷命妇，骂贼而死，理所当然。我怎为他乱了方寸，灰了军心？身为将，怎顾的私？任恓惶，百无悔。陈先生，溜金王还有话么？（末）不好说得，他还要杀老先生。（外）咳，他杀俺甚意儿？俺杀他全为国。（末）依了生员，两下都不要杀。（作扯外耳语介）那溜金王要这座淮安城。（外）噤声！那贼营中是一个座位，是两个座位？（末）他和妻子连席而坐。（外笑介）这等，吾解此围必矣。先生竟为何来？（末）老先生不问，几乎忘了。为小姐坟儿被盗，径来相报。（外惊介）天呵！冢中枯骨，与贼何仇？都则为那些宝玩害了也。贼是谁？（末）老公相去后，道姑招了个岭南游棍柳梦梅为伴。见物起心，一夜劫坟逃去。尸骨丢在池水中。因此不远千里而告。（外叹介）女坟被发，夫人遭难。正是："未归三尺土，难保百年身。既归三尺土，难保百年坟。"也索罢了，则可惜先生一片好心。（末）生员拜别老公相后，一发贫薄了。（外叹介）军中仓卒，无以为情。我把一大功劳，先生干去。（末）愿效劳。（外）我久写下咫尺之书[8]，要李全解散三军之众。馀无可使，烦公一行。左右，取过书仪来。倘说得李全降顺，便可归奏朝廷，自有个出身之处。（杂取书礼介）"儒生三寸舌，将军一纸书。"书仪在此。（末）途费谨领。送书一事，其实怕人。（外）不妨。

【榴花泣】兵如铁桶，一使在其中。将折简[9]，去和戎[10]。陈先生，你志诚打的贼儿通。虽然寇盗奸雄，他也相机而动。（末）恐游说非书生之事。（外）看他开围放你来，其意可知。你这书生正好做传书用。（末）仗恩台一字长城[11]，借寒儒八面威风。（内鼓吹介）

【尾声】戍楼羌笛话匆匆。事成呵，你归去朝廷沾寸宠，这纸书敢则是保障江淮第一封。

（外）隔河征战几归人？（刘长卿）
（末）五马临流待幕宾。（卢纶）
（外）劳动先生远相访，（王建）
（末）恩波自会惜枯鳞[12]。（刘长卿）

注释

[1] 风云阵势：我国古代兵书《握奇经》中八种阵势中的两种，另六种为天、地、龙、鸟、虎、蛇。

[2] 侵寻：渐进，渐次发展。

[3] 雁翅似刀轮密雪施：雁翅，形容整齐的军阵。轮，形容刀身弯成半月形的样子。

[4] 靖康而后：指靖康二年金人攻破宋朝京都汴梁（开封），俘虏了宋徽宗、宋钦宗二帝以后。靖康，宋钦宗年号。

[5] 山阳：地名，即今河南修武。晋向秀在山阳听邻人吹笛。笛声幽怨，使他想起了已故的友人，遂作《思旧赋》。山阳、山阳笛，后都代指旧友、旧游地。

[6] 横塘：在南京。为古诗词中常见地名。

[7] 却认并州作故乡：诗人贾岛在并州时，常忆咸阳，后来他渡桑干河，离咸阳更远，便觉得并州也像故乡一样令人怀念。这里指杜宝在淮安想起了南安，也觉得南安像故乡了。并州，地名，即今山西太原。

[8] 咫尺之书：很短的书信。古代书函长约一尺。咫，古代长度单位。周代八寸为一咫。

[9] 折简：裁纸写信。

[10] 戎：此指李全。

[11] 仗恩台一字长城：恩台，犹言恩官。一字长城，指书信可以退敌。

[12] 枯鳞：失水的鱼，喻失意者。此指陈最良。

第四十七出　围　释

【出队子】（贴扮通事上）一天之下，南北分开两事家。早间放着个蓼儿洼[1]，明助着番家打汉家。通事中间，拨嘴撩牙[2]。事有足诧，理有必然。自家溜金王麾下一名通事便是。好笑，好笑，俺大王助金围宋，攻打淮城。谁知北朝暗地差人去到南朝讲话！正是："暂通禽兽语，终是犬羊心。"（下）

【双劝酒】（净引众上）横江虎牙[3]，插天鹰架[4]。擂鼓扬旗，冲车甲马。把座锦城墙、围的阵云花。杜安抚、你有翅难加。自家溜金王。攻打淮城，日久未下。外势虽然虎踞，中心未免狐疑。一来怕南朝大兵兼程策应，二来怕北朝见责委任无功：真个进退两难。待娘娘到来计议。（丑上）"驱兵捉将蚩尤[5]女，捏鬼妆神豹子妻[6]。"大王，你可听见大金家有人南朝打话，回到俺营门之外了？（净）有这事？（老旦扮番将带刀骑马上）

北【夜行船】大北里宣差传站马[7]，虎头牌[8]滴溜的分花。（外扮马夫赶上介）滑了，滑了。（老旦）那古里[9]谁家？跑番了曳刺[10]。怎生呵，大营盘没个人儿答煞。（外大叫介）溜金爷，北朝天使到来。（下）（净、丑作慌介）快叫通事请进。（贴上，接跪介）溜金王患病了。请那颜[11]进。（老旦）可才、可才道句儿克卜喇。（下马，上坐介）都儿都儿。（净问贴介）怎么说？（贴）恼了。（净、丑举手，老旦作恼不回介）（指净介）铁力温都答喇[12]。（净问贴介）怎说？（贴）不敢说，要杀了。（净）却怎了？（老旦作看丑笑介）忽伶忽伶。（丑问贴介）（贴）叹娘娘生的妙。（老旦）克老克老。（贴）说走渴了。（老旦手足作忙介）兀该打剌。（贴）叫马乳酒。（老旦）约儿兀只。（贴）要烧羊肉。（净叫介）快取羊肉、乳酒来。（外持酒肉上）（老旦洒酒，取刀割羊肉吃，笑，将羊油手擦胸介）一六兀剌的。（贴）不恼了，说有礼体。（老旦作醉介）锁陀八，锁陀八。（贴）说醉了。（老旦作看丑介）倒喇倒喇。（丑笑介）怎说？（贴）要娘娘唱个曲儿。（丑）使得。

【北清江引】呀，哑观音觑着个番答辣，葫芦提笑哈。兀那是都麻[13]，请将来岸答。撞门儿一句："咬儿只不毛克喇。"通事，我斟一杯酒，你送与他。（贴作送酒介）阿阿儿该力。（丑）通事，说甚么？（贴）小的禀娘娘送酒。（丑）着了。（老旦作醉，看丑介）孛知，孛知。（贴）又央娘娘舞一回。（丑）使得，取我梨花枪过来。

【前腔】（持枪舞介）冷梨花点点风儿刮，袅得腰身乍[14]。胡旋儿打一车，花门折一花。把一个睃啜老那颜风势煞[15]。（老旦反背，拍袖笑倒介）忽伶忽伶。（贴扶起老旦介）（老旦摆手倒地介）阿来不来。（贴）这便是唱喏，叫唱一直。（老旦笑，点头招丑介）哈嗽哈嗽。（贴）要问娘娘。（丑笑介）问甚么？（老旦扯丑轻说介）哈嗽哈嗽兀该毛克喇，毛克喇。（丑笑问贴介）怎说？（贴作摇头介）问娘娘讨件东西。（丑笑介）讨甚么？（贴）通事不敢说。（老旦笑倒介）古鲁古鲁。（净背叫贴问介）他要娘娘甚么东西？古鲁古鲁不住的。（贴）这件东西，是要不得的。便要时，则怕娘娘不舍的。便是娘娘舍的，大王也不舍的。便大王舍的，小的也不舍的。（净）甚东西，直恁舍不的？（贴）他这话倒明，哈嗽兀该毛克喇，要娘娘有毛的所在。（净作恼介）气也，气也。这臊子[16]好大胆，快取枪来。（净作持花枪赶杀介）（贴扶醉老旦走，老旦提酒壶叫"古鲁古鲁"架住枪介）

北【尾】（净）你那醋葫芦指望把梨花架，臊奴，铁围墙敢靠定你大金家。（搦倒老旦介）则踹着你那几茎儿苫嘴的赤支砂[17]，把那咽腥臊的嗉子儿生揢杀[18]。（丑扯住净，放老旦介）（老旦）曳剌曳剌哈哩。（指净介）力娄吉丁母剌失，力娄吉丁母剌失。（作闪袖走下介）（净）气杀我也。那曳剌哈的甚么？（贴）叫引马的去。（净）怎指着我力娄吉丁母剌失？（贴）这要奏过他主儿，叫人来相杀。（净作恼介）（丑）老大王，你可也当着不着[19]的。（净）啐，着了你那毛克喇哩。（丑）便许他在那里，你却也忒捻酸。（净不语介）正是我一时风火性。大金家得知，这溜金王倒有些欠稳。（丑）便是番使南朝而回，未必其中无话。（净）娘娘高见何如？（丑）容奴家措思。（内擂鼓介）（贴扮报子上）报，报，报！前日放去的秀才，从淮城中单马飞来。道有紧急，投见大王。（丑）恰好，着他进来。

【缕缕金】（末上）无之奈，可如何！书生承将令，强喽啰[20]。（内喊，末惊跌介）一声金炮响，将人跌蹉。可怜、可怜！密札札干戈，其间放

着我。(贴唱门介)生员进。(末见介)万死一生生员陈最良百拜大王殿下，娘娘殿下。(净)杜安抚献了城池？(末)城池不为稀罕，敬来献一座王位与大王。(净)寡人久已为王了。(末)正是官上加官，职上添职。杜安抚有书呈上。(净看书介)“通家[21]生杜宝顿首李王麾下”。(问末介)秀才，我与杜安抚有何通家？(末)汉朝有个李、杜[22]至交，唐朝也有个李、杜契友，因此杜安抚斗胆称个通家。(净)这老儿好意思。书有何言？

【一封书】(读书介)“闻君事外朝，虎狼心，难定交。肯回心圣朝，保富贵，全忠孝。平梁[23]取采须收好，背暗投明带早超。凭陆贾，说庄蹻[24]。颙望[25]麾慈即鉴昭。”(笑介)这书劝我降宋，其实难从。“外密启一通，奉呈尊阃夫人。”(笑介)杜安抚也畏敬娘娘哩。(丑)你念我听。(净看书介)“通家生杜宝敛衽[26]杨老娘娘帐前”。咳也，杜安抚与娘娘，又通家起来。(末)大王通得去，娘娘也通得去。(净)也通得去。只汉子不该说敛衽。(末)娘娘肯敛衽而朝，安抚敢不敛衽而拜！(丑)说的好。细念我听。(净念书介)“通家生杜宝敛衽杨老娘娘帐前：远闻金朝封贵夫为溜金王，并无封号及于夫人。此何礼也？杜宝久已保奏大宋，敕封夫人为讨金娘娘之职。伏惟妆次[27]鉴纳。不宣[28]。”好也，倒先替娘娘讨了恩典哩。(丑)陈秀才，封我讨金娘娘，难道要我征讨大金家不成？(末)受了封诰后，但是娘娘要金子，都来宋朝取用。因此叫作讨金娘娘。(丑)这等是你宋朝美意。(末)不说娘娘，便是卫灵公夫人，也说宋朝之美[29]。(丑)依你说。我冠儿上金子，成色要高。我是带盔儿的娘子[30]。近时人家首饰浑脱，就一个盔儿[31]，要你南朝照样打造一付送我。(末)都在陈最良身上。(净)你只顾讨金讨金，把我这溜金王，溜在那里？(丑)连你也做了讨金王罢。(净)谢承了。(末叩头介)则怕大王、娘娘退悔。(丑)俺主意定了。便写下降表，赍发秀才回奏南朝去。

【前腔】(净)归依大宋朝，怕金家成祸苗。(丑)秀才，你担承这遭，要黄金须任讨。(末)大王，你鄱阳湖磬响收心早[32]，娘娘，你黑海岸回头星宿高[33]。(合)便休兵，随听招。免的名标在叛贼条。(净)秀才，公馆留饭。星夜草表送行。(举手送末，拜别介)

【尾声】(净)咱比李山儿[34]何足道，这杨令婆[35]委实高。(末)带了你这一纸降书，管取那赵官家欢笑倒[36]。（末下）（净、丑吊场）（净）娘娘，则为失了一边金，得了两条王。人要一个王不能勾，俺领下两个王号。岂不乐哉！（丑）不要慌，还有第三个王号。（净）甚么王号？（丑）叫作齐肩一字王[37]。（净）怎么？（丑）杀哩。（净）随顺他，又杀甚么？（丑）你俺两人作这大贼，全仗金鞑子威势。如今反了面，南朝拿你何难。（净作恼介）哎哟，俺有万夫不当之勇，何惧南朝！（丑）你真是个楚霸王，不到乌江不止[38]。（净）胡说！便作俺做楚霸王，要你做虞美人，定不把赵康王占了你去。（丑）罢，你也做楚霸王不成，奴家的虞美人也做不成。换了题目做。（净）甚么题目？（丑）范蠡载西施[39]。（净）五湖在那里？——去做海贼便了。（丑作吩咐介）众三军，俺已降顺了南朝。暂解淮围，海上伺候去。（众应介）解围了。（内鼓介）船只齐备了，禀大王起行。（众行介）

【江头送别】淮扬外，淮扬外，海波摇动。东风劲，东风劲，锦帆吹送。夺取蓬莱为巢洞，鳌背上立着旗峰。

【前腔】顺天道，顺天道，放些儿闲空。招安后，招安后，再交兵言重。险做了为金家伤炎宋[40]。权袖手，做个混海痴龙。（众）禀大王娘娘，出海了。（净）且下了营，天明进发。

（净）干戈未定各为君，（许浑）
（丑）龙斗雌雄势已分。（常建）
（净）独把一麾[41]江海去，（杜牧）
（众）莫将弓箭射官军。（窦巩）

注释

[1] 蓼儿洼：元代杂剧中蓼儿洼即梁山泊。后来代指山寨。此指李全的山寨。
[2] 拨嘴撩牙：挑拨是非。
[3] 虎牙：此指军旗。
[4] 鹰架：上下吊取土石的木架。或指供猎鹰栖止用的木架。
[5] 蚩尤：神话传说中上古时期东方九黎族的首领，性凶恶，善作战。后为黄帝所诛。

[6] 豹子妻：此处形容凶猛的女人，即李全妻。
[7] 大北里宣差传站马：大北里，指金朝。宣差，差官。此指番将自己。站马，驿马。
[8] 虎头牌：当指万户金虎符，金人军队中用来证明长官身份的一种证件。
[9] 那古里：那边。
[10] 曳剌：军士，衙差。又译为“曳落河”。
[11] 那颜：一作诺颜，蒙古语长官的音译。
[12] 铁力温都答喇：杀了。《紫钗记》第二十八出：“撞的个行家，铁力温都答喇。”在《紫钗记》中应该是吐番语，和这里女真人说的竟然相同。可见这些词句本来就不是正确的音译。
[13] 都麻：疑为官名。
[14] 袅得腰身乍：袅，扭。乍，同“诈”，俏样子。
[15] 把一个睃啜老那颜风势煞：睃啜老，当时骂外国人的话。风势煞，疯样子。
[16] 臊子：当时对北方少数民族的蔑称。臊，肉类发出的腥臊气味。
[17] 苫嘴的赤支砂：遮住嘴巴的红胡须。苫，用草编成的遮盖物。
[18] 把那咽腥臊的嗉子儿生揢杀：嗉子儿，同“嗓子儿”。生揢杀，活活掐死。
[19] 当着不着：该做的不做，不该做的却做了。此指李全不该把那颜撵走。
[20] 强喽啰：强作聪明。喽啰，机灵，伶俐。
[21] 通家：世交。
[22] 李、杜：指东汉李固、杜乔，两人皆在朝做官，同心合作。或指东汉李膺、杜密，两人同因党锢之祸被害。下文唐朝李、杜，指诗人李白、杜甫。
[23] 平梁：疑指王冠。
[24] 凭陆贾，说庄蹻：意思是凭着自己具有和陆贾说服赵佗一样的辩才，去说服那个倔强的庄蹻。陆贾，此喻陈最良。庄蹻，战国楚庄王的后裔。他率兵为楚国平定今四川西部、云南东部。后来归路被秦国切断，自立为滇王。直到其后代才归顺汉朝。此喻李全。
[25] 颙望：盼望，犹言恳切地希望。
[26] 敛衽：古代的一种礼节。提起衣襟，表示恭敬。后专指妇女的礼节。
[27] 妆次：对妇女客气的称呼，书信上用。如同对男子称阁下。
[28] 不宣：犹言不尽，旧时书信结尾的套语。
[29] 宋朝之美：春秋时期的宋公子朝是个美男子。事见《论语·雍也》。此是借以插科打诨。
[30] 带盔儿的娘子：犹言女将军。
[31] “近时人家首饰浑脱”：意思是我什么首饰都不戴，只戴一个金盔。人

家，指自己。

[32] 你鄱阳湖磬响收心早：意思是劝李全归顺投诚宋。鄱阳湖，在江西，湖中有石钟山，风吹浪击石，声如洪钟。由钟联想到磬。磬响，法磬敲响，表示归心礼佛。

[33] 黑海岸回头星宿高：只要及时回头，重归祖国，你一定会交好运。古谚语："若海无边，回头是岸。"

[34] 李山儿：元人水浒杂剧中李逵称号。此指李全。

[35] 杨令婆：民间传说中北宋名将杨业的夫人佘太君。此喻李全妻。

[36] 管取那赵官家欢笑倒：管取，一定教。赵官家，赵家皇帝。

[37] 齐肩一字王：唐宋以后皇子封王，以一个字为国名，如齐王。其次，皇子的儿子封王，以两个字为国名，如汝南王。这里指平肩一刀，斩首。

[38] "你真是个楚霸王"两句：楚霸王项羽兵败，在乌江自刎。

[39] 范蠡载西施：春秋时期越王勾践为吴王夫差所败，退守会稽。历史传说，越王曾令范蠡献美女西施于吴王，吴王大悦，从此沉湎酒色，朝政尽废。吴亡后，西施复归范蠡，同泛太湖而去。

[40] 炎宋：古代以阴阳五行解释国家兴衰的道理，赵宋以火德王，称火宋，又称炎宋。

[41] 麾：军旗，用以指挥军队。此借用杜牧诗喻挥动军旗带兵入海。

第四十八出　遇　母

【十二时】（旦上）不住的相思鬼，把前身退悔。土臭全消，肉香新长。嫁寒儒客店里孤栖。（净上）又着他攀高谒贵。〔浣溪沙〕“（旦）寂寞秋窗冷簟纹，（净）明珰玉枕旧香尘，（旦）断潮归去梦郎频。（净）桃树巧逢前度客[1]，（旦）翠烟[2]真是再来人，（合）月高风定影随身。”（旦）姑姑，奴家喜得重生，嫁了柳郎。只道一举成名，回去拜访爹娘。谁知朝廷为着淮南兵乱，开榜稽迟。我爹娘正在围城之内，只得赍发柳郎往寻消耗，撇下奴家钱塘客店。你看那江声月色，凄怆人也。（净）小姐，比你黄泉之下，景致争多。（旦）这不在话下。

【针线厢】虽则是荒村店江声月色，但说着坟窝里前生今世，则这破门帘乱撒星光内，煞强似[3]洞天黑地。姑姑呵，三不归[4]父母如何的？七件事[5]儿夫家靠谁？心悠曳，不死不活，睡梦里为个人儿。（净）似小姐的罕有。

【前腔】伴着你半间灵位，又守见[6]你一房夫婿。（旦）姑姑，那夜搜寻秀才，知我闪在那里？（净）则道画帧儿怎放的个人回避，做的事瞒神谎鬼。（旦）昏黑了，你看月儿黑黑的星儿晦，萤火青青似鬼火吹。（旦）好上灯了。（净）没油，黑坐地，三花两焰，留的你照解罗衣。（旦）夜长难睡，还向主家借些油去。（净）你院子里坐坐，咱去借来。“合着油瓶盖，踏碎玉莲蓬[7]。”（下）（旦玩月叹介）

【月儿高】（老旦、贴行路上）江北生兵乱，江南走多半。不载香车稳，跋的鞋鞓[8]断。夫主兵权，望天涯生死如何判。前呼后拥，一个春香伴。凤髻消除，打不上扬州纂[9]。上岸了到临安。趁黄昏黑影林峦，生忔察[10]的难投馆。（贴）且喜到临安了。（老旦）咳，万死一逃生，得到临安府。俺女娘无处投，长路多孤苦。（贴）前面像是个半开门儿，蓦了进去。（老旦进介）呀，门房空静，内可有人？（旦）谁？（贴）是个女人声息。待打叫一声开门。

【不是路】（旦惊介）斜倚雕阑，何处娇音唤启关？（老旦）行程晚，女娘们借住霎儿间。（旦）听他言，声音不似男儿汉，待自起开门月下看。（见介）（旦）是一位女娘，请里坐。（老旦）相提盼，人间天上行方便。（旦）趋迎迟慢。趋迎迟慢。（打照面介）（老旦作惊介）

【前腔】破屋颓椽，姐姐呵，你怎独坐无人灯不燃？（旦）这闲庭院，玩清光长送过这月儿圆。（老旦背叫贴）春香，这像谁来？（贴惊介）不敢说，好像小姐。（老旦）你快瞧房儿里面，还有甚人？若没有人，敢是鬼也？（贴下）（旦背）这位女娘，好像我母亲，那丫头好像春香。（作回问介）敢问老夫人，何方而来？（老旦叹介）自淮安，我相公是淮扬安抚、遭兵难，我避虏逃生到此间。（旦背介）是我母亲了，我可认他？（贴慌上，背语老旦介）一所空房子，通没个人影儿。是鬼，是鬼！（老旦作怕介）（旦）听他说起，是我的娘也。（旦向前哭娘介）（老旦作避介）敢是我女孩儿？怠慢了你，你活现了。春香，有随身纸钱，快丢，快丢。（贴丢纸钱介）（旦）儿不是鬼。（老旦）不是鬼，我叫你三声，要你应我一声高如一声。（作三叫三应，声渐低介）（老旦）是鬼也。（旦）娘，你女儿有话讲。（老旦）则略靠远，冷淋侵一阵风儿旋，这般活现。（旦）那些活现？（旦扯老旦作怕介）儿，手恁般冷。（贴叩头介）小姐，休要捻[11]了春香。（老旦）儿，不曾广超度你，是你父亲古执。（旦哭介）娘，你这等怕，女孩儿死不放娘去了。

【前腔】（净持灯上）门户牢拴，为甚空堂人语喧？（灯照地介）这青苔院，怎生吹落纸黄钱？（贴）夫人，来的不是道姑？（老旦）可是。（净惊介）呀，老夫人和春香那里来？这般大惊小怪。看他打盘旋，那夫人呵，怕漆灯无焰[12]将身远。小姐，恨不得幽室生辉得近前。（旦）姑姑快来，奶奶害怕。（贴）这姑姑敢也是个鬼？（净扯老旦，照旦介）休疑惮。移灯就月端详遍，可是当年人面？（合）是当年人面。（老旦抱旦泣介）儿呵，便是鬼，娘也舍不的去了。

【前腔】肠断三年，怎坠海明珠去复旋[13]？（旦）爹娘面，阴司里怜念把魂还。（贴）小姐，你怎生出的坟来？（旦）好难言。（老旦）是怎生来？（旦）则感的是东岳大恩眷，托梦一个书生把墓踹穿。（老旦）书生何方人氏？（旦）是岭南柳梦梅。（贴）怪哉，当真有个柳和梅。（老旦）怎同他来此？（旦）他来科选。（老旦）这等是个好秀才，快请相见。（旦）我央他看淮扬动静去把爹娘探，因此上独眠深院，独眠深院。（老旦背与贴语介）有这等事？（贴）便是，难道有这样出跳[14]的鬼？（老旦回泣介）我的儿呵！

【番山虎】则道你烈性上青天，端坐在西方九品莲，不道[15]三年鬼窟里重相见。哭得我手麻肠寸断，心枯泪点穿。梦魂沉乱，我神情倒颠。看时儿立地，叫时娘各天。怕你茶饭无浇奠，牛羊侵墓田。（合）今夕何年？今夕何年？咦，还怕这相逢梦边。

【前腔】（旦泣介）你抛儿浅土，骨冷难眠。吃不尽爷娘饭，江南寒食天。可也不想有今日，也道不起从前。似这般糊突[16]谜，甚时明白也天！鬼不要，人不嫌，不是前生断，今生怎得连！（合前）（老旦）老姑姑，也亏你守着我儿。

【前腔】（净）近的话不堪提咽，早森森地心疏体寒。空和他做七做中元[17]，怎知他成双成爱眷？（低与老旦介）我捉鬼拿奸，知他影戏儿做的恁活现？（合）这样奇缘，这样奇缘，打当[18]了轮回一遍。

【前腔】（贴）论魂离倩女是有，知他三年外灵骸怎全？则恨他同棺椁、少个郎官，谁想他为院君这宅院[19]。小姐呵，你做的相思鬼穿，你从夫意专。那一日春香不铺其孝筵，那节儿夫人不哀哉醮荐？早知道你撇离了阴司，跟了人上船！（合前）

【尾声】（老旦）感得化生女显活在灯前面。则你的亲爹，他在贼子窝中没信传。（旦）娘放心，有我那信行[20]的人儿，他穴地通天，打听的远。

想象精灵欲见难，（欧阳詹）
碧桃何处便骖鸾？（薛逢）
莫道非人身不暖，（白居易）
菱花初晓镜光寒。（许浑）

注释

[1] 桃树巧逢前度客：化用刘禹锡《再游玄都观》：“种桃道士归何处？前度刘郎今又来。”前度刘郎是双关语，借指在天台山桃源洞与仙女相爱的刘晨。此喻柳梦梅。

[2] 翠烟：吴王夫差女儿紫玉的亡魂。此是杜丽娘自喻。

[3] 煞强似：胜过。

[4] 三不归：没有着落。

[5] 七件事：即柴米油盐酱醋茶。

[6] 守见：守着，等着。

[7] 玉莲蓬：代指小脚。

[8] 鞓：泛指带子。

[9] 纂：赤色的丝带。

[10] 生忔察：生疏，陌生。

[11] 捻：此是作弄、伤害的意思。

[12] 漆灯无焰：据《江南野史》记载："沈彬居有一大树。尝曰：'吾死可葬于是。'及葬，穴之，乃古冢。其间一古灯台，上有漆灯一盏。圹头铜牌有篆文曰：'佳城今已开，虽开不葬埋。漆灯犹未爇，留待沈彬来。'"

[13] 坠海明珠去复旋：意即女儿死而复活。据《后汉书》载，广东合浦本产珠。由于官吏贪残，珠就不生在这里，而生到交趾（越南）去了。东汉孟尝任合浦太守不满一年，政治清明，珠才重新回来。旋，归，回还。

[14] 出跳：形容女孩子长得漂亮。

[15] 不道：不料。

[16] 糊突：即糊涂。

[17] 做七做中元：古时迷信风俗，人死后每七天做一次佛事，从头七到七七（第四十九天）止。农历七月十五日为中元节，是祭奠亡灵的日子。

[18] 打当：原是打点、准备的意思，此作胜过、当作解。

[19] 为院君这宅院：做了这个宅院里的院君。院君，对妇人的尊称，此指女主人。

[20] 信行：老实。

第四十九出　淮　泊

【三登乐】（生包袱、雨伞上）有路难投，禁得这乱离时候！走孤寒落叶知秋。为娇妻思岳丈，探听扬州。又谁料他困守淮扬，索奔前答救[1]。〔集唐〕“那能得计访情亲（李白）？浊水污泥清路尘[2]（韩愈）。自恨为儒逢世难（卢纶），却怜无事是家贫（韦庄）。”俺柳梦梅阳世寒儒，蒙杜小姐阴司热宠，得为夫妇，相随赴科。且喜殿试擗过卷子，又被边报耽误榜期。因此小姐呵，闻说他尊翁淮扬兵急，叫俺沿路上体访安危。亲赍一幅春容，敬报再生之喜。虽则如此，客路贫难，诸凡路费之资，尽出圹中之物。其间零碎宝玩，急切典卖不来。有些成器金银，土气销熔有限。兼且小生看书之眼，并不认的等子星儿[3]。一路上赚骗无多，逐日里支分有尽。得到扬州地面，恰好岳丈大人移镇淮城。贼兵阻路，不敢前进。且喜因循解散，不免迤逦数程。

【锦缠道】早则要、醉扬州寻杜牧，梦三生花月楼，怎知他长淮去休！那里有缠十万顺天风、跨鹤闲游！则索傍渔樵寻食宿、败荷衰柳，添一抹[4]五湖秋。那秋意儿有许多迤逗[5]！咱功名事未酬，冷落我断肠闺秀。堪回首？算江南江北有十分愁。一路行来，且喜看见了插天高的淮城，城下一带清长淮水。那城楼之上，还挂有丈六阔的军门旗号。大吹大擂，想是日晚掩门了。且寻小店歇宿。（丑上）“多搀[6]白水江湖酒，少赚黄边风月钱。”秀才投宿么？（生进店介）（丑）要果酒，案酒[7]？（生）天性不饮。（丑）柴米是要的？（生）吃倒算[8]。（丑）算倒吃。（生）花银五分在此。（丑）高银散碎些，待我称一称。（称介，作惊叫介）银子走了。（寻介）（生）怎的大惊小怪？（丑）秀才，银子地缝里走了。你看碎珠儿。（生）这等还有几块在这里。（丑接银又走，三度介）呀，秀才原来会使水银？（生）因何是水银？（背介）是了，是小姐殡敛之时，水银在口。龙含土成珠而上天，鬼含汞成丹而出世，理之然也。此乃见风而化。原初小姐死，水银也死；如今小姐活，水银也活了。则可惜这神奇之物，世人不知。（回介）也罢了。店主人，你将我花银都消散去了，如今一厘也无。这本书是我平日看的，准酒一壶。（丑）书破了。（生）贴你一支笔，（丑）笔开花了。（生）此中使客往来，你可也听见“读书破万卷”？（丑）不听见。（生）可听见“梦笔吐千花”？（丑）不听见。

【皂罗袍】（生作笑介）可笑一场闲话，破诗书万卷，笔蕊千花。是我差了，这原不是换酒的东西。（丑笑介）“神仙留玉佩，卿相解金貂[9]。”（生）你说金貂玉佩，那里来的？有朝货与帝王家，金貂玉佩书无价。你还不知道，便是千金小姐，依然嫁他。一朝臣宰，端然拜他。（丑）要他则甚？（生）读书人把笔安天下。（生）不要书，不要笔，这把雨伞可好？（丑）天下雨哩。（生）明日不走了。（丑）饿死在这里？（生笑介）你认的淮扬杜安抚么？（丑）谁不认的！明日吃太平宴哩。（生）则我便是他女婿来探望他。（丑惊介）喜是相公说的早，杜老爷多早发下请书了。（生）请书那里？（丑）和相公瞧去。（丑请生行介）待小人背褡裢雨伞。（行介）（生）请书那里？（丑）兀的不是！（生）这是告示居民的。（丑）便是。你瞧！

【前腔】“禁为闲游奸诈。”杜老爷是巴上生的：“自三巴[10]到此，万里为家。不教子侄到官衙，从无女婿亲闲杂。”这句单指你相公：“若有假充行骗，地方禀拿。”下面说小的了：“扶同歇宿，罪连主家。为此须至关防者[11]。右示通知。建炎[12]三十二年五月日示。”你看后面安抚司杜大花押。上面盖着一颗“钦差安抚淮扬等处地方提督军务安抚司使之印”，鲜明紫粉。相公，相公，你在此消停，小人告回了。“各人自扫门前雪，休管他家屋上霜。”（下）（生哭介）我的妻，你怎知丈夫到此凄惶无地也。（作望介）呀，前面房子门上有大金字，咱投宿去。（看介）四个字：“漂母[13]之祠。”怎生叫作漂母之祠？（看介）原来壁上有题：“昔贤怀一饭[14]，此事已千秋。”是了，乃前朝淮阴侯韩信之恩人也。我想起来，那韩信是个假齐王[15]，尚然有人一饭，俺柳梦梅是个真秀才，要杯冷酒不能够！像这漂母，俺拜他一千拜。

【莺皂袍】（拜介）垂钓楚天涯，瘦王孙[16]，遇漂纱。楚重瞳较比这秋波睄[17]。太史公表他，淮安府祭他，甫能够一饭千金价。看古来妇女多有俏眼儿：文公乞食，僖妻礼他[18]；昭关乞食，相逢浣纱[19]。凤尖头叩首三千下[20]。起更了，廊下一宿。早去伺候开门。没水梳洗。

（看介）好了，下雨哩。

旧事无人可共论，（韩愈）
只应漂母识王孙。（王遵）
辕门拜手[21]儒衣弊，（刘长卿）
莫使沾濡有泪痕。（韦洵美）

注释

[1] 答救：搭救。

[2] 浊水污泥清路尘：喻一贫一贵，地位不同。

[3] 并不认的等子星儿：意不识秤。等子，一般写作戥字，也叫等秤，称金、银用的比较精密的小秤。星儿，秤杆上表示重量的记号。

[4] 一抹：一片。

[5] 迤逗：勾引，此引申作感触解。

[6] 搀：混杂，掺和。

[7] 要果酒，案酒：果酒，比较考究的酒菜。案酒，一般的酒菜。

[8] 吃倒算：吃了之后再付钱。下文店小二说“算倒吃”，意思是先付钱再吃。

[9] 金貂：汉代贵官所戴的冠饰，以貂尾插在附有蝉形饰物的黄金珰上。晋代散骑常侍阮孚曾以金貂换酒，遭人弹劾。

[10] 三巴：即四川。东汉末益州牧刘璋置巴郡及巴东、巴西，时称三巴。

[11] 须至关防者：旧时公文习惯用语，犹言发至各地检查人员注意。

[12] 建炎：南宋高宗年号。

[13] 漂母：韩信少年贫困，曾于淮阴城边钓鱼，遇见漂母。漂母见他饥饿就给他吃的东西。后来韩信做了大官，找到漂母，送她千金作为报答。

[14] 昔贤怀一饭：昔贤，这里指韩信。怀，记着人家的好处。刘长卿《经漂母墓》：“昔贤怀一饭，兹事已千秋。”

[15] 假齐王：秦末，韩信攻下齐国后，请刘邦封他为假齐王。刘邦只得正式封他为齐王。“假齐王”与“真秀才”对举，意在引人发笑。

[16] 瘦王孙：指韩信。《史记》记载漂母称韩信为王孙（公子），仅是表示对他客气。

[17] 楚重瞳较比这秋波瞎：重瞳的项羽，眼光反而不及漂母。楚重瞳，指楚霸王项羽，据说项羽每只眼睛有两个瞳孔（重瞳）。韩信原在项羽部下，

因不受项羽赏识，故投奔刘邦。

[18]“文公乞食”两句：晋公子重耳亡命国外，到了曹国，曹国大臣僖负羁的妻子知道他是个有前途的人，便叫丈夫暗中送东西给他。后来重耳回到晋国执政，史称晋文公。

[19]“昭关乞食”两句：春秋时期楚国人伍子胥的父兄被平王害死，他逃至昭关，路上向一浣纱女乞食。浣纱女为了使他去得安心，不泄露其行踪，竟抱石投江而死。昭关，在今安徽含山县西北，是春秋时期楚国和吴国的交通要道。

[20]凤尖头叩首三千下：意思是对于漂母、僖妻、浣纱女这样有眼光的女子，应该在她们的脚下顶礼膜拜。凤尖头，即凤头，古代一种女用鞋样。

[21]拜手：古代跪拜礼的一种。行拜礼时，两手抱拳做拱状，低头至手而不至地。

第五十出　闹　宴

【梁州令】(外引丑众上)长淮千骑雁行秋，浪卷云浮。思乡泪国倚层楼。(合)看机遣，逢奏凯，且迟留。〔昭君怨〕“万里封侯岐路，几两英雄草屦[1]。秋城鼓角催，老将来。烽火平安[2]昨夜，梦醒家山泪下。兵戈未许归，意徘徊。”我杜宝身为安抚，时值兵冲。围绝救援，贻书解散。李寇既去，金兵不来。中间善后事宜，且自看详停当。吩咐中军门外伺候。(众下)(丑把门介)(外叹介)虽有存城之欢，实切亡妻之痛。(泪介)我的夫人呵，昨已单本题请他的身后恩典，兼求赐假西归。未知旨意如何？正是：“功名富贵草头露，骨肉团圆锦上花。”(看文书介)

【金蕉叶】(生破衣巾携春容上)穷愁客愁，正摇落[3]雁飞时候。(整容介)帽儿光[4]整顿从头，还则怕未分明[5]的门楣认否？(丑喝介)甚么人行走？(生)是杜老爷女婿拜见。(丑)当真？(生)秀才无假。(丑进禀介)(外)关防明白了。(问丑介)那人材怎的？(丑)也不怎的？袖着一幅画儿。(外笑介)是个画师。则说老爷军务不闲便了。(丑见生介)老爷军务不闲。请自在。(生)叫我自在，自在不成人了。(丑)等你去，成人不自在。(生)老爷可拜客去么？(丑)今日文武官僚吃太平宴，牌簿都缴了[6]。(生)大哥，怎么叫作太平宴？(丑)这是各边方年例。则今年退了贼，筵宴盛些。席上有金花树，银台盘，长尺头[7]，大元宝，无数的。你是老爷女婿，背几个去。(生)原来如此。则怕进见之时，考一首《太平宴诗》，或是《军中凯歌》，或是《淮清颂》，急切怎好？且在这班房[8]里等着打想一篇，正是“有备无患”。(丑)秀才还不走，文武官员来也。(生下)

【梁州令】(末扮文官上)长淮望断塞垣秋，喜兵甲潜收。贺升平、歌颂许吾流。(净扮武官上)兼文武，陪将相，宴公侯。请了。(末)今日我文武官属太平宴，水陆[9]务须华盛，歌舞都要整齐。(末、净见介)圣天子万灵拥辅，老君侯[10]八面威风。寇兵销咫尺之书，军礼设太平之宴。谨已完备，望乞俯容。（外）军功虽卑末难当，年例有诸公怎废？难言奏凯，聊用舒怀。（内鼓吹介）（丑持酒上）“黄石兵书[11]三寸舌，清河雪酒五加皮[12]。”酒到。

【梁州序】（外浇酒介）天开江左，地冲淮右。气色夜连刁斗[13]。（末、净进酒介）长城一线，何来得御君侯！喜平销战气，不动征旗，一纸书回寇。那堪羌笛里望神州！这是万里筹边第一楼[14]。（合）乘塞草，秋风候，太平筵上如淮酒[15]，尽慷慨，为君寿。

【前腔】（外）吾皇福厚。群才策凑，半壁围城坚守。（末、净）分明军令，杯前借箸题筹[16]。（外）我题书与李全夫妇呵，也是燕支却虏[17]，夜月吹篪[18]，一字连环透。不然无救也怎生休！不是天心不聚头。（合前）（内擂鼓介）（老旦扮报子上）“金貂并入三公[19]府。锦帐谁当万里城？”报老爷奏本已下，奉有圣旨，不准致仕[20]。钦取老爷还朝，同平章军国大事。老夫人追赠一品贞烈夫人。（末、净）平章乃宰相之职，君侯出将入相，官属不胜欣仰。

【前腔】（末、净送酒介）揽貂蝉[21]岁月淹留，庆龙虎风云辐辏。君侯此一去呵，看洗兵河汉[22]，接天高手。偏好桂花时节，天香随马，箫鼓鸣清昼。到长安宫阙里报高秋，可也河上砧声忆旧游？（合前）（外）诸公皆高才壮岁，自致封侯。如杜宝者，白首还朝，何足道哉！

【前腔】每日价看镜登楼，泪沾衣浑不如旧。似江山如此，光阴难又。猛把吴钩看了，阑干拍遍[23]，落日重回首。此去呵，恨南归草草也寄东流[24]，（举手介）你可也明月同谁啸庾楼[25]？（合前）（生上）“腹稿已吟就，名单还未通。”（见丑介）大哥替我再一禀。（丑）老爷正吃太平宴。（生）我太平宴诗也想完一首了，太平宴还未完。（丑）谁叫你想来？（生）大哥，俺是嫡亲女婿，没奈何禀一禀。（丑进禀介）禀老爷，那个嫡亲女婿没奈何[26]禀见。（外）好打！（丑出作恼，推生走介）（生）“老丈人高宴未终，咱半子礼当恭候。”（下）（旦、贴扮女乐上）“壮士军前半死生，美人帐下能歌舞。”营妓们叩头。

【节节高】辕门箫鼓啾，阵云收。君恩可借淮扬寇[27]？貂插首，玉[28]垂腰，金佩肘。马敲金镫也秋风骤，展沙堤[29]笑拂朝天袖。（合）但卷取江山献君王，看玉京[30]迎驾把笙歌奏。（生上）“欲穷千里目，更上一层楼。”想歌阑宴罢，小生饥困了。不免冲席而进。（丑拦介）

饿鬼不羞？（生恼介）你是老爷跟马贱人，敢辱我乘龙贵婿？打不的你。（生打丑介）（外问介）军门外谁敢喧嚷？（丑）是早上嫡亲女婿叫作没奈何的，破衣、破帽、破褡袱、破雨伞，手里拿一幅破画儿，说他饿的荒了，要来冲席。但劝的都打，连打了九个半，则剩下小的这半个脸儿。（外恼介）可恶。本院自有禁约，何处寒酸，敢来胡赖？（末、净）此生委系乘龙，属官礼当攀凤[31]。（外）一发中他计了。叫中军官暂时拿下那光棍。逢州换驿，递解到临安监候者。（老旦扮中军官应介）（出缚生介）（生）冤哉，我的妻呵！"因贪弄玉为秦赘，且戴儒冠学楚囚[32]。"（下）（外）诸公不知。老夫因国难分张[33]，心痛如割。又放着这等一个无名子[34]来聒噪人，愈生伤感。（末、净）老夫人受有国恩，名标烈史。兰玉自有，不必虑怀。叫乐人进酒。

【前腔】（末、净）江南好宦游。急难休，樽前且进平安酒。看福寿有，子女悠[35]，夫人又。（外）径醉矣。（旦、贴作扶介）（外泪介）闪英雄泪渍盈盈袖[36]。伤心不为悲秋瘦[37]。（合前）（外）诸公请了。老夫归朝念切，即便起程。（内鼓乐介）

【尾声】明日离亭一杯酒。（末、净）则无奈丹青圣主求。（外笑介）怕画的上麒麟[38]人白首。

（外）万里沙西寇已平，（张乔）
（末）东归衔命见双旌[39]。（韩翃）
（净）塞鸿过尽残阳里，（耿湋）
（众）淮水长怜似镜清。（李绅）

注释

[1] "万里封侯岐路"两句：万里奔波，封侯不容易，岐路多，穿破几双草鞋。形容建功立业的艰难。

[2] 烽火平安：古代由边境到内陆，一路上筑有许多烽火台。敌人若进攻，就燃起烽火，一地一地相传，消息很快便传到。傍晚点起烽火，报告边境平安，叫平安火。

[3] 摇落：凋谢，零落。

[4] 帽儿光："帽儿光光，好做新郎；袖儿窄窄，好做娇客。"元代俗语，杂剧中常引用。

[5] 未分明：指夫妻关系尚未正式建立。

[6] 牌簿都缴了：意即不会客了。牌簿，官署使用的会客登记簿。

[7] 尺头：犹匹头，指绫罗绸缎。

[8] 班房：此指门房。

[9] 水陆：水、陆所产的食品。

[10] 君侯：古代对达官贵人的尊称。

[11] 黄石兵书：相传张良在下邳圯上遇一老人，赠其《太公兵法》，世称圯上老人为黄石公。

[12] 五加皮：中药名，可用来泡酒。

[13] 刁斗：古时一种行军用具，白天用以烧饭，夜间击以报时警备。

[14] 万里筹边第一楼：元代书画家赵孟頫有"春风阆苑三千客，明月扬州第一楼"句。万里筹边，南宋时扬州曾为边境地区。又唐代李德裕曾在西川建筹边楼。

[15] 如淮酒：形容酒多。

[16] 借箸题筹：设计策。楚汉相争时，一次张良去见刘邦，刘邦正在吃饭。张良就借他的筷子，在桌上指画天下的形势。

[17] 燕支却虏：相传汉高祖被匈奴围困在平城，陈平去游说阏氏，说汉高祖准备献美女求和。阏氏怕美女来了，自己失宠，于是劝单于退兵。燕支，即胭脂，指美女。此喻李全妻。

[18] 夜月吹篪：篪是古代一种竹管乐器。此指胡笳，化用刘琨的故事。

[19] 三公：国君手下负责军政事务的最高长官。周代以太师、太傅、太保为三公。

[20] 致仕：退职，退休。

[21] 貂蝉：此指贵官的冠饰。

[22] 洗兵河汉：用银河里的水把兵器洗了不用。意即天下太平。

[23]"猛把吴钩看了"两句：化用辛弃疾《水龙吟》："落日楼头，断鸿声里，江南游子。把吴钩看了，栏杆拍遍，无人会，登临意。"

[24] 寄东流：意谓北伐事业付之东流。

[25] 啸庾楼：晋将军庾亮主张北伐，受阻未成。他在出镇武昌时，曾与僚属登南楼赏月谈咏。后好事者在此建楼，名庾公楼。

[26] 没奈何：代指柳梦梅。丑角把没奈何三字当作柳梦梅的姓名。

[27] 借淮扬寇：东汉寇恂由颍川太守调到京都做官。后来他跟随皇帝到颍川，地方上人对皇帝说："请再借您的寇恂在这里做一年事。"此借指挽

留杜宝，使其继续坐镇淮扬。

[28] 玉：指玉带。宋代三品以上的大官腰围玉带。

[29] 沙堤：从新任宰相的府邸到长安子城东的路上铺一层沙，叫沙堤。

[30] 玉京：京都。

[31] 攀凤：结交比自己高一等的人。此指和杜宝的女婿结识。

[32] 楚囚：泛指囚犯。春秋时期楚人钟仪被郑国俘虏，郑人把他送到晋国。他戴着南方的冠子，奏着南方的音乐，表示不忘故国。后被释放。

[33] 分张：此指一家分散。

[34] 无名子：匿名中伤他人的无赖之徒。

[35] 悠：众多。

[36] 闪英雄泪渍盈盈袖：化用辛弃疾《水龙吟》："倩何人唤取，红巾翠袖，揾英雄泪？"泪渍，眼泪。袖，指劝酒乐人的衣袖。

[37] 伤心不为悲秋瘦：化用李清照《凤凰台上忆吹箫》："新来瘦，非干病酒，不是悲秋。"

[38] 麒麟：即指麒麟阁。汉宣帝曾叫人把十一位功臣的图像画在麒麟阁上。

[39] 双旌：唐节度使辞朝赴任，皇帝赐双旌为节。此指杜宝回朝。杜宝原任安抚使，和唐代节度使职权相仿。

第五十一出　榜　下

（老旦、丑扮将军持瓜、锤[1]上）“凤舞龙飞作帝京，巍峨宫殿羽林兵[2]。天门欲放传胪喜，江路新传奏凯声。”请了。圣驾升殿，在此祗候。北【点绛唇】（外扮老枢密上）整点朝纲，运筹边饷，山河壮。（净扮苗舜宾上）翰苑文章，显豁的升平象。请了，恭喜李全纳款[3]，皆老枢密调度之功也。（外）正此引奏。前日先生看定状元试卷，蒙圣旨武偃文修，今其时矣。（净）正此题请。呀，一个老秀才走将来。好怪，好怪！（末破衣巾捧表上）“先师孔夫子，未得见周王。本朝圣天子，得睹我陈最良。”非小可也。（见外、净介）生员陈最良告揖。（净惊介）又是遗才告考么？（末）不敢，生员是这枢密老大人门下引奏的。（外）则这生员，是杜安抚叫他招安了李全，便中带有降表。故此引见。（内响鼓，唱介）奏事官上御道。（外前跪，引末后跪、叩头介）（外）掌管天下兵马知枢密院事臣谨奏：恭贺吾主，圣德天威。淮寇来降，金兵不动。有淮扬安抚臣杜宝，敬遣南安府学生员臣陈最良奏事，带有李全降表进呈。微臣不胜欢忭！（内介）杜宝招安李全一事，就着生员陈最良详奏。（外）万岁！（起介）（末）带表生员臣陈最良谨奏：

【驻云飞】淮海维扬，万里江山气脉长。那安抚机谋壮，矫诏[4]从宽荡。嗏，李贼快迎降，他表文封上。金主闻知，不敢兵南向。他则好看花到洛阳[5]，咱取次擒胡到汴梁[6]。（内介）奏事的午门候旨。（末）万岁！（起介）（净跪介）前廷试着看详文字官臣苗舜宾谨奏：

【前腔】殿策贤良[7]，榜下诸生候久长。乱定人欢畅，文运天开放。嗏，文字已看详，胪传须唱。莫遣夔龙[8]，久滞风云望。早是蟾宫桂有香，御酒封题菊半黄。（内介）午门外候旨。（净）万岁！（起行介）今当榜期，这些寒儒，却也候久。（外笑介）则这陈秀才夹带[9]一篇海贼文字，倒中得快。（内介）圣旨已到，跪听宣读。“朕闻李全贼平，金兵回避。甚喜，甚喜。此乃杜宝大功也。杜宝已前有旨，钦取回京。陈最良有

奔走口舌之才，可充黄门奏事官，赐其冠带。其殿试进士，于中柳梦梅可以状元。金瓜仪从，杏苑赴宴。谢恩。”（众呼“万岁”起介）（众扮杂取冠带上）“黄门旧是黉门客[10]，蓝袍新作紫袍仙[11]。”（末作换冠服介）二位老先生，告揖。（外、净贺介）恭喜，恭喜。明日便借重新黄门唱榜了。（末）适间宣旨，状元柳梦梅何处人？（净）岭南人，此生遭际的奇异。（外）有甚奇异？（净）其日试卷看详已定，将次进呈。恰好此生午门外放声大哭，告收遗才。原来为搬家小到京迟误。学生权收他在附卷进呈，不想点中状元。（外）原来有此！（末背想介）听来敢便是那个、那个柳梦梅？他那有家小？是了，和老道姑做一家儿。（回介）不瞒老先生，这柳梦梅也和晚生有旧。（外、净）一发可喜可贺了。

（净）榜题金字射朝晖，（郑畋）
（外）独奏边机出殿迟。（王建）
（末）莫道官忙身老大，（韩愈）
（合）曾经卓立在丹墀。（元稹）

注释

[1] 瓜、锤：古代禁卫军所用的武器，兼作仪仗用。
[2] 羽林兵：皇帝的禁卫军。
[3] 纳款：归顺，降服。
[4] 矫诏：假传圣旨。
[5] 则好看花到洛阳：古时洛阳以花卉闻名。全句意思是金兵只能占领洛阳，不敢南下。
[6] 取次擒胡到汴梁：战胜金兵，接着就可以进取汴梁了。取次，次序。
[7] 贤良：汉代选拔官吏的科目之一。此指进士科。
[8] 夔龙：相传为舜的两个贤臣，此指贤才。
[9] 夹带：原指考试作弊的一种方式。
[10] 黉门客：指生员。
[11] 蓝袍新作紫袍仙：蓝袍，即蓝衫，旧时书生所穿的衣服。紫袍，官服。

第五十二出　索　元

【吴小四】（净扮郭驼伞、包上）天九万，路三千。月馀程，抵半年[1]。破瓿装衣担压肩，压的头脐匾又圆，扢喇察[2]龟儿爬上天。谢天，老驼到了临安。京城地面，好不繁华。则不知柳秀才去向，俺且往天街上瞧去。呀，一伙臭军踢秃秃[3]走来，且自回避。正是："不因渔父引，怎得见波涛！"（下）

【六幺令】（老旦、丑扮军校旗、锣上）朝门榜遍，怎生状元柳梦梅不见？又不是黄巢[4]下第题诗趉。排门[5]的问，刻期[6]宣，再因循敢淹答[7]了杏园公宴。（老旦笑介）好笑，好笑，大宋国一场怪事。你道差不差[8]？中了状元干鳖[9]煞。你道奇不奇？中了状元啰唣唏[10]。你道兴不兴？中了状元胡厮胫[11]。你道山[12]不山？中了状元一道烟。天下人古怪，不像岭南人。你瞧这驾牌上，"钦点状元岭南柳梦梅，年二十七岁，身中材，面白色。"这等明明道着，却普天下找不出这人？敢家去哩，亡化哩，睡觉哩？则淹了琼林宴席面儿。（丑）哥，人山人海，那里淘气去？俺们把一位带了儒巾吃宴去。正身[13]出来，算还他席面钱。（老）使不得，羽林卫宴老军替得，琼林宴进士替不得。他要杏苑题诗。（丑）哥，看见几个状元题诗哩。依你说叫去。（行叫介）状元柳梦梅那里？（叫三次介）（老旦）长安东西十二门，大街都无人应，小胡同叫去。（丑）这苏木胡同有个海南会馆。叫地方问去。（叫介）（内应介）老长官贵干？（老旦、丑）天大事，你在睡梦哩！听吩咐。

【香柳娘】问新科状元，问新科状元。（内）何处人？（众）广南乡贯。（内）是何名姓？（众）柳梦梅面白无巴缱[14]。（内）谁寻他来？（众）是当今驾传，是当今驾传。要得柳如烟[15]，才开杏花宴。（内）俺这一带铺子都没有，则瓦市[16]王大姐家歇着个番鬼。（众）这等，去，去，去。（合）柳梦梅也天，柳梦梅也天。好几个盘旋，影儿不见。（下）

〔集句〕（贴扮妓上）"残莺何事不知秋（李后主）？日日悲看水独流（王

昌龄）。便从巴峡穿巫峡（杜甫），错把杭州作汴州（林升）。”奴家王大姐是也。开个门户[17]在此。天，一个孤老不见，几个长官撞的来。（老旦、丑上）王大姐喜哩。柳状元在你家。（贴）甚么柳状元？（众）番鬼哩。（贴）不知道。（众）地方报哩。

【前腔】笑花牵柳眠，笑花牵柳眠。（贴）昨日有个鸡[18]，不着裤去了。（众）原来十分形现。敢柳遮花映做葫芦缠[19]。有状元么？（贴）则有个状匾。（丑）房儿里状匾去。（进房搜介）（众诨，贴走下介）（众）找烟花状元，找烟花状元。热赶[20]在谁边，毛臊打[21]教遍。去罢。（合前）（下）

【前腔】（净拐杖上）到长安日边[22]，到长安日边。果然风宪[23]，九街三市[24]排场遍。柳相公呵，他行踪杳然，他行踪杳然。有了俏家缘[25]，风声儿落谁店？少不的大道上行走。那柳梦梅也天！（老旦、丑上）柳梦梅也天！好几个盘旋，影儿不见。（丑作撞跌净，净叫介）跌死人，跌死人！（丑作拿净介）俺们叫柳梦梅，你也叫柳梦梅。则拿你官里去。（净叩头介）是了，梅花观的事发了。小的不知情。（众笑介）定说你知情！是他甚么人？（净）听禀：老儿呵！

【前腔】替他家种园，替他家种园，远来探看。（众作忙）可寻着他哩？（净）猛红尘透不出东君面。（众）你定然知他去向。（净）长官可怜，则听是他到南安，其馀不知。（众）好笑，好笑！他到这临安应试，得中状元了。（净惊喜介）他中了状元，他中了状元！踏的菜园穿[26]，攀花上林苑[27]。长官，他中了状元，怕没处寻他！（众）便是哩。（合前）（众）也罢，饶你这老儿，协同寻他去。

（老）一第由来是出身，（郑谷）
（丑）五更风水失龙鳞[28]。（张曙）
（净）红尘望断长安陌，（韦庄）
（合）只在他乡何处人？（杜甫）

注释

[1]“天九万”四句：形容路远。

[2] 扢喇察：形容龟爬行的声音、状态。

[3] 踢秃秃：形容走路的声音。

[4] 黄巢：唐末农民起义军的领袖之一。相传黄巢考进士没有取，题了一首诗就走了。

[5] 排门：挨家挨户。

[6] 刻期：限定时刻。

[7] 淹答：迟误，耽误。

[8] 差不差：糟糕不糟糕。即很糟糕。

[9] 干鳖：即干瘪，引申作没意思解。

[10] 啰唣唏：吵吵闹闹。

[11] 胡厮胫：胡行乱走。

[12] 山：作粗野解。

[13] 正身：本人。

[14] 巴缱：疤痕。

[15] 柳如烟：形容春天三月的柳色。殿试放榜正是这一时候。柳，兼指柳梦梅。

[16] 瓦市：宋元时游艺、贸易的场所，也叫瓦子、瓦舍。

[17] 门户：妓院。

[18] 鸡：指江西籍的嫖客。明代官场通行的调笑语，叫江西人为腊鸡或鸡。

[19] 葫芦缠：胡缠。

[20] 热赶：热赶郎，对嫖客的蔑称。这里指柳梦梅。

[21] 毛臊打：考不中进士而吃酒解闷的人。

[22] 日边：指京都。

[23] 风宪：风纪，法度，这里指市容整饬。

[24] 九街三市：泛指京都的街市。

[25] 俏家缘：漂亮的妻子。家缘原指家产。

[26] 踏的菜园穿：指苦尽甘来。据《笑林》载，有一穷措大常吃蔬菜，忽然吃了一次羊肉，梦见五脏神说："羊把菜园踏破了。"

[27] 攀花上林苑：喻中状元。上林苑，御花园。

[28] 龙鳞：指状元。

第五十三出　硬　拷

【风入松慢】（生上）无端雀角[1]土牢中。是甚么孔雀屏风[2]？一杯水饭东床[3]用，草床头绣褥芙蓉[4]。天呵，系颈的是定昏店，赤绳羁凤[5]；领解的是蓝桥驿，配递[6]乘龙。〔集唐〕“梦到江南身旅羁（方干），包羞忍耻是男儿（杜牧）。自家妻父犹如此（孙元晏），若问傍人那得知（崔颢）！”俺柳梦梅因领杜小姐言命，去淮扬谒见杜安抚。他在众官面前，怕俺寒儒薄相，故意不行识认，递解临安。想他将次下马，提审之时，见了春容，不容不认。只是眼下凄惶也。（净扮狱官，丑扮狱卒持棍上）“试唤皋陶[7]鬼，方知狱吏尊。”咄！淮安府解来囚徒那里？（生见举手介）（净）见面钱[8]？（生）少有。（丑）入监油？（生）也无。（净恼介）哎呀，一件也没有，大胆来举手。（打介）（生）不要打，尽行装检去便了。（丑检介）这个酸鬼，一条破被单，裹一轴小画儿。（看画介）（丑）是轴观音，送奶奶供养去。（生）都与你去，则留下轴画儿。（丑作抢画，生扯介）（末扮公差上）“僵杀乘龙婿，冤遭下马威。”狱官那里？（丑揖介）原来平章府祗候哥。（末票示介）平章府提取送解犯人一名，及随身行李赴审。（丑）人犯在此，行李一些也无。（生）都是这狱官搬去了。（末）搬了几件？拿狗官平章府去。（净、丑慌叩头介）则这轴画、被单儿。（末）这狗官！还了秀才，快起解去。（净、丑应介）（押生行介）老相公，你便行动些儿。“略知孔子三分礼，不犯萧何六尺条[9]。”（下）

【唐多令】（外引众上）玉带蟒袍红，新参近九重。耿秋光长剑倚崆峒[10]。归到把平章印总，浑不是、黑头公[11]。〔集唐〕“秋来力尽破重围（罗邺），入掌银台护紫微[12]（李白）。回头却叹浮生事（李中），长向东风有是非（罗隐）。”自家杜平章。因淮扬平寇，叨蒙圣恩，超迁相位。前日有个棍徒，假充门婿。已着递解临安府监候。今日不免取来细审一番。（净、丑押生上）（杂扮门官唱门介）临安府解犯人进。（见介）（生）岳丈大人拜揖。（外坐笑介）（生）人将礼乐为先。（众大呼喝介）（生长叹介）

【新水令】则这怯书生剑气吐长虹，原来丞相府十分尊重，声息[13]儿忒汹涌。咱礼数缺通融，曲曲躬躬；他那里半抬身全不动。（外）寒酸，你是那色人数？犯了法，在相府阶前不跪！（生）生员岭南柳梦梅，乃老大人女婿。（外）呀，我女已亡故三年。不说到纳采[14]下茶，便是指腹裁襟[15]，一些没有。何曾得有个女婿来？可笑，可恨！祗候们与我拿下。（生）谁敢拿！

【步步娇】（外）我有女无郎，早把他青年送。刬口儿[16]轻调哄。便做是我远房门婿呵，你岭南，吾蜀中，牛马风[17]遥，甚处里丝萝[18]共？敢一棍儿走秋风！指说关亲、骗的军民动。（生）你这样女婿，眠书雪案，立榜云霄，自家行止用不尽，定要秋风老大人？（外）还强嘴！搜他裹袱里，定有假雕书印，并赃拿贼。（丑开袱介）破布单一条，画观音一幅。（外看画惊介）呀，见赃了。这是我女孩儿春容。你可到南安，认的石道姑么？（生）认的。（外）认的个陈教授么？（生）认的。（外）天眼恢恢[19]，原来劫坟贼便是你。左右采下打。（生）谁敢打？（外）这贼快招来。（生）谁是贼？老大人拿贼见赃，不曾捉奸见床来。

【折桂令】你道证明师[20]一轴春容。（外）春容分明是殉葬的。（生）可知道是苍苔石缝，迸坼了云踪[21]？（外）快招来。（生）我一谜的承供，供的是开棺见喜，搅煞逢凶[22]。（外）圹中还有玉鱼、金碗。（生）有金碗呵，两口儿同匙受用；玉鱼呵，和我九泉下比目[23]和同。（外）还有哩。（生）玉碾的玲珑，金锁的玎玲。（外）都是那道姑。（生）则那石姑姑他识趣拿奸纵，却不似你杜爷爷逞拿贼威风。（外）他明明招了。叫令史取过一张坚厚官帛纸，写下亲供："犯人一名柳梦梅，开棺劫财者斩。"写完，发与那死囚，于斩字下押个花字。会成一宗文卷，放在那里。（贴扮吏取供纸上）禀老爷定个斩字。（外写介）（贴叫生押花字）（生不伏介）（外）你看这吃敲才[24]！

【江儿水】眼脑儿天生贼[25]，心机使的凶。还不画花？（生）谁惯来。（外）你纸笔砚墨则好招详[26]用。（生）生员又不犯奸盗。（外）你奸盗诈伪机谋中。（生）因令爱之故。（外）你精奇古怪虚头弄[27]。（生）令爱现在。（外）现在么，把他玉骨抛残心痛。（生）抛在那里？（外）后苑池中，月冷断魂波动。（生）谁见来？（外）陈教授来报知。（生）生员为小姐费心，除了天知地知，陈最良那得知！

【雁儿落】我为他礼春容、叫的凶，我为他展幽期、耽怕恐，我为他点神香、开墓封，我为他唾灵丹、活心孔，我为他偎熨的体酥融，我为他洗发的神清莹，我为他度情肠、款款通，我为他启玉肱、轻轻送，我为他软温香、把阳气攻，我为他抢性命、把阴程迸。神通，医的他女孩儿能活动。通也么通，到如今风月两无功[28]。（外）这贼都说的是甚么话？着鬼了。左右，取桃条打他，长流水喷他。（丑取桃条上）"要的门无鬼，先教园有桃[29]。"桃条在此。（外）高吊起打。（众吊起生，作打介）（生叫痛，转动，众诨、打鬼介，喷水介）（净扮郭驼拐杖同老旦、贴扮军校持金瓜上）"天上人间忙不忙？开科失却状元郎。"一向找寻柳梦梅，今日再寻不见，打老驼。（净）难道要老驼赔？买酒你吃，叫去罢。（叫介）状元柳梦梅那里？（外听介）（众叫下）（外问丑介）（丑）不见了新科状元，圣旨着沿街寻叫。（生）大哥，开榜哩。状元谁？（外恼介）这贼闲管，掌嘴，掌嘴。（丑掌生嘴介）（生叫冤屈介）（老旦、贴、净依前上）"但闻丞相府，不见状元郎。"咦，平章府打喧闹哩。（听介）（净）里面声息，像有俺家相公哩！（从进介）（净向前见哭介）吊起的是我家相公也！（生）列位救我。（净）谁打相公来？（生）是这平章。（净将拐杖打外介）拚老命打这平章。（外恼介）谁敢无礼？（老旦、贴）驾上的[30]，来寻状元柳梦梅。（生）大哥，柳梦梅便是小生。（净向前解生，外扯净跌介）（生）你是老驼，因何至此？（净）俺一径来寻相公，喜的中了状元。（生）真个的！快向钱塘门外报与杜小姐知道。（老旦、贴）找着了状元，俺们也报知黄门官奏去。"未去朝天子，先来激相公。"（下）（外）一路的光棍去了。正好拷问这厮，左右再与俺吊将起。（生）待俺分诉些，难道状元是假得的？（外）凡为状元者，有登科录[31]为证。你有何据？则是吊了打便了。（生叫苦介）（净扮苗舜宾引老旦，贴扮堂候官，捧冠袍带上）"踏破草鞋无觅处，得来全不费工夫。"老公相住手，有登科录在此。

【侥侥犯】（净）则他是御笔亲标第一红，柳梦梅为梁栋。（外）敢不是他？（净）是晚生本房取中的。（生）是苗老师哩，救门生一救！（净笑介）你高吊起文章钜公[32]，打桃枝受用。告过老公相，军校，快请状元下吊。（贴放，生叫"疼煞"介）（净）可怜，可怜！是斯文倒吃尽斯文痛，无情棒打多情种。（生）他是我丈人。（净）原来是倚泰山[33]压卵欺鸾凤。（老旦）状元悬梁、刺股。（净）罢了，一领宫袍遮盖去。（外）甚么宫袍，扯了他！

【收江南】（外扯住冠服介）（生）呀，你敢抗皇宣骂敕封，早裂绽我御袍红。似人家女婿呵，拜门也似乘龙。偏我帽光光走空，你桃夭夭煞风[34]。（老旦替生冠服插花介）（生）老平章，好看我插宫花帽压君恩重。（外）柳梦梅怕不是他。果是他，便童生应试，也要候案[35]。怎生殿试了，不候榜开，来淮扬胡撞？（生）老平章是不知。为因李全兵乱，放榜稽迟。令爱闻得老平章有兵寇之事，着我一来上门，二来报他再生之喜，三来扶助你为官。好意成恶意，今日可是你女婿了？（外）谁认你女婿来！

【园林好】（净众）嗔怪你会平章的老相公，不刮目破窑中吕蒙[36]。忒做作、前辈们性重。（笑介）敢折倒你丈人峰？（外）悔不将劫坟贼监候奏请为是。

【沽美酒】（生笑介）你这孔夫子把公冶长陷缧绁中[37]。我柳盗跖[38]打地洞向鸳鸯冢。有日呵，把燮理阴阳问相公，要无语对春风[39]。则待列笙歌画堂中，抢丝鞭御街拦纵。把穷柳毅赔笑在龙宫[40]，你老夫差失敬了韩重。我呵，人雄气雄，老平章深躬浅躬，请状元升东转东[41]。呀，那时节才提破了牡丹亭杜鹃残梦。老平章请了，你女婿赴宴去也。

北【尾】你险把司天台失陷了文星空[42]，把一个有对付的玉洁冰清烈火烘[43]。咱想有今日呵，越显的俺玩花柳的女郎能，则要你那打桃条的相公懂。（下）（外吊场）异哉，异哉！还是贼，还是鬼？堂候官，去请那新黄门陈老爷到来商议。（丑）知道了。“谒者[44]有如鬼，状元还似人。”（下）（末扮陈黄门上）“官运精神老不眠，早朝三下听鸣鞭。多沾圣主随朝米，不受村童学俸钱。”自家陈最良。因奏捷，圣恩可怜，钦授黄门。此皆杜老相公抬举之恩，敬此趋谢。（丑上见介）正来相请，少待通报。（进报见介）（外笑介）可喜，可喜！“昔为陈白屋[45]，今作老黄门。”（末）“新恩无报效，旧恨有还魂。”适间老先生三喜临门：一喜官居宰辅，二喜小姐活在人间，三喜女婿中了状元。（外）陈先生教的好女学生，成精作怪哩！（末）老相公葫芦提认了罢。（外）先生差矣！此乃妖孽之事。为大臣的，必须奏闻灭除为是。（末）果有此意，容晚生登时奏上取旨何如？（外）正合吾意。

（外）夜读沧州怪亦听，（陆龟蒙）

（末）可关妖气暗文星。（司空图）

（外）谁人断得人间事？（白居易）

（末）神镜高悬照百灵。（殷文圭）

注释

[1] 雀角：雀的喙。此指被人诬告。

[2] 孔雀屏风：喻许婚。隋窦毅不肯轻易将女儿许人。他在屏风上画了两只孔雀，叫求婚人去射箭。李渊射了两次，都中雀目，窦毅于是把女儿许给他。

[3] 东床：指女婿。晋郗鉴派人到王家挑女婿，众少年都显得很拘谨，只有一个少年“东床上坦腹卧”，他就是王羲之。郗鉴听了回报，说：“这个正好。”

[4] 草床头绣褥芙蓉：以一床稻草充当新女婿床上的芙蓉绣褥。

[5] “系颈的是定昏店”两句：唐代传奇故事。韦固在旅店遇见一老人。天下的婚姻都由这位老人主管。凡是夫妻，他就暗中用红绳系他们的足，这样不管天南地北分隔多远，将来他们还是会聚在一起。凤，此是柳梦梅自喻。

[6] 配递：递解。官府将非本籍犯人押令出境，递相传解，使回本籍或有关地方候审。

[7] 皋陶：舜的臣子，主管刑狱。后来人们把他当作狱神。

[8] 见面钱：和下文“入监油”，均指狱吏对囚犯的勒索。

[9] 萧何六尺条：泛指法律。相传萧何根据秦法制定九章律，是汉代最早的法律。六尺条，写在六尺竹简上的律条。

[10] 耿秋光长剑倚崆峒：靠着崆峒山，拔出寒光闪闪的长剑。耿，明，光明。

[11] 黑头公：头发还是黑的，便已位列三公，指壮年人做大官。

[12] 入掌银台护紫微：银台，唐代指翰林院。紫微，即紫微省，中书省的别称。

[13] 声息：声势。

[14] 纳采：古婚制六礼的第一礼。男方在媒人通辞得允之后，具送求婚礼物，称“纳采”，也叫“行聘”。

[15] 指腹裁襟：泛指指腹为婚。指腹，婴儿还没有生下来，就由父母为他们订婚。裁襟，幼年男女由父母代为订婚，以防长大之后彼此不相认，便把衣襟裁为两幅，各执一幅为凭证。

[16] 划口儿：信口胡说。

[17] 牛马风：风马牛不相及。

[18] 丝萝：喻结婚。古诗："与君为新婚，兔丝附女萝。"兔丝、女萝都是蔓生植物，纠结在一起，不易分开。

[19] 恢恢：宽广。

[20] 证明师：证据。

[21] 迸拆了云踪：意谓假山坍塌，露出画像。拆，裂开。云踪，此指画像。

[22] 挡煞逢凶：犹言挡住恶神，救活了杜丽娘，自己反被当贼来对待。挡，通"挡"。煞，凶神。

[23] 比目：据说比目鱼行必成双，喻夫妇好合。

[24] 吃敲才：该死的贼骨头。

[25] 眼脑儿天生贼：天生贼眼。

[26] 招详：招供。

[27] 虚头弄：弄虚头，讹诈、行骗。

[28] 风月两无功：指婚姻无望，爱情落空。

[29] "要的门无鬼"两句：古时迷信认为桃枝可以打鬼，有桃树的地方就没有鬼。

[30] 驾上的：奉旨差遣来的人。

[31] 登科录：即登科记。新进士名册。

[32] 文章钜公：犹言大文豪、大作家。

[33] 泰山：岳父的代称。

[34] 你桃夭夭煞风：桃夭夭，《诗经·周南·桃夭》："桃之夭夭，灼灼其华。"夭夭，美丽而茂盛的样子。煞风，煞风景。

[35] 候案：等候放榜。

[36] 不刮目破窑中吕蒙：刮目，不以旧的眼光看人。《三国志·吴志·吕蒙传》注引《江表传》："士别三日，即更刮目相待。"破窑，用吕蒙正事。这里戏曲作者有意将吕蒙、吕蒙正两人的故事混在一起。

[37] 公冶长陷缧绁中：公冶长原是孔子弟子，他无辜被囚，孔子把女儿嫁给他。缧绁，捆绑犯人的绳索。也指监狱。缧绁中，指关在监狱中。此句是说杜宝把女婿柳梦梅当犯人对待。

[38] 柳盗跖：盗跖，古代奴隶起义的领袖，相传是柳下惠的弟弟，不足信。柳，关合柳梦梅。

[39] "把燮理阴阳问相公"两句：意谓自己能使杜丽娘起死回生，宰相则徒有"燮理阴阳"的虚名。一旦有人责问，他将无从回答。燮理，调和治理。古人认为燮理阴阳是宰相的职责。相公，宰相。此指杜宝。

[40] 穷柳毅赔笑在龙宫：唐代传奇故事。书生柳毅替受难的龙女带了一封

家信到洞庭龙宫，受到龙王款待，后来还和龙女结为夫妻。

[41] 升东转东：古时主位在东，宾位在西。

[42] 你险把司天台失陷了文星空：你险些害死新状元，使得司天台看不见天上的文星。旧时迷信说法认为新状元是天上文星下凡。

[43] 把一个有对付的玉洁冰清烈火烘：有对付的，有才能的。玉洁冰清，这里指柳梦梅。烈火烘，指前文所写的那些虐待。

[44] 谒者：官名。相当于黄门官。

[45] 白屋：用茅草盖的房屋。指贫苦平民的住所，此借指老百姓。

第五十四出　闻　喜

【绕池游】（贴上）露寒清怯，金井吹梧叶，转不断辘轳情劫[1]。咳，俺小姐为梦见书生，感病而亡，已经三年。老爷与老夫人，时时痛他孤魂无靠。谁知小姐倒活活的跟着个穷秀才，寄居钱塘江上。母子重逢。真乃天上人间，怪怪奇奇，何事不有！今日小姐吩咐安排绣床，温习针指。小姐早来到也。

【绕红楼】（旦上）秋过了平分[2]日易斜，恨辞梁燕语周遮[3]。人去空江，身依客舍，无计七香车。“秋风吹冷破窗纱，夫婿扬州不到家。玉指泪弹江北草，金针闲刺岭南花。”春香，我同柳郎至此，即赴试闱。虎榜[4]未开，扬州兵乱。我星夜赍发柳郎，打听爹娘消息。且喜老萱堂不意而逢，则老相公未知下落。想柳郎刻下可到，料今番榜上高题。须先剪下罗衣，衬其光彩。（贴）绣床停当，请自尊裁。（旦裁衣介）裁下了，便待缝将起来。（缝介）（贴）小姐，俺淡口儿闲嗑，你和柳郎梦里、阴司里，两下光景如何？

【罗江怨】（旦）春园梦一些，到阴司里有转折。梦中逗的影儿别，阴司较追的情儿切。（贴）还魂时像怎的？（旦）似梦重醒，猛回头放教跌。（贴）阴司可也有好耍子处？（旦）一般儿轮回路，驾香车，爱河边题红叶。便则到鬼门关逐夜的望秋月。

【前腔】（贴）你风姿恁惹邪[5]，情肠害劣。小姐，你香魂逗出了梦儿蝶，把亲娘肠断了影中蛇[6]。不道燕冢[7]荒斜，再立起鸳鸯舍。则问你会书斋灯怎遮？送情杯酒怎赊？取喜时，也要那破头梢一泡血。（旦）蠢丫头，幽欢之时，彼此如梦，问他则甚！呀，奶奶来的恁忙也！

【玩仙灯】（老旦慌上）人语闹吱嗻，听风声，似是女孩儿关节。儿，听见外厢喧嚷，新科状元是岭南柳梦梅。（旦）有这等事！

【前腔】（净忙走上）旗影儿走龙蛇，甚宣差教来近者！（见介）奶奶、小姐，驾上人来。俺看门去也！（下）

【入赚】(外、丑扮军校持黄旗上)深巷门斜，抓不出状元门第也。这是了。(敲门介)(老旦)声息儿恁怔忡！把门儿偷瞥。(启门，校冲开介)(老旦)那衙门来的？(校)星飞不迭。你看这旗，看这旗影儿头势别。是黄门官把圣旨教传泄。(老介叫介)儿，原来是传圣旨的。(旦上)斗胆相询，金榜何时揭？可有柳梦梅名字高头列？(校)他中了状元。(旦)真个中了状元？(校)则他中状元，急节里遭磨灭。(旦惊介)是怎生？(校)往淮扬触犯了杜参爷，扭回京把他做劫坟茔的贼决。(老旦)我儿，谢天谢地，老爷平安回京了。他那知世间有此重生之事。(旦)这却怎了？(校)正高吊起猛桃条细抽掣，被官里人抢去游街[8]歇。(旦)恰好哩。(校)平章他势大，动本了。说劫坟之贼，不可以作状元。(旦)状元可也辨一本儿？(校)状元也有本。那平章奏他恶茶白赖[9]把阴人窃。那状元呵，他说头带魁罡[10]不受邪。便是万岁爷听了成痴呆。(旦)后来？(校)侥幸有个陈黄门，是平章爷的故人。奏准，要平章、状元和小姐三人，驾前勘对，方取圣裁。(老旦)呀，陈黄门是谁？(校)是陈最良，他说南安教授曾官舍。因此杜平章抬举他掌朝班、通御谒。(老旦)一发诧异哩。(校)便是他着俺们来宣旨。吩咐你家一更梳洗，二鼓吃饭，三鼓穿衣，四更走动。到得五更三点彻，响玎珰翠佩，那是朝时节。(旦)独自个怕人。(校)怕则么！平章宰相你亲爷，状元妻妾。俺去了。(旦)再说些去。(校)明朝金阙，讨你幅撞门红[11]去了也。(下)(旦)娘，爹爹高升，柳郎高中。小旗儿报捷，又是平安帖。把神天叩谢，神天叩谢。

【滴溜子】(拜介)当日的、当日的梅根柳叶，无明路、无明路曾把游魂再叠。果应梦、花园后折[12]。甫能够迸到头，抢了捷。鬼趣里因缘，人间判贴[13]。

【前腔】(老旦)虽则是、虽则是稀奇事业，可甚的、可甚的惊劳驾帖[14]？他道你、是花妖害怯，看承的柳抱怀[15]做花下劫。你那爹爹呵，没得个符儿再把花神召摄。

【尾声】女儿，紧簪束扬尘舞蹈摇花颊。(旦)叫我奏个甚么来？(老旦)有了你活人硬证无虚胁。(旦)少不得万岁君王听臣妾。(净扮郭驼上)"要问鼋鼍窟，还过乌鹊桥。"两日再寻个钱塘门不着。正好撞着老军，说知夫人下处。抖擞了进去。(见介)(老旦)你是谁？(净)状元家里的老驼，特来恭喜。(旦)辛苦，你可见状元么？(净)俺往平章府抢下了状元，要夫人去见朝也。

(老旦) 往事闲徵梦欲分，（韩溉）
(旦) 今晨忽见下天门。（张籍）
(净) 分明为报精灵辈，（僧贯休）
(旦) 淡扫蛾眉朝至尊。（张祜）

注释

[1] 转不断辘轳情劫：喻爱情的磨难接连不断。辘轳，汲取井水的木制装置。
[2] 秋过了平分：过了秋分。秋分，节气名。
[3] 周遮：啁哳，形容细碎杂乱的声音。
[4] 虎榜：一作龙虎榜，即进士榜。
[5] 惹邪：迷人，魅人，形容貌美。
[6] 把亲娘肠断了影中蛇：意思是杜丽娘没有真死，她母亲却信以为真。据《晋书·乐广传》载，有人在乐广家喝酒，看见杯中有蛇而害病。其实杯内是墙上的弓影。
[7] 燕冢：南朝宋末，娼女姚玉京从良，丈夫死了不再嫁。有一对燕子在她家的梁上做窝，后来雄燕被鸷鸟所害。姚玉京用红线系在雌燕足上，秋去春来，年年都一样。姚玉京死后，雌燕哀鸣不停。家人指示它姚玉京的坟墓所在，雌燕飞到姚玉京坟上就死了。这里指丽娘墓。
[8] 游街：指状元、榜眼、探花高中后，执丝鞭，骑马游街。
[9] 恶茶白赖：撒赖。
[10] 头带魁罡：古时迷信认为状元受到魁星的护佑。罡，天罡，北斗星的斗柄。
[11] 撞门红：旧时新娘的花轿抬到新郎家门口后，赏给乐人、轿夫等人的喜钱。
[12] 后折：后面，后边。
[13] 贴：指团圆。
[14] 驾帖：圣旨。
[15] 柳抱怀：春秋时期鲁国柳下惠夜宿城门，收留一女子同寝一夜，没有不正当的行为。这就是所谓“坐怀不乱”。这里以柳抱怀喻柳梦梅行事正派。

第五十五出　圆　驾

（净、丑扮将军持金瓜上）“日月光天德，山河壮帝居。”万岁爷升朝，在此直殿。

北【点绛唇】（末上）宝殿云开，御炉烟霭，乾坤泰。（回身拜介）日影金阶，早唱道黄门拜。〔集唐〕“鸾凤旌旗拂晓陈（韦元旦），传闻阙下降丝纶（刘长卿）。兴王会净妖氛气（杜甫），不问苍生问鬼神（李商隐）。”自家大宋朝新除授一个老黄门陈最良是也。下官原是南安府饱学秀才。因柳梦梅发了杜平章小姐之墓，径往扬州报知。平章念旧，着俺说平李寇，告捷效劳，蒙圣恩钦赐黄门奏事之职。不想平章回朝，恰遇柳生投见。当时拿下，递解临安府监候。却说柳生先曾撺过卷子，中了状元。找寻之间，恰好状元吊在杜府拷问。当被驾前官校人等冲破府门，抢了状元，上马而去，倒也罢了。又听的说俺那女学生杜小姐也返魂在京。平章听说女儿成了个色精，一发恼激。央俺题奏一本，为诛除妖贼事。中间劾奏柳梦梅系劫坟之贼，其妖魂托名亡女，不可不诛。杜老先生此奏，却是名正言顺。随后柳生也奏一本，为辨明心迹事。都奉有圣旨：“朕览所奏，幽隐奇特。必须返魂之女，面驾敷陈，取旨定夺。”老夫又恐怕真是杜小姐返魂，私着官校传旨与他。五更朝见。正是：“三生石上看来去，万岁台前辨假真。”道犹未了，平章、状元早到。

【前腔】（外、生幞头[1]、袍、笏同上介）（外）有恨妆排，无明耽带[2]，真奇怪。（生）哑谜难猜，今上亲裁划。岳丈大人拜揖。（外）谁是你岳丈！（生）平章老先生拜揖。（外）谁和你平章？（生笑介）古诗云：“梅雪争春未肯降，骚人阁笔费平章[3]。”今日梦梅争辩之时，少不的要老平章阁笔。（外）你罪人咬文哩。（生）小生何罪？老平章是罪人。（外）俺有平李全大功，当得何罪？（生）朝廷不知，你那里平的个李全，则平的个“李半”。（外）怎生止平的个“李半”？（生笑介）你则哄的个杨妈妈退兵，

怎哄的全！（外恼作扯生介）谁说？和你官里讲去。（末作慌出见介）午门之外，谁敢喧哗！（见介）原来是杜老先生。这是新状元。放手，放手。（外放生介）（末）状元何事激恼了老平章？（外）他骂俺罪人，俺得何罪？（生）你说无罪，便是处分令爱一事，也有三大罪。（外）那三罪？（生）太守纵女游春，一罪。（外）是了。（生）女死不奔丧，私建庵观，二罪。（外）罢了。（生）嫌贫逐婿，刁打钦赐状元，可不三大罪？（末笑介）状元以前也罪过些。看下官面分，和了罢。（生）黄门大人，与学生有何面分？（末笑介）状元不知，尊夫人请俺上学来。（生）敢是鬼请先生？（末）状元忘旧了。（生认介）老黄门可是南安陈斋长？（末）惶恐，惶恐。（生）呀，先生，俺于你分上不薄，如何妄报俺为贼？做门馆报事不真；则怕做了黄门，也奏事不以实。（末笑）今日奏事实了。远望尊夫人将到，二公先行叩头礼，（内唱礼介）奏事官齐班。（外、生同进叩头介）（外）臣杜宝见。（生）臣柳梦梅见。（末）平身。（外、生立左右介）（旦上）“丽娘本是泉下女，重瞻天日向丹墀。”

黄钟北【醉花阴】平铺着金殿琉璃翠鸳瓦，响鸣梢半天儿刮刺[4]。（净、丑喝介）甚的妇人冲上御阶？拿了！（旦惊介）似这般狰狞汉，叫喳喳。在阎浮殿见了些青面獠牙，也不似今番怕。（末）前面来的是女学生杜小姐么？（旦）来的黄门官像陈教授，叫他一声：“陈师父，陈师父！”（末应介）是也。（旦）陈师父喜哩！（末）学生，你做鬼，怕不惊驾？（旦）噤声。再休提探花鬼乔作衙[5]，则说状元妻来面驾。（净、丑下）（内）奏事人扬尘舞蹈。（旦作舞蹈、呼“万岁，万岁”介）（内）平身。（旦起）（内）听旨：杜丽娘是真是假，就着伊父杜宝，状元柳梦梅，出班识认。（生觑旦作悲介）俺的丽娘妻也。（外觑旦，作恼介）鬼乜些真个一模二样，大胆，大胆！（作回身跪奏介）臣杜宝谨奏：臣女亡已三年，此女酷似，此必花妖狐媚，假托而成。俺王听启：

南【画眉序】臣女没年多，道理阴阳岂重活？愿吾皇向金阶一打，立见妖魔。（生作泣）好狠心的父亲！（跪奏介）他做五雷般严父的规模，则待要一下里把声名煞抹。（起介）（合）便阎罗包老难弹破，除取旨前来撒和[6]。（内）听旨：朕闻人行有影，鬼形怕镜。定时台上有秦朝照胆镜[7]。黄门官，可同杜丽娘照镜。看花阴之下，有无踪影回奏。（末应，同旦对镜介）女学生是人是鬼？

北【喜迁莺】（旦）人和鬼教怎生酬答？形和影现托着面菱花。（末）镜无改面，委系人身。再向花街取影而奏。（行看影介）（旦）波查[8]。花阴这答，一般儿莲步回鸾印浅沙。（末奏）杜丽娘有踪有影，的系人身。（内）听旨：丽娘既系人身，可将前亡后化事情奏上。（旦）万岁！臣妾二八年华，自画春容一幅。曾于柳外梅边，梦见这生。妾因感病而亡。葬于后园梅树之下。后来果有这生，姓柳名梦梅，拾取春容，朝夕挂念。臣妾因此出现成亲。（悲介）哎哟，凄惶煞！这底[9]是前亡后化，抵多少阴错阳差。（内）听旨：柳状元质证，丽娘所言真假？因何预名梦梅？（生打躬呼"万岁"介）

南【画眉序】臣南海乏丝萝，梦向娇姿折梅萼。果登程取试，养病南柯。因借居南安府红梅院中，游其后苑，拾得丽娘春容。因而感此真魂，成其人道。（外跪介）此人欺诳陛下，兼且点污臣之女也。论臣女呵，便死葬向水口廉贞，肯和生人做山头撮合[10]！（合）便阎罗包老难弹破，除取旨前来撒和。（内）听旨：朕闻有云："不待父母之命，媒妁之言，则国人父母皆贱之。"杜丽娘自媒自婚，有何主见？（旦泣介）万岁！臣妾受了柳梦梅再活之恩。

北【出队子】真乃是无媒而嫁。（外）谁保亲？（旦）保亲是母丧门[11]。（外）送亲的？（旦）送亲的是女夜叉。（外）这等胡为！（生）这是阴阳配合正理。（外）正理，正理！花你那蛮儿一点红嘴哩！（生）老平章，你骂俺岭南人吃槟榔[12]，其实柳梦梅唇红齿白。（旦）噤声。眼前活立着个女孩儿，亲爷不认。倒做鬼三年，有个柳梦梅认亲。则你这辣生生回阳附子较争些，为甚么翠呆呆下气的槟榔俊煞了他？爹爹，你不认呵，有娘在。（指鬼门）现放着实丕丕贝母开谈亲阿妈。（老旦上）多早晚女儿还在面驾。老身踹入正阳门[13]叫冤去也。（进见跪伏介）万岁爷，杜平章妻一品夫人甄氏见驾。（外、末惊介）那里来的？真个是俺夫人哩。（外跪介）臣杜宝启，臣妻已死扬州乱贼之手，臣已奏请恩旨褒封。此必妖鬼捏作母子一路，白日欺天。（起介）（生）这个婆婆，是不曾认的他。（内）听旨：甄氏既死于贼手，何得临安母子同居？（老旦）万岁！（起介）

南【滴溜子】（老旦）扬州路、扬州路遭兵劫夺，只得向、只得向长安住托。不想到钱塘夜过，黑撞着丽娘儿魂似脱。少不的子母肝肠，死

同生活。（内）听甄氏所奏，其女重生无疑。则他阴司三载，多有因果之事。假如前辈做君王臣宰不臻的，可有的发付他？从直奏来。（旦）这话不提罢了，提起都有。（末）女学生，“子不语怪”。比如阳世府部州县，尚然磨刷卷宗[14]，他那里有甚会案处！

北【刮地风】（旦）呀，那阴司一桩桩文簿查，使不着你猾律拿喳[15]。是君王有半副迎魂驾，臣和宰玉锁金枷。（末）女学生，没对证。似这般说，秦桧老太师在阴司里可受用？（旦）也知道些。说他的受刑呵，那秦太师他一进门，忒楞楞的黑心锤敢捣了千下，淅另另的紫筋肝剁作三花。（众惊介）为甚剁作三花？（旦）道他一花儿为大宋，一花为金朝，一花儿为长舌妻[16]。（末）这等长舌夫人有何受用？（旦）若说秦夫人的受用，一到了阴司，捋去了凤冠霞帔，赤体精光。跳出个牛头夜叉，只一对七八寸长指弧[17]儿，轻轻的把那撇道儿[18]搭，长舌揸。（末）为甚？（旦）听的是东窗事发[19]。（外）鬼说也。且问你，鬼也邪，人间私奔，自有条法。阴司可有？（旦）有的是。柳梦梅七十条，爹爹发落过了，女儿阴司收赎。桃条打，罪名加，做尊官勾管了帘下[20]。则道是没真场风流罪过些。有甚么饶不过这娇滴滴的女孩家。（内）听旨：朕细听杜丽娘所奏，重生无疑。就着黄门官押送午门外，父子夫妻相认，归第成亲。（众呼“万岁”行介）（老旦）恭喜相公高转了。（外）怎想夫人无恙！（旦哭介）我的爹呵！（外不理介）青天白日，小鬼头远些，远些！陈先生，如今连柳梦梅俺也疑将起来，则怕也是个鬼。（末笑介）是踢斗鬼。（老旦喜介）今日见了状元女婿，女儿再生，二十分喜也。状元，先认了你丈母罢。（生揖介）丈母光临，做女婿的有失迎待，罪之重也。（旦）官人恭喜，贺喜。（生）谁报你来？（旦）到得陈师父传旨来。（生）受你老子的气也。（末）状元，认了丈人翁罢。（生）则认的十地阎君为岳丈。（末）状元，听俺分劝一言。

南【滴滴金】你夫妻赶着了轮回磨[21]，便君王使的个随风柁[22]，那平章怕不做赔钱货[23]。倒不如娘共女，翁和婿，明交割[24]。（生）老黄门，俺是个贼犯。（末笑介）你得便宜人，偏会撒科[25]。则道你偷天把桂影那，不争多[26]先偷了地窟里花枝朵。（旦叹介）陈师父，你不教俺后花园游去，怎看上这攀桂客来？（外）鬼也邪，怕没门当户对，看上柳梦梅甚么来！

北【四门子】（旦笑介）是看上他戴乌纱象简朝衣挂，笑、笑、笑，笑的来眼媚花。爹娘，人间白日里高结彩楼，招不出个官婿。你女儿睡梦里、鬼窟里选着个状元郎，还说门当户对！则你个杜杜陵[27]惯把女孩儿吓，那柳柳州他可也门户风华。爹爹，认了女孩儿罢。（外）离异了柳梦梅，回去认你。（旦）叫俺回杜家，赸了柳衙。便作你杜鹃花，也叫不转子规红泪洒。（哭介）哎哟，见了俺前生的爹，即世[28]嬷，颠不剌[29]俏魂灵立化。（旦作闷倒介）（外惊介）俺的丽娘儿！（末作望介）怎那老道姑来也？连春香也活在？好笑，好笑！我在贼营里瞧甚来？

南【鲍老催】（净扮石姑同贴上）官前定夺，官前定夺。（打望介）原来一众官员在此。怎的起状元、小姐嘴骨都[30]站一边？（净）眼见他乔公案断的错，听了那乔教学[31]的嘴儿嗑。（末）春香贤弟也来了。这姑姑是贼。（净）啐，陈教化，谁是贼？你报老夫人死哩，春香死哩！做的个纸棺材，舌锹拨。（向生介）柳相公喜也。（生）姑姑喜也。这丫头那里见俺来？（贴）你和小姐牡丹亭做梦时有俺在。（生）好活人活证。（净、贴）鬼团圆不想倒真和合，鬼揶揄不想做人生活。老相公，你便是鬼三台[32]，费评跋。（净、贴并下）（末）朝门之下，人钦鬼伏之所，谁敢不从！少不得小姐劝状元认了平章，成其大事。（旦作笑劝生介）柳郎，拜了丈人罢！（生不伏介）

北【水仙子】（旦）呀呀呀，你好差。（扯生手、按生肩介）好好好，点着你玉带腰身把玉手叉。（生）几百个桃条！（旦）拜、拜、拜，拜荆条[33]曾下马。（扯外介）（旦）扯、扯、扯，做泰山倒了架。（指生介）他、他、他，点黄钱聘了咱。俺、俺、俺，逗寒食吃了他茶。（指末介）你、你、你，待求官、报信则把口皮喳。（指生介）是是是，是他开棺见椁湔[34]除罢。（指外介）爹爹爹，你可也骂够了咱这鬼乜邪。（丑扮韩子才冠带捧诏上）圣旨已到，跪听宣读。“据奏奇异，敕赐团圆。平章杜宝，进阶一品。妻甄氏，封淮阴郡夫人。状元柳梦梅，除授翰林院学士。妻杜丽娘，封阳和县君。就着鸿胪官韩子才送归宅院。”叩头谢恩。（丑见介）状元恭喜了。（生）呀，是韩子才兄。何以得此？（丑）自别了尊兄，蒙本府起送先儒[35]之后，到京考中鸿胪之职，故此得会。（生）一发奇异了。（末）原来韩老先也是旧朋友。（行介）

南【双声子】（众）姻缘诧，姻缘诧，阴人梦黄泉下。福分大，福分大，

周堂[36]内是这朝门下。齐见驾，齐见驾，真喜洽，真喜洽。领阳间诰敕，去阴司销假。

北【尾】（生）从今后把牡丹亭梦影双描画。（旦）亏杀你南枝挨暖俺北枝花。则普天下做鬼的有情谁似咱！

杜陵寒食草青青，（韦应物）
羯鼓声高众乐停。（李商隐）
更恨香魂不相遇，（郑琼罗）
春肠遥断牡丹亭。（白居易）
千愁万恨过花时，（僧无则）
人去人来酒一卮。（元稹）
唱尽新词欢不见，（刘禹锡）
数声啼鸟上花枝。（韦庄）

注释

[1] 幞头：一种头巾。相传为北周武帝所制。

[2]“有恨妆排”两句：意谓怨恨播弄，无缘无故遭罪。妆排，犹言播弄。无明，原是佛家说法，此无明耽带是无缘无故有了这样的遭遇的意思。

[3]“梅雪争春未肯降”两句：宋卢梅坡《雪梅》的前两句。平章，卢诗为评章，评论的意思，此兼指官名平章。柳梦梅引这两句诗是借指自己与杜宝的争执。

[4] 响鸣梢半天儿刮剌：鸣梢，鸣鞭。古时皇帝坐朝的仪仗之一。挥动示意大家肃静。刮剌，形容响声。

[5] 再休提探花鬼乔作衙：再不要说我是弄虚作假的盗掘女坟的贼人的鬼妻。乔作衙，原指冒充长官坐堂，这里指鬼冒充活人。

[6] 撒和：此作调停解。

[7] 照胆镜：传说秦始皇有面镜子，能照见人肠胃五脏。女子有邪心，则胆张心动。

[8] 波查：波折，磨难。

[9] 这底：这的。

[10] 山头撮合：小说、戏曲常称媒人为撮合山。此是结合的意思。

[11] 丧门：迷信说法中不吉之神。

[12] 槟榔：从前闽、广人所嗜食，据说下气、消食，多吃则会使牙齿变黑。上文“蛮儿一点红嘴”，就是指常吃槟榔，唇齿变色。

[13] 正阳门：宋代汴京宫门名。这里指宫门。

[14] 磨刷卷宗：元代由各道肃政廉访使检查各衙门讼案的处理，不使冤屈，叫刷卷。下文“会案”同义。

[15] 猾律拿喳：一作斡剌挑茶，惹是生非，挑拨离间。

[16] 长舌妻：指秦桧妻王氏。长舌，指她播弄是非，定计陷害岳飞。

[17] 指彄：指尖。彄，弓弩两端钩弦的地方。

[18] 撇道儿：本指足，此指嗓子，是作者误用。

[19] 东窗事发：民间传说，秦桧夫妇在东窗下设计陷害岳飞。秦桧死后，他的鬼魂叫方士告诉其妻王氏：“东窗事发矣。”

[20] 勾管了帘下：指受了差役的凌辱。

[21] 轮回磨：是说杜丽娘还魂重生。

[22] 随风柁：随风转舵。此是依顺的意思。

[23] 赔钱货：旧时重男轻女，认为女儿长大了嫁人，是白白地养了她，还要赔嫁妆，所以叫赔钱货。

[24] 交割：指做买卖时银货两讫。

[25] 撒科：引人发笑的动作和表情。

[26] 不争多：差不多，此有想不到的意思。

[27] 杜杜陵：杜甫居长安杜陵，自称杜陵布衣。此借指杜宝。

[28] 即世：今生。

[29] 颠不剌：颠狂。不剌，语尾助词，无义。

[30] 嘴骨都：噘着嘴。

[31] 乔教学：指陈最良。乔，骂人的话。

[32] 鬼三台：犹言阎罗王。

[33] 拜荆条：相传荆文王无道，大臣葆申以荆条一束，跪着打文王的背，作为处罚。“文王下马拜荆条”为戏曲中常用的熟语。

[34] 湔：洗刷污秽。

[35] 先儒：此指韩愈。

[36] 周堂内是这朝门下：奉旨成亲的意思。周堂，古时称嫁娶的吉日。

附 录

中国戏曲知识简介

中国戏曲是一种传统的综合艺术形式，是包括文学、音乐、舞蹈、美术、武术等艺术因素，以音乐和舞蹈为主要表现手段的总体性的演出艺术。著名学者王国维称中国戏曲之特点是“以歌舞演故事也”。

中国戏曲历史悠久，早在原始社会，歌舞已萌芽，经过不断地发展与丰富，逐渐形成比较完整的戏曲艺术体系。汉有歌戏、百戏和角抵戏。唐有歌舞戏和以滑稽表演为特点的参军戏。北宋时，随着社会经济的发展，出现了很多娱乐场所，民间歌舞、说唱、滑稽戏渐渐综合，宋杂剧在此基础上也发展起来。元代时，北方出现了元杂剧，戏曲创作和演出空前繁荣，是中国戏曲的第一个繁盛期，也是中国戏曲史上的一个重要时期。在此期间，涌现了一批著名戏曲作家，如关汉卿、白朴、马致远、王实甫等。明清时，各地方剧种兴起，以昆曲和京剧为代表，形成了完整的舞台艺术体系。

中国戏曲剧本一般分为“出”或“折”，各个剧种的剧中人物大部分由生、旦、净、末、丑等不同的角色行当扮演，表演上按角色行当而各有不同的程式动作和唱、做、念、打的不同特点，技术要求很高。音乐体式有唱曲牌的“联曲体”、唱七字句或十字句为主的“板腔体”，或综合使用两者。

一、戏曲主要剧种

1. 昆曲

昆曲，又称“昆腔”“昆剧”“昆山腔”，是一种古老的戏曲剧种。它源于元末昆山（今属江苏），当时民间流行南戏腔调，经元末明初戏曲家顾坚等人整理加工，明初已有“昆山腔”之名。至明嘉靖年间，戏曲家魏良辅等人吸收海盐、弋阳等腔和当地民间曲调，使昆山腔更为丰富，称“水磨调”。传奇剧本多用昆曲演唱。伴奏乐器有笛、箫、笙等。明万历以后，除了保持早期昆曲特色的南昆外，全国还形成许多支脉，如北昆、湘昆等。昆曲曲调清丽婉转、细腻抒情，表演载歌载舞，程式严谨，是中国古典戏曲的代表。著名昆曲剧目有《长生殿》《牡丹亭》等。

2. 京剧

京剧，流行于全国的戏曲剧种，被称为“国粹”。清嘉庆、道光年间，四大徽班在北京同来自湖北的汉调艺人合作，接受昆曲、秦腔的部分剧目、曲调和表演方法，吸收一些民间曲调，渐渐融合，最终创作出京剧。自咸丰、同治以来，经梅兰芳等人加以改革和发展，京剧逐渐形成完整的艺术风格和表演体系。京剧以西皮和二黄为主要腔调，也兼唱一些地方小曲调（如柳子腔、吹腔等）和昆曲曲牌。伴奏乐器主要有京胡、二胡、月琴等。它的表演颇具气势，是近代中国戏曲的代表。著名京剧剧目有《四郎探母》《霸王别姬》等。

3. 越剧

越剧，流行于浙江、上海等地的戏曲剧种。它源于清道光末年浙江嵊县（今嵊州）的曲艺“落地唱书调”，称“小歌班”或“的笃班”。1917 年左右进入上海，称“绍兴文戏”。表演先以男演员为主，后以女演员为主。1938 年起使用“越剧”这一名称。1942 年以袁雪芬为首的越剧女演员对其表演与演唱进行了变革，吸收话剧、昆剧的表演艺术之长，形成写实与写意相结合的表演风格。以四工调、尺调、弦下调等为主要曲调。著名越剧剧目有《祥林嫂》《梁山伯与祝英台》《红楼梦》《五女拜寿》《西厢记》等。

4. 黄梅戏

黄梅戏，流行于安徽、江西及湖北等省的戏曲剧种。它源于湖北黄梅地区的采茶调，清乾隆末传入安徽安庆一带，用安庆方言演唱。在剧目和音乐上，黄梅戏曾受青阳腔和徽调的影响。20 世纪 50 年代，在黄梅戏表演艺术家严凤英等人的改革下，黄梅戏表演日趋成熟，发展成为安徽的地方大戏。唱腔分花腔、彩腔、正腔三种。著名黄梅戏剧目有《打猪草》《夫妻观灯》《天仙配》《女驸马》等。

5. 评剧

评剧，流行于北京、天津和华北、东北各地区的戏曲剧种。清末时在河北滦县一带的小曲“莲花落”和“蹦蹦”的基础上形成，先后吸收河北梆子、京剧等音乐和表演艺术演变而成。早期在河北农村流行，后进入唐山，称“平腔梆子戏”“唐山落子”“奉天落子”。板腔体结构，有慢板、二六板、尖板等。伴奏乐器以板胡为主，打击乐器与京剧相同。20 世纪 30 年代以后，评剧在京剧、河北梆子等剧种的影响下日趋成熟。著名评剧剧目有《小女婿》《刘巧儿》《花为媒》《杨三姐告状》《秦香莲》等。

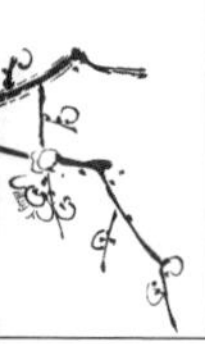

二、戏曲表演

（一）行当

1. 生行

生行，戏曲剧目中的男性形象，其特点是以面部化妆为俊扮（不勾画脸谱）。根据其年龄、身份的不同可以分为老生、小生、武生等。

老生：亦称“须生”。扮演中年或老年男子，如《空城计》中的诸葛亮。以俊扮为主，戴胡须。根据不同的表演特点，分为唱功老生、做功老生和靠把老生等。

小生：扮演年轻人，如《群英会》中的周瑜、《玉堂春》中的王金龙等。以俊扮为主，不戴胡须。根据不同的表演特点，可分为扇子生、纱帽生、雉尾生、穷生、武小生等。

武生：扮演具有武艺的青壮年男子。俊扮。又有长靠武生和短打武生之分。另有老武生，扮演老年英勇人物。武生也兼演部分武净戏，如《铁笼山》中的姜维。

红生：有时将其归入武生行，指勾红脸的具有武艺的男性形象，最典型的是关羽和赵匡胤。

2. 旦行

旦行，戏曲剧目中的女性形象，可分为青衣、花旦、刀马旦、武旦、老旦、彩旦等。

青衣：扮演那些端庄稳重的中青年妇女，以唱功见长，如《三击掌》中的王宝钏、《铡美案》中的秦香莲、《二进宫》中的李艳妃等。因所扮人物大都穿着青素（黑色）褶子而得名。

花旦：扮演那些天真活泼或泼辣放浪的青年妇女，以做功和念白见长，如《西厢记》中的红娘、《拾玉镯》中的孙玉姣、《小放牛》中的村姑等。

武旦：扮演英武的女性人物，表演上着重武打。多表现那些具有武艺的女将、女侠、女仙或女妖，如《武松打店》中的孙二娘、《泗州城》中的水母等。

刀马旦：扮演擅长武艺的巾帼英雄，如《战金山》中的梁红玉、《穆桂英挂帅》中的穆桂英等。一般要扎大靠，武打大都表现马战，表演上兼重唱、做和舞蹈。

老旦：扮演老年女性，如《杨门女将》中的佘太君、《红灯记》中的李奶奶、《吊金龟》中的康氏等。用本嗓唱念，唱腔同老生相近，兼用一些青衣腔。

彩旦：亦称“丑旦”。扮演那些滑稽或刁蛮的女性人物，多由丑行扮演，动作和化妆都极尽其丑。其年龄较老的或称丑婆子，如《拾玉镯》中的刘妈妈等。

3. 净行

净行，古代戏曲中的一种角色，俗称“花脸”“花面”。大多扮演性格粗犷豪放或阴险奸诈以及相貌特异的男性人物，如张飞、李逵、曹操等。根据所扮人物性格、身份不同而分为若干专行，即京剧的正净、副净、武净和毛净。

正净：也称“大面”“大花脸”。一般指剧中地位较高、举止稳重、性格耿直的人物，表演上着重唱歌的净角，如京剧《草桥关》中的姚期。

副净：也称“二面”或“架子花脸”，以滑稽语言或动作逗观众笑乐。多扮演粗犷莽撞的人物，如张飞、李逵等。

武净：也称“武花脸”，以武打为主，如京剧《通天犀》中的青面虎。

毛净：指戏曲舞台上钟馗、周仓、巨灵神等类人物，他们或为天神，或为身体畸形者，造型夸张，多需垫肩、凸臀，在表演上以工架见长。

4. 丑行

丑行，由于化妆时常在鼻梁上抹一小块白粉而俗称“小花脸”。扮演的人物种类繁多，又根据所扮人物性格、身份的不同而划分为文丑、武丑，扮演女性人物时称彩旦、丑旦或摇旦。

文丑：不具武艺的滑稽人物，脸谱画豆腐块，又根据其身份、地位、年龄等区分为方巾丑、褶子丑等。

武丑：扮演擅长武艺而机警幽默的男性人物。着重翻跳武技，也讲究口齿清楚有力，俗称“开口跳”。如京剧《三岔口》中的刘利华、昆剧《挡马》中的焦光普。

（二）表演特性

1. 综合性

唱、做、念、打指唱功、做功、念白、武打，习称“四功”，是戏曲演员表演的四种艺术手法，也是戏曲演员的四种基本功夫。

唱：戏曲演出中剧中人物抒发内心情感或叙事的主要方式。根据不同的剧种，采用不同的音乐形式。

念：戏曲演出中人物间的对白或独白的总称，是一种诗歌化、音乐化的戏曲语言。一般剧种所用的念白与剧种所在省份的地方音大致相同。京剧念白有京白、韵白之分，前者用湖广音、中州韵，后者用北京方言音稍加变化。昆曲则用韵白或苏白。

做：戏曲演员的身段、表情、气派、风度等表演的总称，戏曲表演的主要组成部分，也是舞台行动的主要组成部分。

打：戏曲中的格斗与战争场面，是传统武术的舞蹈化，有的戏曲表现两人的对打，有的则是集体的战争场面。

2. 程式性

（1）用程式动作表现生活——生活动作的舞蹈化

起霸：其名源于昆曲《千金记·起霸》，表现霸王项羽与敌对阵前整盔束甲的准备工作，之后则演变为一套程式动作，专门用来表现将士出征前的准备活动。有男霸、女霸之分，前者阳刚，后者阴柔。

趟马：也叫马趟子，演员右手执鞭挥舞，通过连续而舞蹈化的手势、身段、步伐，配合快速的锣鼓节奏，表现人骑在马上的各种神情和姿态。

走边：多用于武戏，用以表示剧中人夜间潜行，靠路边疾走等。走边时击镲、小锣，并唱曲牌的称响边；只轻击堂鼓，不伴其他乐器的称哑边。

（2）人物服饰的程式——宁穿破勿穿错

盔头：戏曲表演中人物头上所戴的帽、盔等的总称。

冠：多指帝王、贵族所戴的硬质礼帽，如紫金冠、凤冠等。

盔：武职人员所戴的硬质帽子，如帅盔、夫子盔等。

巾：为缎制品的软制帽子，有花有素，属于便装，如相巾、文生巾、员外巾等。

帽：用于不同身份的人物，软硬质均有，如纱帽、罗帽等。

戏衣：戏曲表演中所穿戴服饰的总称，具有装饰性、可舞性，不注重写实性，只是针对人物身份、地位等方面的标志性表现。

蟒：蟒袍的简称。戏曲表演中帝王将相的官服。圆领大襟，满绣龙纹、水纹，有水袖。根据人物的地位、性格、脸谱穿用。

靠：戏曲表演中古代将士的铠甲。靠身有前后两片，满绣鱼鳞纹，腹部绣一大虎头，称“靠肚”。护腿两块，称“靠牌子”。背后插三角形小旗四面，称“靠旗”。

褶：戏衣中用途最广者。为帝王将相的衬衣及平民的便服。分花、素两种。多为斜襟（大襟），男褶子为硬质，女褶子为软质。

帔：传统戏中帝王将相、豪绅的便服。对襟，左右胯下开叉，满身绣团花。表现夫妻关系时，多穿花色相配的帔，称“对帔”。

衣：指贵贱贫富各种角色所穿的服装，如官衣、箭衣、茶衣等。

戏鞋：戏曲表演中人物所穿靴鞋的总称。

靴：也叫“靴子”。传统戏曲中常用的高帮或长帮的鞋，其帮多由棉布或缎制成。有厚底和薄底两种样式。

鞋：相对于靴而言，指无帮的鞋子。

（三）虚拟性

对空间的虚拟：戏曲舞台是一个变动的空间，人物在不断地上下场，不断地更换地点。地点的更换，是通过演员的“圆场”来表现的。演员在舞台上走上半个、一个或多个“圆”，即表示从一个地方到达了另一个地方。这两个地方的距离或远或近，演员只需一走“圆场”便足够。

对周围环境的虚拟：戏曲舞台的表现原则是用最简单的布景和设备表现尽可能多的内容，因此戏曲舞台对周围环境的虚拟的用法是最多的。周围的环境一般不在舞台表现范围之内，而是被虚拟化了，由演员的表演去表现，同时需要观众进行联想，使之在脑海或眼前再现。

对时间的虚拟：戏曲舞台上的时间是对生活时间的虚拟，是灵活变动的，有的是有意拉长时间，如大将战胜敌人后耍枪花或刀花，是用拉长时间或时间暂时停止的办法来表现其战胜敌人的兴奋；有的是有意缩短时间，如一般用一段或几段唱表现一夜已过去，如用曲牌省略没必要交代的内容；有的是假定时间，如《三岔口》，在灯火通明的舞台上表现黑夜来临。

对动作对象的虚拟：戏曲舞台上的人物动作有的具备动作对象，有的可以省略。可以全部省略，如人物摘花，只做出摘花的动作，花是没有的；也可以部分省略，如人物骑马，马没有，只有马鞭，人物行船，船与水没有，只有船桨。这是戏曲简约化的表现，也是虚拟化的表现。

杜丽娘慕色还魂话本

闲向书斋览古今，罕闻杜女再还魂。

聊将昔日风流事，编作新文厉后人。

话说南宋光宗朝间，有个官升授广东南雄府尹。姓杜，名宝，字光辉，进士出身。祖贯山西太原府人。年五十岁。夫人甄氏，年四十二岁。生一男一女。其女年一十六岁，小字丽娘。男年一十二岁，名唤兴文。姊弟二人，俱生得美貌清秀。杜府尹到任半载，请个教读于府中，书院内教姊弟二人，读书学礼。不过半年，这小姐聪明伶俐，无书不览，无史不通。琴棋书画，嘲风咏月，女工针指，靡不精晓。府中人皆称为女秀才。

忽一日，正值季春三月中，景色融和，乍雨乍晴天气，不寒不冷时光。这小姐带一侍婢，名唤春香，年十四岁，同往本府后花园中游赏。信步行至花园内，但见：

假山真水，翠竹奇花。普环碧沼，傍栽杨柳绿依依；森耸青峰，侧畔桃花红灼灼。双双粉蝶穿花，对对蜻蜓点水。梁间紫燕呢喃，柳上黄莺睍睆。纵目台亭池馆，几多瑞草奇葩。端的有四时不谢之花，果然是八节长春之景。

这小姐观之不足，触景伤情，心中不乐，急回香阁中。独坐无聊，感春暮景，俛首沉吟而叹曰："春色恼人信有之乎？常观诗词乐府，古之女子因春感情，遇秋成恨，诚不谬矣。吾今年已二八，未逢折桂之夫。感慕景情，怎得蟾宫之客？昔日郭华偶逢月英，张生得遇崔氏，曾有《钟情丽集》《娇红记》二书。此佳人才子，前以密约偷期，似皆一成秦晋。嗟乎，吾生于宦族，长在名门，年已及笄，不得蚤成佳配，诚为虚度青春。光阴如过隙耳。"叹息久之，曰："可惜妾身颜色如花，岂料命如一叶耶！"遂凭几昼眠。

才方合眼，忽见一书生，年方弱冠，丰姿俊秀，于园内折杨柳一枝，笑谓小姐曰："姐姐既能通书史，可作诗以赏之乎？"小姐欲答，又惊又喜，不敢轻言。心中自忖，素昧平生，不知姓名，何敢辄入于此？正如此思间，只见那书生向前将小姐搂抱去牡丹亭畔，芍药栏边，共成云雨之欢娱，两情和合。忽值母亲至房中唤醒，一身冷汗，乃是南柯一梦。

忙起身参母礼毕，夫人问曰："我儿何不做些针指，或观玩书史消遣亦可。因何昼寝于此？"小姐答曰："儿适花园中闲玩，忽值春暄恼人，故此回房。无可消遣，不觉困倦少息，有失迎接，望母亲恕儿之罪。"夫人曰："孩儿，这后花园中冷静，少去闲行。"小姐曰："领母亲严命。"道罢，夫人与小姐同回至中堂。饭罢，这小姐口中虽如此答应，心内思想梦中之事，未尝放怀。行坐不宁，自觉如有所失。饮食少思，泪眼汪汪，至晚不食而睡。

次早饭罢，独坐后花园中，闲看梦中所遇书生之处，冷静寂寥，杳无人迹。忽见一株大梅树，梅子磊磊可爱。其树矮如伞盖。小姐走至树下，甚喜而言曰：“我若死后得葬于此幸矣。”道罢回房，与小婢春香曰：“我死当葬于梅树下。记之，记之。”

次早小姐临镜梳妆，自觉容颜清减，命春香取文房四宝，至镜台边自画一小影。红裙绿袄，环珮玎珰，翠翘金凤，宛然如活。以镜对容，相像无二，心甚喜之。命弟将出衙去裱背店中，裱成一幅小小行乐图。将来挂在香房内，日夕观之。一日偶成诗一绝，自题于图上：

近睹分明似俨然，远观自在若飞仙。

他年得傍蟾宫客，不在梅边在柳边。

诗罢，思慕梦中相遇书生，曾折柳一枝，莫非所适之夫姓柳乎？故有此警报耳。自此丽娘慕色之甚。静坐香房，转添凄惨。心头发热，不疼不痛，春情难过。朝暮思之，执迷一性，恹恹成病。时二十一岁矣。

父母见女患病，求医罔效，问佛无灵，自春害至秋。所嫌者金风送暑，玉露生凉，秋雨潇潇，生寒彻骨，转加沉重。小姐自料不久，令春香请母至床前，含泪痛泣曰：“不孝逆女不能奉父母养育之恩，今忽夭亡，为天之数也。如我死后，望母亲埋葬于后园梅树之下，平生愿足矣。”嘱罢哽咽而卒。时八月十五也。

母大痛，命具棺椁衣衾收殓毕。乃与杜府尹曰：“女孩儿命终时，吩咐要葬于后园梅树之下，不可逆其所愿。”这杜府尹依夫人言，遂令葬之。其母哀痛，朝夕思之。光阴迅速，不觉三年任满，使馆新府尹已到。杜府尹收拾行装，与夫人并衙内杜兴文一同下船回京，听其别选。不在话下。

且说新府尹，姓柳，名思恩，乃四川成都府人，年四十，夫人何氏，年三十六岁。夫妻恩爱，止生一子，年一十八岁，唤作柳梦梅。因母梦见食梅而有孕，故此为名。其子学问渊源，琴棋书画，下笔成文，随父来南雄府。上任之后，词清讼简。

这柳衙内因收拾后房，于草茅杂纸之中，获得一幅小画。展开看时，却是一幅美人图，画得十分容貌，宛如姮娥。柳衙内大喜，将去挂在书院之中，早晚看之不已。忽一日偶读上面四句诗，详其备细，此是人家女子行乐图也。何言“不在梅边在柳边”？此乃奇哉怪事也。拈起笔来，亦题一绝以和其韵，诗曰：

貌若嫦娥出自然，不是天仙是地仙。

若得降临同一宿，海誓山盟在枕边。

诗罢，叹赏久之，却好天晚。这柳衙内因想画上女子，心中不乐。正是不见此情情不动，自思何时得此女会合？恰似望梅止渴，画饼充饥。懒观经史，明烛和衣而卧。翻来覆去，永睡不着，细听谯楼已打三更，自觉房中寒风习习，香气袭人。衙内披衣而起，忽闻门外有人扣门。衙内问之而不答。少顷又扣。如此者三次。衙内开了书院门，灯下看时，见一女子，生得云鬟轻梳蝉翼，柳眉颦蹙春山。其女趋入书院，衙内急掩其门。这女子敛衽向前，深深道个万福。衙内惊喜相半，答礼曰："妆前谁氏？原来夤夜至此。"那女子启一点朱唇，露两行碎玉，答曰："妾乃府西邻家女也。因慕衙内之丰采，故奔至此，愿与衙内成秦晋之欢，未知肯容纳否？"这衙内笑而言曰："美人见爱，小生喜出望外，何敢却耶？"遂与女子解衣灭烛归于帐内，效夫妇之礼，尽鱼水之欢。

少顷云收雨散，女子笑谓柳生曰："妾有一言相恳，望郎勿责。"柳生笑而答曰："贤卿有话，但说无妨。"女子含笑曰："妾千金之躯，一旦付与郎矣，勿负奴心，每夜得共枕席，平生之愿足矣。"柳生笑而答曰："贤卿有心恋于小生，小生岂敢忘于贤卿乎！但不知姐姐姓甚何名？"女答曰："妾乃府西邻家女也。"言未绝，鸡鸣五更，曙色将分。女子整衣趋出院门。柳生急起送之，不知所往。至次夜又至。柳生再三询问姓名，女子以前意答应，如此十馀夜。

一夜，柳生与女子共枕而问曰："贤卿不以实告于我，我不与汝和谐，白于父母，取责汝家。汝可实言姓氏，待小生禀于父母，使媒妁聘汝为妻，以成百年夫妇，岂不美哉。"女子笑而不言。被柳生再三促迫不过，只得含泪而言曰："衙内勿惊。妾乃前任杜知府之女杜丽娘也。年十八岁，未曾适人。因慕情色，怀恨而逝。妾在日常所爱者，后园梅树。临终遗嘱于母，令葬妾于树下。今已一年，一灵不散，尸首不坏。因与郎有宿世姻缘未绝，郎得妾之小影，故不避嫌疑以遂枕席之欢。蒙君见怜，君若不弃幻体，可将妾之衷情告禀二位椿萱，来日可到后园梅树下发棺视之。妾必还魂，与郎共为百年夫妇矣。"这衙内听罢，毛发悚然，失惊而问曰："果是如此，来日发棺视之。"道罢已是五更。女子整衣而起，再三叮咛："可急视之，请勿自误。如若不然，妾事已露，不复再至矣。望郎留心，勿使可惜矣。妾不得复生，必痛恨于九泉之下也。"言讫化清风而不见。

柳生至次日饭后，入中堂禀于母。母不信有此事，乃请柳府尹说知。府尹曰："要知明白，但问府中旧吏门子人等，必知详细。"当时柳府尹叫唤旧吏人等问之。果有杜知府之女杜丽娘葬于后园梅树之下，今已一年矣。柳知府听罢惊异，急唤人夫，同去后园梅树下掘开，果见棺木，揭开盖棺板，众人视之，面颜俨然如活一般。柳知府教人烧汤，移尸于密室之中。即令养娘侍婢脱去衣服，用香汤沐浴洗之。霎时之间身体微动，凤眼微开，渐渐苏醒。这柳夫人叫取新衣服穿了。

这女子三魂再至，七魄重生，立身起来。柳相公与夫人并衙内看时，但见身材柔软，有如芍药倚栏干，翠黛低垂，好似桃花含宿雨，好似浴罢的西施，宛如沉醉的杨妃。这衙内看罢不胜之喜，叫养娘扶女子坐下。良久，取安魂汤、定魄散吃下。少顷便能言语。起身对柳衙内曰："请爹妈二位出来拜见。"柳相公、夫人皆曰："小姐保养，未可劳动。"即唤侍女扶小姐去卧房中睡。少时夫人吩咐安排酒席，于后堂庆喜。当晚筵席已完，教侍女请出小姐赴宴。当日杜小姐喜得再生人世，重整衣妆，出拜于堂下。柳相公与杜小姐曰："不想我愚男与小姐有宿世缘分。今得还魂，真乃是天赐也。明日可差人往山西太原府去，寻问杜府尹家，投下报喜。"夫人对相公曰："今小姐天赐还魂，可择日与孩儿成亲。"相公允之。至次日，差人持书报喜。不在话下。

过了旬日，择得十月十五日吉旦，正是："屏开金孔雀，褥稳绣芙蓉。"大排筵宴，杜小姐与柳衙内合卺交杯，坐床撒帐，一切完备。至晚席散，杜小姐与衙内同归罗帐，并枕同衾，受尽人间之乐。

话分两头。且说杜府尹，回至临安府，寻公馆安下。至次日，早朝见光宗皇帝，喜动天颜，御笔除授江西省参知政事。带夫人并衙内上任已经两载。忽一日，有一人持书至杜相公案下。相公问："何处来的？"答曰："小人是广东南雄府柳府尹差来。"怀中取书呈上。杜相公展开书看。书上说小姐还魂与柳衙内成亲一事，今特驰书报喜。这杜相公看罢大喜，赏了来人酒饭："待我修书回覆柳亲家。"这杜相公将书入后堂，与夫人说南雄府柳府尹送书来说丽娘小姐还魂，与柳知府男成亲事。夫人听之大喜曰："且喜昨夜灯花结蕊，今宵灵鹊声频。"相公曰："我今修书回覆，教伊朝觐，在临安府相会。"写了回书，付与来人，赏银五两。来人叩谢去了。不在话下。

却说柳衙内闻知春榜动，选场开，遂拜别父母妻子，将带仆人盘缠，前往临安府会试应举。在路不则一日，已到临安府，投店安下，径入试院。三场已毕，喜中第一甲进士，除授临安府推官。柳生驰书遣仆报知父母妻子。这杜小姐已知丈夫得中，任临安府推官，心中大喜。至年终这柳府尹任满，带夫人并杜小姐回临安府推官衙内投下。这柳推官拜见父母妻子，心中大喜，排筵庆贺，以待杜参政回朝相会。住不两月，却好杜参政带夫人并子回至临安府馆驿安下。这柳推官迎接杜参政并夫人至府中，与妻子杜丽娘相见，喜不尽言，不在话下。这柳梦梅转升临安府尹。这杜丽娘生二子，俱为显官。夫荣妻贵，享天年而终。

汤显祖生平年表

明世宗嘉靖二十九年（1550）：出生于江西抚州。

嘉靖四十一年（1562）：十三岁。从泰州学派罗汝芳读书。

嘉靖四十二年（1563）：十四岁。补县诸生。

穆宗隆庆四年（1570）：二十一岁。秋试以第八名中举。

神宗万历三年（1575）：二十六岁。刊印第一部诗集《红泉逸草》。

万历四年（1576）：二十七岁。客宣城。与沈懋学、梅鼎祚交。

万历五年（1577）：二十八岁。拒绝首辅张居正延揽。春试不第。

万历七年（1579）：三十岁。传奇《紫箫记》约为万历五年秋至本年秋两年内作于临川。

万历八年（1580）：三十一岁。不与张居正三子懋修交游。春试不第。

万历十一年（1583）：三十四岁。以第三甲第二百十一名赐同进士出身。

万历十二年（1584）：三十五岁。不受辅臣申时行、张四维招致，出为南京太常寺博士。

万历十五年（1587）：三十八岁。把未完成的《紫箫记》改写成《紫钗记》。

万历十六年（1588）：三十九岁。改官南京詹事府主簿。

万历十七年（1589）：四十岁。迁南京礼部祠祭司主事。

万历十九年（1591）：四十二岁。上《论辅臣科臣疏》，斥朝政。谪广东徐闻典吏。

万历二十一年（1593）：四十四岁。为浙江遂昌知县。

万历二十六年（1598）：四十九岁。弃官归临川。传奇《牡丹亭还魂记》于本年完成。

万历二十八年（1600）：五十一岁。作传奇《南柯梦》。

万历二十九年（1601）：五十二岁。归家三年后，被正式免职。作传奇《邯郸梦》。

万历三十四年（1606）：五十七岁。《玉茗堂文集》在南京刊行。

万历四十四年（1616）：六十七岁。逝世。